Pierre Mac Orlan

Le carrefour des Trois Couteaux

Préface
par Francis Lacassin

Gallimard

VOYAGE À TRAVERS
LE FANTASTIQUE SOCIAL
DE 1837 À NOS JOURS

Au crépuscule d'un jour de décembre 1837, dans le Sud algérien, au seuil d'une contrée dominée par une femme invisible et mystérieuse : « la Rose des Sables »... Un feu allumé par un voyageur en attire un autre, puis encore un autre. Le désert et les étoiles poussent ces inconnus, en dépit d'une certaine méfiance, aux confidences avant de repartir chacun de leur côté. Tous trois suivent la trace d'une femme. Le premier pour la tuer, le deuxième pour l'épouser, le troisième pour qu'elle lui rende son honneur.

Les trois hommes se rencontreront une nouvelle fois, mais dans la mort. Les cadavres de deux d'entre eux seront abandonnés aux charognards du désert. Seul le dernier aura droit à une tombe recouverte de pierres. Devinez lequel...

Entre ces deux rencontres se déroule l'intrigue du *Carrefour des Trois Couteaux*. Édité en 1940, ce roman s'inspire d'un conte, « Les trois chemins [1] », paru le 20 février 1938 dans le magazine féminin *Ève*. L'action du conte,

---

1. Recueilli dans *Capitaine Alcindor*, Gallimard, 1988, coll. « Blanche ».

située au Mexique vers 1935, est transposée par le roman en Algérie cent ans plus tôt.

L'univers de ce roman policier exotique et mystérieux a pour soleil noir « la Rose des Sables ». Un phénix maléfique, apparu en 1921 dans *La cavalière Elsa*. L'auteur en décuple l'inquiétante étrangeté en le faisant renaître sous des masques d'emprunt dans *La Vénus internationale* (1923), *Dinah Miami* (1928), *Filles et ports d'Europe* (1932), *Le bal du Pont du Nord* (1934), *Le carrefour des Trois Couteaux* (1940), *Manon la souricière* (1948), *Mademoiselle Bambù* (1950). Ce personnage aux contours mouvants rôde en filigrane dans *Babet de Picardie* (1942) et même dans le roman pour enfants *L'ancre de miséricorde* (1941).

Dans la composition de cette femme à la séduction vénéneuse, l'auteur a fait entrer deux authentiques aventurières du XVIIᵉ siècle : Mary Read, la femme pirate des Antilles, et la femme-soldat Geneviève Premoy, *alias* Chevalier Baltazar, appelée communément la Dragone. Il leur a ajouté le mystère de la seule espionne de la guerre de 1914-1918 qu'on n'ait pu identifier : Fraülein Doktor.

En dépit d'un titre magnétique et de ses atours et secrets affriolants, *Le carrefour des Trois Couteaux* est le plus méconnu — pour ne pas dire : inconnu — des vingt-deux romans de Pierre Mac Orlan tous réunis au catalogue Gallimard. Avant de rejoindre celui-ci, cinquante-neuf ans après sa parution originale, il n'a connu entre-temps qu'une seule réédition, en 1978, dans la « Bibliothèque Marabout ». *Le carrefour des Trois Couteaux* a pourtant paru à l'origine dans une collection réputée et largement répandue, « Le Masque »... à un mauvais moment : mai 1940, quand la guerre se transformait en défaite et même en déroute. Et nul ne s'attendait à trouver le prophète du « fantastique social » sous la couverture jaune d'une collection policière, considérée de plus comme la citadelle du « roman à énigme ».

En 1940, cela fait pourtant dix ans que Mac Orlan entretient des « rapports consanguins », selon son expression, avec ce genre de littérature. Son premier roman policier, *La tradition de minuit*, édité en 1930 par Émile-Paul, a connu, grâce à l'amitié de Joseph Kessel, une prépublication dans *Détective* sous le titre *Ombres de Paris*. La caution apportée par un écrivain « cultivé » à un genre subalterne et vaguement malfamé n'échappe pas à un homme qui cherchait à lui donner des « lettres de noblesse » ; il s'agit du fondateur du « Masque ». Albert Pigasse s'apprête à créer, quelques mois plus tard, un prix dont le lauréat sera lancé par la publication dans « Le Masque ». C'est le « Prix du roman d'aventures » préféré à l'adjectif « policier » grevé d'une connotation crapuleuse.

Si les ouvrages couronnés de 1930 à 1940 sont d'une qualité littéraire peu fréquente dans le roman policier de l'époque, ce n'est pas dû au hasard mais à l'habileté manifestée par Pigasse dans la composition du jury. Présidé par Pierre Benoit (qui deux ans plus tard lui apportera sa gloire de membre de l'Académie française), le jury comprend un futur membre de l'Académie, Joseph Kessel, le peintre illustrateur Gus Bofa, Émile Zavie, Maurice Constantin-Weyer et deux futurs Goncourt : Francis Carco et Mac Orlan, lequel siégera jusque dans les années cinquante.

En juin 1930, l'année de sa création, le Prix du roman d'aventures est décerné au *Testament de Basil Crookes* de Pierre Véry, jeune bouquiniste qui a rendu visite à Mac

Orlan deux ans plus tôt, et a raconté leur rencontre de façon savoureuse dans la *Revue européenne*[1]. Un second roman de Véry paraîtra dans « Police-Sélection », collection satellite du « Masque », mais d'une approche différente. « Police-Sélection » accueille également le deuxième roman policier de Mac Orlan, teinté d'humour anglais : *Le tueur n° 2*[2]. Le troisième et dernier paraît dans « Le Masque, série Émeraude », qui privilégie les intrigues se déroulant dans un contexte exotique ou aventureux.

Pour être complet, signalons un autre roman de Mac Orlan, *La nuit de Zeebrugge*, totalement inaperçu jusqu'au moment où il rejoindra le fonds Gallimard sous un nouveau titre, *Le bal du Pont du Nord*. C'est un roman d'espionnage de conception très novatrice et à la couverture illustrée par l'auteur. Deux atouts qui ne compensent pas l'infortune de paraître dans une autre collection satellite du « Masque » au titre... déroutant : « Aventures et légendes de la mer ».

Même après la fin de son activité dans le domaine du roman policier, Mac Orlan ne s'en éloignera jamais. C'est lui qui apporte à la « Série Noire » le premier roman d'un pensionnaire du sanatorium où est traité son camarade montmartrois, l'auteur Gaston Modot. Il s'agit de *Passons la monnaie* d'André Piljean, couronné en 1952 par le Grand Prix de littérature policière. En 1953, le premier roman d'Albert Simonin dans la « Série Noire » arbore une préface de P. Mac Orlan « de l'Académie Goncourt ».

Rien ne semblait prédisposer Mac Orlan au roman policier, à l'origine de sa carrière littéraire. Et rien non

---

1. *Une étude criminelle. P. Mac Orlan à Saint-Cyr-sur-Morin*, reproduit dans *Cahiers Pierre Mac Orlan* n° 1, 1990.
2. Disponible dans « L'Imaginaire ».

plus ne semblait le prédisposer à celle-ci. Avant de l'aborder, par hasard, il chercha longtemps sa voie parmi les artistes peintres.

*

Pierre Mac Orlan — à l'état civil il s'appelait prosaïquement Pierre Dumarchey — est né le 26 février 1882 à Péronne où son père Edmond Dumarchey, lieutenant d'artillerie, était en garnison. Orphelin dès sa petite enfance, il est d'abord recueilli à Lille par son grand-père paternel. À l'âge d'entrer au lycée, Pierre et son frère Jean sont pris en charge par leur oncle Hippolyte Ferrand (époux de la sœur de leur mère), inspecteur d'Académie à Orléans. C'est dans la cour du lycée Pothier d'Orléans que Mac Orlan fait la connaissance de Gaston Couté, futur poète montmartrois auteur de *La chanson du gars qu'a mal tourné*.

Le brevet élémentaire en poche, Pierre est envoyé par son tuteur à l'École normale d'instituteurs de Rouen. Il y apprend surtout, lors de rencontres amicales avec les élèves de l'École normale du Havre, la pratique d'un nouveau sport inconnu à Paris et qui le fascinera pendant tout le reste de sa vie : le rugby. La perspective de jouer au rugby ne suffit pas à le retenir à l'École normale. Il la quitte un soir de décembre 1899 — maudit par son tuteur — pour aller vivre à Montmartre : le seul endroit où peut s'accomplir sa vocation d'artiste peintre.

Pendant deux ans, il vit d'expédients (il s'essaie aux métiers d'ouvrier terrassier, de peintre en bâtiment...), puis il regagne Rouen. Ses chaussures de rugby sous le bras, il entre dans la rue des Charrettes où l'attend un emploi de correcteur d'imprimerie. Il en vivra jusqu'à son départ pour le service militaire en octobre 1905. Travaillant la nuit, il passe ses journées à peindre des tableaux, à décorer les murs d'auberges. Un habitué du *Criterion Bar*, Cecchi, lui apprend à jouer de l'accordéon.

En 1905 apparaît la signature « Pierre Mac Orlan »... comme illustrateur d'une œuvre de Robert Duquesne : *M. Homais voyage*. L'éditeur, Jean de La Hire[1], lui propose ensuite d'illustrer un livre sur les « sérails[2] » de Londres et l'envoie dans la capitale britannique. L'ouvrage envisagé ne paraîtra pas. Mais, de l'exploration des bas-fonds de Londres, il conservera une vision poético-fantastique qu'on retrouve dans *Sous la lumière froide* et dans la chanson *La fille de Londres*.

Quand *M. Homais voyage* sort en librairie, l'auteur est en plein service militaire au camp de Mourmelon. Il n'y reste que quelques mois. Réformé en 1906, Mac Orlan, une fois de plus, retrouve Montmartre, le paradis des artistes peintres. Et une fois de plus, il devra céder aux contingences... Après quelques mois de misère, il quitte son hôtel un peu louche du passage de l'Élysée-Beaux-Arts pour un emploi de secrétaire auprès d'une dame de

1. Adolphe d'Espie, dit Jean de La Hire (1878-1956), allait se révéler dans les années suivantes un romancier populaire prolifique et inventif. *La roue fulgurante* (1908) met en scène pour la première fois une soucoupe volante. Mac Orlan lui renvoie l'ascenseur, en 1919, en publiant dans sa « Collection des romans d'aventures » *Joe Rollon, l'autre homme invisible*, signé Edmond Cazal.

2. Seraglios, bagnios et... abbayes (!) étaient, au XVIIIe siècle, les appellations convenues des maisons de plaisir. Les *bagnios*, en plus des services habituels, offraient un bain à leurs clients pour effacer la fatigue due aux ébats amoureux.

lettres fortunée. Il aura de plus la charge d'illustrer les ouvrages que lui inspireront ses voyages.

Mac Orlan séjourne ainsi à Knokke-le-Zoute, Bruges et Zeebrugge, réalisant enfin un vieux rêve : peindre la mer du Nord. À cette occasion, il fait la connaissance de jeunes poètes français et belges groupés autour de la revue *Le Beffroi*, animée par Théo Varlet. Déclamé par Varlet, le vers célèbre « Quand l'aurore éclate comme un tonnerre sur la baie [1] » produit en lui un électrochoc. Il fera de Mac Orlan, pour toute sa vie, un admirateur inconditionnel de Kipling. En 1920, il édite et préface la première édition française des *Chansons de la chambrée*. Plus tard, il définira les soldats qui hantent *Le quai des Brumes*, *La bandera* ou ses chansons comme des émules de François Villon cherchant leur salut parmi les soldats de Kipling.

La dame de lettres et le secrétaire-illustrateur gagnent ensuite l'Italie, s'attardant à Naples, puis à Palerme. Là, leurs chemins se séparent. Affamé et sans le sou, Mac Orlan tente de survivre en peignant des sujets sur des carrés de soie qu'il propose aux passagers des bateaux faisant escale. Ces temps de misère et de désespoir ont fourni la charge émotionnelle de l'une de ses plus belles chansons, *Catari de Chiaia* [2]. De même, son passage dans les bas-fonds de Marseille, sur le chemin du retour, lui inspire la nouvelle *Les feux du Batavia* [3] (1926). Elle est fondée sur l'attente fantasmatique d'un événement qui ne se produit pas, sinon dans l'imagination des filles qui l'es-

1. « La route de Mandalay », dans *Chansons de la chambrée*, de Kipling.
2. Recueilli dans *Chansons pour accordéon*, Gallimard, 1953.
3. Recueilli dans *Sous la lumière froide*, coll. « Folio ».

pèrent. Un procédé narratif que Dino Buzzati et Julien Gracq renouvelleront avec éclat dans *Le désert des Tartares* (1940) et *Le rivage des Syrtes* (1951).

Revenu à Montmartre, Mac Orlan met à profit sa longue absence (Rouen, Mourmelon, Bruges, Naples, Palerme, Marseille) pour se forger un passé fabuleux. Il prétend revenir de Port-Saïd (où il ne mettra jamais les pieds), et se présente ainsi aux nouveaux habitués du *Lapin-Agile* : « Pierre Dumarchey, caporal cassé, quatre ans de Légion. » Le seul Dumarchey à avoir coiffé le képi blanc est son frère Jean. Pierre s'est contenté de chanter la Légion étrangère et sa saga dans des chansons, des reportages, ainsi que dans les romans *La bandera* et *Le camp Domineau*.

Au Bateau-Lavoir, Mac Orlan partage l'atelier d'André Warnod. Le soir, au *Lapin-Agile*, il fréquente Picasso, Maurice Asselin, Gaston Modot, Max Jacob auquel il prédit le succès (et le pillage) du *Cornet à dés* : « On tapera là-dedans ! » En rapportant ce propos en 1944 à Marcel Béalu, Max ajoutera : « Mon seul bon souvenir de Montmartre, c'est mon amitié avec Mac Orlan. »

En plus de son amitié, Vlaminck offre à Mac Orlan, à l'orée de l'hiver, une veste. Comme le donateur est très grand et le bénéficiaire beaucoup plus petit, ce vêtement lui sert de pardessus.

Plus tard, au *Lapin-Agile*, Mac Orlan deviendra l'ami d'Apollinaire et — pour les cinquante années suivantes — celui de Roland Dorgelès et Francis Carco.

La peinture nourrissant toujours aussi mal, il ne faut négliger aucun expédient. Tantôt seul, tantôt avec le concours d'André Salmon, Mac Orlan est le nègre d'un chansonnier alors célèbre, Saint-Gilles. Parmi ses chansons, celles dont la paternité revient à Mac Orlan sont faciles à identifier : la couverture porte une illustration en couleurs (superbe) signée Mac Orlan. En échange de l'anonymat, le parolier récoltait un cachet supplémentaire comme illustrateur.

Chez les artistes peintres faméliques, la petite monnaie du talent se débite aussi sous forme de dessins humoristiques destinés aux hebdomadaires satiriques. Le plus florissant est *Le Rire*. Hélas, son rédacteur Gus Bofa n'apprécie pas le graphisme de Mac Orlan ! En revanche il juge les légendes de ses dessins d'un humour très novateur par rapport aux gauloiseries de l'époque. Il engage leur auteur à écrire des contes. C'est ainsi que le 16 juillet 1910, dans *Le Rire*, Mac Orlan signe son premier texte imprimé : « La grande semaine d'aviation de Jackson City ».

Par l'effet du hasard, et par la grâce de Gus Bofa, le peintre désargenté cède la place au conteur à succès. Dès l'année suivante, le quotidien *Le Journal* lui ouvre ses colonnes ; en 1912 l'hebdomadaire *Le Sourire* en fait autant. Dans ces trois supports, Mac Orlan publiera, jusqu'en 1914, cent quatre-vingts textes, tous illustrés par lui-même (sauf dans *Le Rire*). Il les recueillera dans trois volumes, *Les pattes en l'air* (1911), *Les contes de la Pipe en terre* (1913) et *Les bourreurs de crâne* (1917). Dans la même veine, il écrit deux romans humoristiques, *Le rire jaune* et *La maison du retour écœurant* (1912). Raymond Queneau qualifie ce dernier de « chef-d'œuvre de cette période de l'œuvre macorlanienne ». Et il ajoute : « Signalons ici au passage l'influence de ce livre sur l'œuvre de Boris Vian, lequel avait plaisir à le rappeler [1]. » Il existe, il

1. Préface pour P. Mac Orlan : *Le chant de l'équipage*, coll. « Folio ».

est vrai, une parenté évidente entre l'humour *non-sense* de Mac Orlan et *Vercoquin et le plancton*.

Sa métamorphose en écrivain lui procure enfin l'aisance. En 1913, il épouse l'un des modèles de Picasso (pour la *Femme à la corneille*), Marguerite Luc. Elle est la fille d'une maîtresse de Frédéric Gérard, ce qui a souvent fait passer à tort Mac Orlan pour le gendre du patron du *Lapin-Agile*. « Margot » et son mari s'installent rue du Ranelagh dans un appartement célébré par Apollinaire dans ses *Anecdotiques* : il l'appréciait beaucoup en raison de la proximité des gazomètres d'Auteuil...

La guerre de 1914-1918 donnera sur l'inspiration de Mac Orlan un grand coup de lance-flammes ; il renvoie au néant l'artiste peintre et transforme le conteur humoristique en prophète tragique de l'inquiétude sociale. Blessé en 1915 sur la route de Bapaume, près de sa ville natale Péronne, le caporal Dumarchey connaît une longue convalescence. Le temps d'écrire *Les poissons morts*, un témoignage atroce sur la guerre, sans rapport avec les gaietés du conteur d'avant-guerre.

Pour ce livre, Mac Orlan obtient un prix d'écrivain combattant qu'il partage avec *Le guerrier appliqué* d'un certain Jean Paulhan. Telle est l'origine lointaine de ses rapports avec le futur directeur de la *Nouvelle Revue française*, et éminence grise de Gaston Gallimard. En 1920, Paulhan adresse un signe amical à Mac Orlan en intitulant un de ses livres *Jacob Cow le pirate*, par référence à « Jacob Cow gentilhomme de fortune », conte recueilli dans *Les contes de la Pipe en terre*.

Réformé en 1917, Mac Orlan publie peu après *Le chant de l'équipage*, roman qui inaugure, selon le mot de Queneau, la seconde partie de son œuvre. « Une œuvre qui évoque le fantastique social qui, né des troubles de la Première Guerre à l'ombre de la révolution bolchevique, s'étend aux destructions de la Seconde à l'ombre de découvertes scientifiques dont un certain nombre ne sont rien moins que rassurantes. »

Enrichie par la découverte du romantisme allemand à la faveur des reportages que l'auteur effectue en 1918 et 1919 dans l'Allemagne vaincue, sa nouvelle inspiration tragique s'affirme dans les œuvres qui succèdent au *Chant de l'équipage* jusqu'en 1925. *À bord de l'Étoile Matutine* (sur laquelle navigue Jacob Cow), la *Chronique des jours désespérés*, *Malice*, *Le nègre Léonard et maître Jean Mullin*, *La Vénus internationale*, *Marguerite de la Nuit*. Et surtout, en 1921, *La cavalière Elsa* — elle conduisit l'Armée rouge jusqu'à Paris, et inspira à Joseph Delteil la cavalière Ludmilla dans *Sur le fleuve amour...* —, roman que Mac Orlan publie en 1923 à la Renaissance du livre. Il en est alors le directeur littéraire.

Avant que l'auteur ne se fixe en 1927 à Saint-Cyr-sur-Morin — où il mourra en 1970 —, *La cavalière Elsa* introduit dans son salon de la rue du Ranelagh quelques jeunes inconnus qui lui resteront fidèles : André Malraux, Pascal Pia, Joseph Delteil, Marcel Arland et, tout juste venu d'Italie : Nino Frank.

Comme pour conjurer l'inquiétude née du « fantastique social », Mac Orlan va se mêler aux grands reporters de l'entre-deux-guerres appelés « partout où la terre brûle ». À Rome, au lendemain de la prise du pouvoir par les fascistes. À Berlin, à la veille de la prise du pouvoir par Hitler. À Londres ravagée par une épidémie de « malles sanglantes ». À Hambourg où l'armée et la marine se sont mutinées. Dans le Sud tunisien et au Maroc espagnol. Il aura ainsi l'occasion de rencontrer trois personnages appelés à jouer un certain rôle dans les affaires européennes : Mussolini, le général Franco et l'amiral Darlan.

En 1950, il est élu à l'unanimité — c'est rare — à l'Académie Goncourt. Deux ans plus tôt, il avait commencé la troisième partie de son œuvre, inaugurant à soixante-cinq ans une carrière de parolier. Pas moins de soixante chansons, interprétées par Laure Diana, Germaine Montero, Monique Morelli, Juliette Greco, Catherine Sauvage, Francesca Solleville, Mistigri, sont rassemblées en deux volumes : *Chansons pour accordéon* et *Mémoires en chansons*.

À travers l'évocation de mauvais garçons et de lieux disparus, de misères périmées et de soldats perdus, c'est — sans doute à cause de son implication personnelle sous le masque d'une certaine mélancolie — la partie la plus émouvante et la plus présente de son œuvre.

FRANCIS LACASSIN

CHAPITRE UN

Une neige fondue, opiniâtre et perfide, chassée de la sierra par le vent du nord, mordait la chair des hommes rassemblés par petits groupes de cinq ou six. C'était en décembre 1837. Ce qui restait de la Légion étrangère du général Bernel campait au pied des remparts de Pampelune et de Notre-Dame-del-Sagrario. Devant ce camp, qui évoquait l'extraordinaire misère du régiment, l'Arga roulait ses flots boueux. Au loin, au centre de la calle Mayor, un trompette d'artillerie royale lançait son aigre chanson, aussi piquante que le froid.

Le 30 juillet 1835, la Légion étrangère avait salué pour la dernière fois le ciel brûlant de l'Algérie, comme disaient les chansons, et, le 17 août de la même année, elle faisait son entrée dans Tarragone, derrière ses tambours et ses clairons, car elle avait adopté cet instrument bien qu'elle ne possédât pas de compagnie de voltigeurs.

La Légion étrangère avait été cédée à l'Espagne par la France, afin de soutenir Isabelle II contre don

19

Carlos. Le colonel Bernel commandait cette troupe d'aventuriers d'élite. Mais après une campagne très dure en Catalogne et dans le Pays basque, mal payée et mal nourrie, la Légion décimée après le combat de Barrastro, où fut tué le colonel Conrad, qui avait succédé au général Bernel, se retira exsangue du front et prit ses quartiers dans Pampelune, où il lui fallut tout d'abord se protéger contre l'insurrection.

C'est à cette époque que commence ce récit. Ce qui restait de la Légion bivouaquait derrière les tranchées qu'elle avait aménagées avec soin pour se protéger contre la population qui harcelait les légionnaires tout en les craignant.

Mais cette hostilité sournoise et tenace déprimait les hommes. Il fallait se garder la nuit comme en territoire ennemi. La mort et la désertion décimaient les rangs de la cohorte qui ne dépassait guère cinq cents hommes commandés par un vieux capitaine d'Afrique.

Les légionnaires, mal vêtus, erraient, tout en guettant, comme des fantômes. Certains étaient encore coiffés de la haute casquette rouge d'Afrique, mais la plupart avaient adopté comme coiffure la boïna, sorte de béret surmonté d'une cocarde. Ils portaient leurs munitions dans une large cartouchière en toile bise suspendue sur le ventre par des lanières d'étoffe. Les fusils, bien entretenus, avaient pour courroies des ficelles. Tous les hommes, malgré le froid et la neige, étaient chaussés d'espadrilles, parfois doublées en peaux de chats dont la chair avait servi à confectionner un civet.

Auprès d'un feu, à la porte d'une baraque en planches grossièrement édifiée, quatre légionnaires, assis sur leurs talons, faisaient griller des tranches de pain noir à la pointe de leurs couteaux. Le plus vieux, dont le visage recuit par les campagnes était ridé comme une pomme de reinette, s'adressa à un grand jeune homme vêtu d'une capote bleue rapiécée et coiffé d'une « boïna » rouge sang :

— Hé ! de Maichy ! Que dirais-tu d'un pot-au-feu ou d'un bœuf en daube aux petits oignons ?

— Ne parle pas de ça, dit un autre légionnaire à barbe déjà grisonnante, tu me fous un chagrin de tous les diables. Mon père, qui était serrurier à Bruxelles, me disait toujours : « Adolphe, tu es trop beau pour être bien malin ; tu finiras sur le trimard. » Il avait raison.

— Hé ! de Maichy, tu pionces ou tu rivanches, pour mieux dire. Voici la sorgue, on n'y voit plus. Ça va être ton tour de garde à la chicane. Je vois déjà le caporal qui choisit son fusil au faisceau. T'as plus de baïonnette ? Tu l'as vendue pour boire ?...

Alphonse de Maichy, dit Stello, légionnaire de deuxième classe, se leva. Il était grand, nerveux comme un Gascon. Sous le hâle qui durcissait son visage, on pouvait lire de beaux traits romantiques. Il était brun et ses cheveux trop longs apparaissaient peu réglementairement sous la boïna crasseuse.

Il prit machinalement son fusil, vérifia l'amorce sous le chiffon qui protégeait les platines et se dirigea vers le caporal qui, l'arme en bandoulière, la roupie au nez et les mains dans les poches d'un pantalon rouge usé jusqu'à la carge, attendait son escouade pour changer les sentinelles chargées de la sécurité.

— Ouvre l'œil, dit-il à de Maichy, car tu seras seul à la chicane de l'ouest. J'ai trois hommes malades sur dix. Enfin, tu feras pour le mieux : n'hésite pas à tirer si quelqu'un cherche à entrer dans le camp.

— Quand serons-nous licenciés ?

— Ça approche, dit le caporal. C'est pourquoi il ne faut pas se faire tuer bêtement la veille du jour de la délivrance. Ah ! tu prendras la garde trois heures, à cause des manquants. Il est dix heures, je viendrai te relever à une heure du matin... Bonne nuit.

Le caporal s'éloigna dans l'ombre et, dans la neige fondue qui ne cessait de tomber, Alphonse de Maichy, seul, le fusil au bras, regarda autour de soi. Les lumières du camp étaient éteintes. Çà et là, quelques feux achevaient de mourir. En ville, tout était silencieux autour de la cathédrale, du cloître et de l'évêché. Pampelune dormait dans la pluie, l'ombre mystérieuse et l'aventure nocturne.

Quelle affreuse nuit ! Depuis quatre années qu'il servait à la Légion, Alphonse de Maichy n'avait jamais connu un tel découragement. Sa vie lui semblait bruyante, désordonnée, dangereuse et inutile. Il avait combattu à Arzew contre les cavaliers d'Abd-el-Kader. Un mois plus tard, la Légion était cédée à l'Espagne. C'était le passé, mais un passé relativement récent. Il ne regrettait pas trop d'avoir laissé l'Afrique derrière ses talons. Il ne regrettait pas même son vrai passé, quand, avant d'être légionnaire, il s'était ruiné comme un sot pour les beaux yeux d'une fille de Nancy. À cette époque ridicule et fastueuse, il était lieutenant de dragons. Cassé à la suite d'une histoire où la caisse de l'escadron avait joué un rôle, il était venu chercher l'oubli, et peut-être la rédemption, à la troisième compagnie du quatrième bataillon de la Légion étrangère. Soldat brave et scrupuleux, il avait par trois fois refusé les galons de laine rouge et la promesse du galon d'or des sergents. Il voulait demeurer dans l'ombre de sa condition. Sans doute, l'oubli n'était-il pas tout à fait venu. Il attendait peut-être sa rédemption, au-delà de cette obscurité dangereuse. Habitué à vivre dans l'aventure quotidienne, de Maichy ou Demaichy — il s'était borné à relier la particule au nom en s'engageant à la Légion — subissait avec indifférence la bonne ou la mauvaise fortune. Il passa sa main calleuse sur son visage mouillé et fouilla l'ombre, c'est-à-dire les quelques mètres d'un chemin creux bordé de ronciers, assez conforme au décor d'une sale agression.

Il tâta sa large cartouchière de toile, une cartouchière « à la corse » que les légionnaires avaient adoptée en remplacement de la grosse giberne réglementaire. Cette cartouchière était maintenue à la taille par une ceinture de cuir.

Le contact de sa main sur les cartouches bien protégées contre la pluie fit plaisir à Demaichy. Il ne se sentait plus seul. Il fit quelques pas devant le buisson qui le cachait. Le chemin creux était désert.

Demaichy, habitué à la guerre d'embuscade, n'essaya pas de donner une apparence surnaturelle aux figuiers rabougris qui bordaient, à vingt-cinq mètres, l'horizon devant ses yeux.

Il revit rapidement son enfance d'enfant gâté : le château normand où sa mère était morte en lui donnant le jour. Son père, gentilhomme paysan, avait été tué dans un accident de chasse. À cette date, Alphonse était officier des dragons. On sait le reste. Il ne lui restait qu'un oncle, un vieux dandy écervelé dont il hériterait un jour la fortune. Cette fois... Il sourit en songeant à l'usage qu'il en ferait. Il pensait : « On ne rencontre pas deux fois la damnation dans une existence. »

Un petit bruit dans le chemin, une pierre qui avait roulé lui fit tendre l'oreille. Il retint son souffle et se tint prêt à épauler. Il s'efforçait de voir et ne voyait rien. Il pensa : « C'est un chien affamé ou un renard. » Mais il se dissimula mieux derrière son buisson.

Il allait, enfin rassuré, remettre l'arme au pied, quand, à dix ou douze mètres sur sa droite, dans la haie du chemin, il entendit un faible bruissement de branches.

Cette fois, il cria :

— Halte-là ! Qui vive ?

À sa grande surprise, car il croyait à la présence

d'un chien, une voix très basse, une voix féminine, murmura ce seul mot : « Señor... »

Demaichy ne bougea pas. On entendit le déclic du fusil qu'il armait. Alors, une forme menue, indéfinissable, couverte de haillons, sortit du buissons et s'avança vers le soldat.

— Je suis une femme. Pour l'amour de la Vierge du Tabernacle, ne tirez pas, soldat français !... Je suis une amie... Vous entendez, je parle votre langue...

La voix, un peu rauque mais étrangement poignante, était d'une femme, d'une jeune fille, à n'en pas douter. Demaichy releva le canon de son fusil et dit :

— Avancez, si vous êtes seule, au milieu du chemin.

— Je suis seule, répondit la femme en avançant.

— Attendez, fit le légionnaire. Levez les mains... Là... Maintenant, marchez tout droit devant vous et venez derrière ce buisson.

La forme se hâta d'obéir. Elle se tenait devant le soldat, les mains en l'air. Rien ne se montra sur la route, rien ne bougea dans la haie, au bord du chemin.

— Alors ?... fit Demaichy en se tournant vers la femme, dont le visage était voilé comme celui d'une Mauresque.

— Je suis morte, dit l'apparition, je n'en peux plus... Sauvez-moi, car ils veulent me fusiller !

Elle dévoila son visage et Demaichy vit qu'elle était jeune et jolie. Il ne pouvait se rassasier de la vue de cette gracieuse figure, d'une personnalité extraordinaire, avec sa bouche un peu grande et ses yeux bridés comme ceux d'une Chinoise. La jeune fille sentit que la chance tournait à son profit. Elle sourit à travers ses larmes et ce fut divin.

— Que vous est-il arrivé ? demanda le légionnaire.

— J'ai donné abri à un carliste, mon frère. Ils l'ont fusillé hier... C'était mon tour aujourd'hui. J'ai pu m'échapper du Carmel et je suis venue pour rejoindre les Français, car je sais que, cette semaine, vous devez rentrer en France... Cachez-moi... Emmenez-moi avec vous. Vous m'habillerez comme un des vôtres, señor !

Demaichy souleva, d'un doigt sur le menton, le joli visage de la petite et la regarda profondément.

— J'essaierai, dit-il. En attendant, tiens-toi là, devant moi. Dors, si tu peux. Dans une heure, le caporal viendra me relever de faction. Je t'emmènerai voir le capitaine. Tu diras que tu es ma cousine. Je m'appelle Alphonse Demaichy, ou Stello, retiens-le. Et j'ai un oncle en Espagne qui a été tué pendant la guerre. Tu es sa fille. Tiens, avant de dormir, bois un peu de vin pour te réchauffer.

Il lui tendit l'outre en peau de chèvre du pays, la « bota ». La jeune fille but longtemps. Un peu de rose vint fleurir ses joues pâles.

— Merci, fit-elle.

Puis elle se pelotonna dans ses haillons au pied du buisson et s'endormit comme une enfant, car elle avait confiance.

Demaichy surveilla encore mieux la nuit, puisque maintenant, sa vigilance avait un double but. Au bout d'une heure, il entendit derrière lui, dans le camp, un cliquetis d'armes familier. Il réveilla la gentille dormeuse.

— Angela, Angela Perez.

— Bien.

Le caporal s'approcha de Demaichy.

— Alors, rien de nouveau ?

— Rien, si ce n'est que j'ai retrouvé ma cousine Angela. Les royaux voulaient la fusiller. Je parlerai au capitaine.

— Bon sang de bois ! fit le caporal éberlué.

Le lendemain, Demaichy demanda à parler au capitaine Schiller, qui commandait le bataillon. Il lui raconta une histoire assez plausible, et, quand le bataillon fut renvoyé en France, Angela, tant bien que mal vêtue en soldat, franchit la frontière avec les autres. Les légionnaires l'appelaient « cousine ».

On marchait maintenant sur les routes de France, en direction de Perpignan. Angela suivait Stello comme un petit caniche. Le grand légionnaire avait su la protéger et il sentait que jamais il ne pourrait vivre sans cette petite présence à ses côtés. Il aimait la jeune fille, doucement, fraternellement et, en définitive, passionnément.

Un peu avant d'atteindre Perpignan, où l'on devait dissoudre la Légion d'Espagne, les hommes tinrent conseil : les uns voulaient rentrer chez eux, le plus grand nombre pensait reprendre du service dans les rangs d'une nouvelle Légion étrangère, formée quelques mois auparavant et qui devait tenir garnison en Algérie. Demaichy ne pensait qu'à Angela. Ne plus se séparer d'Angela, et vivre sa vie n'importe comment, mais dans le rayonnement de cette jeune fille. Il savait peu de chose sur son existence, car il ne lui demandait rien. Il s'occupa d'elle comme un grand frère et il pensait bien qu'Angela l'aimait puisqu'il l'avait sauvée de la mort.

Le bataillon de la Légion prit ses quartiers en plein vent, à l'orée d'un hameau dont Demaichy ne connut jamais le nom. On y vendait du pain, du vin, des œufs et des saucisses. Le légionnaire installa la jeune fille près d'un feu qu'il avait allumé pour cuire la soupe avec le caporal Huron et le vieux légionnaire Juclas. Lui-même se rendit au hameau afin d'acheter des provisions. Il n'était pas démuni d'argent : la campagne lui avait rapporté deux mille francs. Il trouva ce qu'il désirait chez des braves gens et revint au camp.

— Où est Angela ? demanda-t-il tout de suite à Juclas qui surveillait le feu.

— Angela ? Elle ne doit pas être loin... Elle est au bois, sans doute...

Ce fut inutilement que Demaichy l'attendit. Comme il se désespérait silencieusement après avoir exploré les alentours, un petit paysan lui apporta timidement une carte.

Demaichy, qui sentait venir le malheur comme un orage, déchira l'enveloppe. Il lut :

Cher, oh ! très cher,
Mon cœur ne bat plus. J'ai été reconnue. Il me faut
fuir. Un jour peut-être, je te retrouverai. Je t'aime.

ANGELA

Demaichy, sa lettre à la main, sentit que tout s'écroulait autour de lui. Il entendit Juclas qui lui disait :

— Alors, on mange ?... On lui mettra sa soupe de côté, au chaud sur la braise...

CHAPITRE DEUX

Mme Eugénie de Villareal se tenait debout, une main appuyée sur un « bonheur du jour ». Devant elle, un grand jeune homme à la mise peut-être trop soignée jouait avec ses gants. La négligence de son maintien paraissait affectée. Un je ne sais quoi de romantique modifiait adroitement son allure un peu vulgaire. Son regard brillait avec douceur et insolence sous deux sourcils touffus.

— Après tout, c'est votre affaire, dit la jeune femme d'une voix un peu amère. Je ne m'occupe pas des moyens. Vous êtes payé pour exécuter un travail, je ne vous demande que de réussir. Vous connaissez vos risques comme je connais les miens. Ce soir, je serai au rendez-vous et, si vous avez réussi dans votre mission, vous pourrez aller au diable. Ce n'est pas moi qui vous rechercherai...

Le jeune homme à la redingote de velours noir s'inclina et voulut prendre la petite main pour la porter à ses lèvres.

— Je vous dispense de ces formalités, dit Mme de Villareal.

L'homme fit un vilain sourire et s'inclina. Puis il sortit. On entendit le pas du domestique qui le reconduisait.

Mme de Villareal n'avait pas changé d'attitude. Toujours bien droite, un peu raidie, la main appuyée sur le petit meuble précieux, elle écoutait attentivement. Quand elle entendit la porte de la rue se refermer sur le visiteur, elle se dirigea vers la haute fenêtre, écarta les rideaux de mousseline et contempla longuement la rue Saint-Honoré. Deux jeunes voltigeurs d'infanterie de ligne plaisantaient avec une grisette maniérée.

Mme de Villareal se haussa sur la pointe des pieds afin de mieux voir. Elle aperçut le jeune homme romantique qui s'éloignait. Alors elle laissa aller le rideau et vint s'asseoir près du feu de bois à demi consumé. Elle mit une bûche dans l'âtre. La flamme s'éleva. La jeune femme, rêveuse, baissa la tête et se laissa dominer par les images qui dansaient dans le feu, entre elle et des réalités déjà anciennes.

Entre les flammes et la fumée odorante du bois bien sec apparaissaient les éléments précis d'un décor de pluie, de neige et de brume. Les remparts de Pampelune surgissaient des brouillards du passé. Et, dans cette matière vaporeuse, des soldats allaient et venaient, vêtus de loques soigneusement rapiécées. Mme de Villareal tournait quelques pages de sa propre histoire, comme elle s'était inscrite, cinq années plus tôt, alors que, traquée par les « Christinos », elle s'appelait provisoirement Angela, Angela Perez, la niña de Badajoz.

La jeune femme, courbée vers la flamme et la tête entre ses mains, détaillait scrupuleusement un épisode pittoresque de sa vie. Sa mémoire n'hésitait pas dans les tournants. Et, naturellement, elle pensait à un homme, mais non comme une femme peut penser à un homme aimé. En vérité, celui-là n'était qu'un détail sur sa route, mais un détail essentiel que la Providence avait su placer avec bonheur devant ses propres pas. En pensant à la Providence, Mme de Villareal se signa. Elle se sentit alors protégée contre sa propre infamie. Et quand l'image du légionnaire de Maichy, celui qu'elle appelait Stello, se dressa entre deux flammes merveilleusement révélatrices, elle l'accueillit avec un sourire assez équivoque.

Elle tisonna le feu, et son histoire se déroula sans effort. Un soir de neige, celle qui s'appelait alors Angela avait pleuré, miaulé, pourrait-on dire, à l'entrée du poste militaire, comme un petit chat perdu. Un homme maigre comme un loup l'avait recueillie. Et cet homme possédait deux mille francs en pièces d'or. Elle avait volé le propriétaire de cette petite fortune qui, sans doute, provenait du pillage.

Le bien mal acquis ne profite pas, tout au moins à certains acquéreurs. Pour elle, elle devait se féliciter de cet emprunt forcé à la bourse de l'homme qui l'aimait. Cet amour excusait son geste. Ainsi, la petite Angela avait pu s'établir à Paris, d'une manière digne de la marquise de Villareal. Un certain train de maison, un sillage discrètement exotique avaient permis qu'un M. Armand de Galande, attaché au ministère des Affaires étrangères, y trouvât ses habitudes grâce aux caresses d'une jolie femme qui, entre-temps, ne manquait pas d'esprit.

Quand M. de Galande parlait d'Eugénie avec ses amis, il disait : « C'est une enfant gâtée, mais elle est bonne comme le pain de Rouen. C'est une femme du monde qui ne serait pas déplacée dans le paradis de Mahomet. Elle est semblable à une rose sans épines, et les roses sans épines valent le soin d'être cueillies d'une main confiante. »

M. de Galande se trompait, naturellement. Ce fait ne prouvait nullement qu'il fût un sot, car la tâche même de Mme de Villareal dans la vie était de duper les gens les plus circonspects. Elle y réussissait.

Cet après-midi de méditations auprès d'un feu de décembre lui procurait une bienfaisante inactivité. Elle était immobile dans son fauteuil comme une chatte dominée par ses souvenirs de chasse. Elle savourait ses souvenirs comme une friandise et, quand la saveur l'émouvait plus particulièrement, elle passait sur ses lèvres la pointe de sa langue.

Soudain, elle se leva et prit une guitare qui était posée sur une table ronde à dessus de marbre. Elle revint s'asseoir et promena avec habileté ses doigts sur les cordes. Elle jouait machinalement une *sevillana*. Sa pensée n'errait point, cependant, sur les rives du Guadalquivir. L'alerte danse rythmait des images moins chaudes où se détachaient la haute et puritaine silhouette de M. de Galande à côté d'une autre qui était celle du jeune homme romantique aux gros sourcils et aux bottes défraîchies.

La marquise posa sa guitare et se dirigea vers la pendule. Elle tira sur un cordon pour appeler. Ce fut sa camériste qui se présenta.

— Julie, vous ferez préparer la voiture pour dix heures. Je souperai ici, près du feu.

— Que désire madame ?

— Ce que vous voudrez... Un repas léger... deux œufs, des fruits et un peu de vin de Bourgogne... Ah !... vous m'attendrez. Je serai rentrée vers minuit. Si à deux heures du matin je ne suis pas rentrée, vous irez prévenir...

— M. de Galande ? demanda la fille, non sans effronterie.

— Êtes-vous folle, imbécile ! Vous trouverez dans ce tiroir une enveloppe cachetée. Vous l'ouvrirez et dans cette première enveloppe vous en trouverez une deuxième sur laquelle une adresse est inscrite. C'est cette deuxième enveloppe que vous porterez à l'adresse indiquée. C'est bien compris ?

— Certainement, madame.

— D'ailleurs, je serai rentrée pour minuit.

Mme de Villareal congédia sa camériste et prit un livre posé sur le coin de la cheminée. C'était un traité de fortifications permanentes, orné de planches qui se dépliaient pour des révélations austères.

À dix heures, Mme de Villareal, frileusement

enfouie dans ses fourrures, prit place dans une voiture fermée dont l'élégance était indiscutable. Le cocher, vêtu d'une livrée discrète, ressemblait à un janissaire. Il tenait à la fois du cocher de bonne maison et du garde du corps.

La voiture roula longtemps dans les rues désertes, mal éclairées par des lanternes poussiéreuses accrochées à des potences de fer ou de bois. Un peu avant d'arriver à la barrière de Chaillot, elle s'arrêta dans l'ombre d'une petite rue assez sinistre d'aspect.

Le cocher ouvrit la portière et Mme de Villareal descendit. Elle jeta un petit cri en se tordant la cheville sur le sol mal pavé.

— Vous m'attendrez ici, James. Éteignez vos lanternes. Il est inutile qu'on aperçoive la voiture.

Le cocher souffla les chandelles.

— Bon... Maintenant, écoutez-moi bien, James. Je vais dans cette maison, celle qui est éclairée par une petite lueur. Elle est la seule qui soit éclairée dans cette ignoble rue... C'est un cabaret, un tapis-franc, comme on dit ici. Si je ne suis pas revenue dans une heure, vous viendrez me chercher avec vos pistolets.

— J'ai deux pistolets de gendarmerie. Avec ça, on fait du beau travail, madame... Vous auriez dû me laisser emmener Victor, le valet de pied...

— Je n'ai pas assez confiance en Victor, James. Demain, si la Purissime le permet, vous partirez avec moi et Julia.

— On se rouille ici.

— Attendez que la nuit soit terminée. Pour ma part, je voudrais qu'il soit onze heures.

— Allez sans crainte, madame. Je serai derrière la porte de cette maison.

La marquise s'éloigna en sautant de pavé en pavé comme une bergeronnette. Avant de pousser la porte du tapis-franc, elle mit la main sur son cœur, car il battait très fort.

Enfin, d'un seul coup d'épaule, elle poussa la porte qui s'ouvrit. La jeune femme demeura quelques instants comme suffoquée par l'atmosphère de la salle du tapis-franc. La fumée des pipes et des mauvais cigares ne permettait guère de distinguer le visage des clients. Quand les yeux de Mme de Villareal se furent habitués à cette tabagie, elle distingua une table vide. Elle marcha d'un pas décidé vers cette table et s'assit sur une chaise grossière à siège de paille. Un gros homme grisonnant, coiffé d'une casquette de débardeur, s'approcha d'elle.

— Vous ne faites pas d'erreur ? fit-il.

— Je ne pense pas. C'est bien ici le cabaret du *Lapin d'Or* ?

— C'est comme vous le dites.

— Très bien... Servez-moi du vin chaud. J'ai rendez-vous ici avec M. Sobiaki. Il devrait être là.

Un grand silence régnait dans le tapis-franc. Tous les regards étaient tournés vers la jeune femme qui supporta parfaitement cette dangereuse curiosité.

— Je vais vous servir, fit le patron. Mais plus vite vous partirez d'ici, mieux ça vaudra pour vous.

Une voix éraillée se fit entendre :

— C'est une largue de messière (bourgeois) ?

— Et après ? demanda le patron en se tournant vers l'homme à la voix.

Celui-ci baissa le nez sur son verre et ne dit plus rien.

À ce moment, la porte s'ouvrit et M. Sobiaki, plus romantique que jamais, pénétra dans la pièce. Il se dandinait comme un élégant de barrière et jouait nonchalamment avec un stick. La tête un peu penchée sur le côté, il souriait avec complaisance.

Mme de Villareal lui fit un signe de la main et M. Sobiaki y répondit par un sourire charmé.

— Belle amie, fit-il en s'installant à la table, vous êtes ici comme une rose sur un tas de fumier, et je ne sais...

— Avez-vous réussi ?

— Je réussis toujours, vous le savez bien...

Il se pencha tout près du joli visage :

— Et vous, avez-vous les faffes ?

— Vous serez payé donnant, donnant.

— C'est bien comme cela que je l'entends. Savez-vous que c'est un vrai plaisir que de traiter une affaire avec vous ?

— Faisons vite, si cela vous agrée. Tout s'est donc bien passé ?

— À vrai dire, fit M. Sobiaki en baissant la voix et en se renversant sur sa chaise, les choses ont bien failli mal tourner. Figurez-vous que j'étais plongé dans l'admiration que provoque toujours un coffre-fort un peu sérieux, quand une idiote de femme de chambre est venue demander, d'une voix assourdie par la peur, s'il y avait quelqu'un dans le cabinet de travail de M... Chut ! pas de noms. On ne pouvait imaginer cambrousette (servante) moins mariolle. Il faisait sombre dans la piolle. Elle ne m'a pas vu. Je lui ai mis proprement la main sur la bouche pour l'empêcher de crier. Je l'ai bâillonnée avec un mouchoir. Elle était comme morte entre mes ailes. Après quoi je l'ai ficelée sur une chaise. Ensuite, j'ai pu travailler en essayant toutes mes caroubles (fausses clefs). Mais tout ça, madame, c'est du métier...

Il fouilla dans la poche de sa redingote, puis sembla se raviser :

— J'ai votre affaire. Mais ne me donnez pas l'auber devant tous ces sorgueurs (voleurs de nuit). J'aurais du mal à ramener chez ma mère son fils en bon état. Je vais vous accompagner quelques pas. Et puis nous échangerons notre camelote. Levez-vous ; marchez la première et ne craignez rien.

Mme de Villareal se leva, traversa la grande salle dans toute sa largeur. Quand elle fut dans la rue, il lui sembla renaître. Elle aspira l'air à pleine bouche. Une main se posa sur son épaule.

— Par ici, sous la lanterne, señora.

Elle suivit Sobiaki qui lui remit une enveloppe cachetée. Eugénie l'ouvrit avec soin et regarda le document à la lueur de la lanterne. Sa joie éclata :

— Vous êtes un amour, Sobiaki !

Elle fouilla à son tour dans son corsage et en sortit

dix billets de mille francs qu'elle remit à l'homme. Sobiaki les compta lentement en surveillant la rue du coin de l'œil.

— Le compte y est...

— Alors, adieu, fit Mme de Villareal en lui tendant la main.

— *Chenu sorgue* (bonsoir), répondit Sobiaki.

Il disparut aussitôt dans la nuit.

Alors Mme de Villareal, saisie d'une peur épouvantable, se mit à courir. James la rattrapa comme, époumonée et la figure livide, elle allait s'engager dans une ruelle assez inquiétante.

Dès qu'elle se sentit en sûreté dans sa voiture, sous la protection de James, Eugénie de Villareal eut une crise de larmes. Elle mordait son petit mouchoir pour se calmer. Une grande joie succéda à la détente nerveuse. Elle serrait contre son sein la précieuse feuille de papier pliée en quatre, dont le prix pouvait paraître inestimable...

Au moment même où la belle jeune femme discutait affaires avec un cambrioleur dans l'endroit le moins recommandable de Paris, M. de Galande rentrait chez lui après avoir longuement hésité entre une soirée à l'Opéra et une sérieuse séance de travail dans le confort bien séduisant de sa bibliothèque.

M. Armand de Galande était âgé de trente-sept ans. Haut en couleur, robuste et musclé comme un carabinier, il était vêtu avec recherche. Des favoris soigneusement taillés encadraient son visage et lui donnaient cette apparence poupine que l'on retrouve sur tous les portraits de cette époque. Une haute cravate de faille noire entourait le col de sa chemise dont les pointes se dressaient de chaque côté d'un menton volontaire. M. de Galande était un homme loyal, cultivé avec discrétion. Les ministres qui se succédaient avaient confiance en lui et lui confiaient des secrets d'État qui souvent intéressaient fortement la défense du pays.

Cet homme honnête et madré comme un gentilhomme normand avait fait la connaissance de la marquise de Villareal dans une garden-party donnée par des officiers de hussards en manœuvre au camp de Châlons. La jeune femme, racée et intelligente, reçue dans les familles les plus fermées, avait produit une grande impression dans l'existence de ce célibataire un peu sceptique. Elle sut devenir une charmante amie et l'on peut croire que M. de Galande l'aima sincèrement.

Cette nuit-là, Armand de Galande, séduit par l'idée qu'il compulserait des dossiers précieux en fumant une longue pipe turque, souvenir d'un séjour diplomatique à Constantinople, grimpa lestement le grand escalier de son hôtel après avoir souhaité une bonne nuit à son concierge, qui lui avait ouvert la porte.

Un grand silence régnait dans la maison où brillait seule, sur le palier du premier étage, une lanterne en fer forgé. Tous les domestiques dormaient.

M. de Galande entra dans sa chambre, alluma sa

lampe à huile, montée sur un vase de Chine, et se mit à l'aise. Enveloppé dans sa robe de chambre en velours grenat, les pieds chaussés de babouches et la lampe à la main, il se dirigea vers son cabinet de travail, dont la porte donnait sur le même palier. Il chantonnait une vieille chanson qui faisait partie, en quelque sorte, de l'héritage paternel :

Le jeudi de l'Ascen-si-on
Molcourt quitta ses épaulettes,
Son grand casque et son ceinturon,
Son épée et ses aiguillettes.
Ce n'est plus lui, ce n'est plus lui, ce fier dragon
C'est...

La chanson s'arrêta net sur les lèvres de M. Armand de Galande, car le spectacle qu'il avait devant les yeux, après avoir ouvert la porte de son bureau, n'était point parmi les plus médiocres. Cela pouvait ressembler à un dessin de M. Deveria. Qu'on en juge.

Ce que vit en premier le jeune diplomate, ce fut une paire de jolies jambes gainées de fil blanc. Deux petits pieds chaussés de bottines en satin noir montraient une agitation désespérée, mais mourante. Ils appartenaient à la jeune femme de chambre que M. Sobiaki, assez irritable quand on venait interrompre son travail, avait liée sur la chaise, une bonne heure plus tôt.

M. Armand se hâta de délivrer la jeune servante

qui déjà suffoquait, le bâillon dans la bouche et les yeux hors de la tête.

Il appela. Des portes claquèrent et, dans l'ordre, arrivèrent en costume de nuit : le portier, le valet de chambre, la cuisinière, le cocher et le jeune jockey. Déjà, Lisette reprenait ses couleurs et l'usage de la parole. Elle raconta tous les détails de son agression. Elle ne savait que répéter en pleurnichant :

— Il ne m'a pas fait de mal ! Il ne m'a pas fait de mal !...

Rassuré sur le sort de Lisette, M. de Galande la remit entre les bras maternels de la cuisinière et, suivi de son valet de chambre Justin, commença à explorer la pièce, car il ne pouvait douter qu'un vol eût été commis.

Sa première pensée fut pour le coffre à serrure de sûreté où il enfermait ses objets précieux.

Il vit tout de suite que la serrure avait été forcée, ainsi qu'une caissette où reposait un document d'une importance exceptionnelle dont il devait prendre connaissance avant de le remettre au ministère de la Guerre.

En s'apercevant du vol, M. de Galande ne put que lever ses deux bras vers le ciel. Il s'écroula sur une bergère en balbutiant :

— Firmin, allez vite à la police ! Il faut que le commissaire vienne tout de suite ! Vous lui direz que c'est un vol qui concerne la sûreté de l'État !

Le malheureux, anéanti, se demandait avec angoisse ce qu'il pourrait advenir de tout cela. Il n'était pas encore sorti de sa stupeur quand le commissaire, suivi d'une demi-douzaine d'agents en uniforme et de deux policiers en « bourgeois », pénétra dans le cabinet de travail.

C'était un petit homme replet, coiffé d'un chapeau haut de forme. Il prisait. Aussi offrit-il courtoisement sa tabatière à M. de Galande qui déclina l'offre d'un geste à peu près désespéré. Après quoi, il prit connaissance de la situation.

— Avez-vous des soupçons, monsieur ? demanda le commissaire.

Armand de Galande esquissa un geste vague.

— Dans votre entourage ?

— Je ne pense pas...

— Qui pouvait connaître la présence de ce document dans votre coffre ?

— Mais personne, monsieur, et c'est bien ce qui me désespère !

— Vous aviez ce document depuis combien de temps ?

— Deux jours.

— Et vous deviez le remettre au ministère de la Guerre ?...

— Demain matin. J'étais rentré chez moi ce soir de bonne heure précisément pour l'étudier.

— Toute la question est là, monsieur. Il faut chercher, parmi les gens que vous connaissez, quels sont ceux qui pouvaient connaître la présence du document dans votre coffre entre ces deux dates. N'en avez-vous pas parlé vous-même à quelqu'un, une personne dont vous êtes sûr, un ami intime ?

— Ah !... fit M. de Galande en se frappant le front.

Puis il ajouta tout aussitôt :

— Est-ce possible ?... J'ai honte d'y songer...

— Vous voyez ! fit le commissaire en tendant machinalement sa tabatière. Vous voyez !... Quelle imprudence !... Peut-on connaître le nom de la personne à qui vous venez de penser ?

— Monsieur le commissaire, je répugne à formuler des soupçons, car la personne en question est parfaitement honorable.

— C'est fort possible, je dirai même que c'est certain. Mais cette personne a pu bavarder elle-même et, comme on dit, le renseignement ne sera pas tombé dans l'oreille d'un sourd.

— L'affaire est trop grave, monsieur le commissaire, pour que je puisse garder une attitude réticente. La personne que je ne voulais pas nommer est la marquise de Villareal.

— Ah ! fit le commissaire. Je voudrais connaître l'adresse de cette dame, afin de lui demander, sans l'importuner, ce qu'elle peut nous dire sur cette affaire.

M. de Galande ne répondit pas. Et le commissaire se retira avec sa suite.

Ce ne fut pas difficile pour le policier de trouver l'adresse de la marquise de Villareal. Dès le lendemain dans la matinée il prit un fiacre, et, accompagné par un agent civil, dont il vérifia la tenue d'un œil critique et sévère, il se rendit dans la rue Saint-Honoré.

Au premier regard qu'il jeta sur l'hôtel de Mme de Villareal, il lui sembla bien que quelque chose d'assez louche venait de se passer. Les fenêtres étaient ouvertes malgré le froid et il semblait bien que les rideaux avaient été enlevés.

Sa tabatière à la main, le commissaire sonna à la porte cochère et attendit patiemment qu'on vînt lui ouvrir. Ce fut long. Enfin, un pas se fit entendre dans la cour et une main couverte de petits poils roux entrouvrit la lourde porte.

— Que voulez-vous ?

— Je désire voir Mme la marquise de Villareal.

— Elle est partie.

— Ouvrez la porte... Police...

Cette fois, la porte s'ouvrit et le commissaire se trouva en présence d'un grand dadais roux qui retira son bonnet de palefrenier en apercevant les deux policiers.

— Ah ! elle est partie, fit le commissaire d'un air goguenard. Mais c'est très intéressant, ce que vous nous confiez là, mon jeune ami. D'abord, qui êtes-vous ?

— Je suis valet de pied. Et je peux vous dire que

votre fichue marquise est partie au diable sans payer mes gages. Quand je me suis réveillé, ce matin, la cage était vide et l'oiseau envolé. Je devrais dire : les oiseaux, car elle a f... le camp avec son cocher, un coquin, et sa femme de chambre, une vraie fille du diable. Voilà la vérité vraie... Maintenant, si vous voulez entrer, la porte est ouverte.

— Mon Dieu, fit le commissaire, j'ai justement sur moi un mandat de perquisition ; autant en profiter...

Il suivit le domestique.

Comme l'avait dit le valet de pied, la cage était vide. Le désordre des chambres indiquait un départ précipité.

— Eh bien ! voilà une affaire terminée, dit le commissaire à son subordonné, car je doute fort que nous puissions mettre la main sur la luronne. À l'heure qu'il est, elle a dû mettre une frontière entre nous et sa gracieuse personne.

M. de Galande connut ces faits dès le début de l'après-midi. Il en fut littéralement assommé. Il rentra chez lui comme un homme sans âme. Puis il envoya une lettre de démission. Il disait pourquoi et qu'il n'aurait jamais de repos qu'il n'ait mis la main sur l'espionne. Il jurait de retrouver le document, dût-il laisser toute sa fortune dans ses recherches.

La démission fut acceptée. Et M. de Galande resta en tête à tête avec ses projets. C'était un homme de parole et de prompte résolution. C'est ainsi que l'hôtel fut bientôt mis en vente et acheté par un banquier en renom. Les livres furent dispersés aux enchères publiques.

Quant à M. de Galande, il disparut. Les uns dirent qu'après cette histoire il ne pouvait mieux faire, et d'autres pensèrent qu'il n'avait pas dit son dernier mot.

Justin, le valet de chambre, n'avait pas suivi son maître. Il était entré au service du banquier. Quand il parlait du vol du document, c'était pour affirmer que son ancien maître finirait bien par le retrouver.

CHAPITRE TROIS

Assise au centre d'un petit bureau meublé avec la simplicité confortable des Britanniques, la marquise de Villareal présidait une sorte de conseil de guerre. Ses lieutenants étaient au nombre de trois. L'un d'eux était James, l'ancien valet qui se faisait appeler Billingburle, esq. Deux hommes, deux frères, appuyés de chaque côté de la cheminée se tenaient immobiles comme des cariatides. Le plus grand, étroitement serré dans un habit noisette, s'appelait Ludwig Erling, son frère répondait au patronyme de Thadée. Leurs visages roses étaient semblables, tant par la similitude des traits que par l'expression de dureté que produisaient leurs yeux couleur de myosotis déteint. Ils se disaient bavarois. M. James Billingburle, le nez appuyé contre la vitre, regardait par la fenêtre l'agitation matinale de Soho Square. Mais il prenait grande attention à la conversation de celle que l'on appelait maintenant la Spartiventi et des frères Erling.

Eugénie avait quitté Paris, rapidement, mais non

pas brusquement. Sa fuite avait été préparée avec soin et ses places retenues sur un petit voilier du port de Dieppe qui devait la conduire à Brighton où la diligence de Londres prenait le départ.

Dès qu'elle eut le document volé par son complice aux airs romantiques, elle se confia à James qui avait préparé minutieusement le dernier acte de la vie parisienne de la Villareal. Les fugitifs, de relais en relais, en distribuant l'argent avec adresse, parvinrent à Dieppe où ils embarquèrent en poussant de profonds soupirs de contentement. La Villareal, devenue la Spartiventi, dès ce moment était si heureuse de sa réussite qu'elle supporta une mer houleuse et sombre qui fit de ce petit voyage six heures de supplice pour les autres passagers.

Les frères Erling, avec qui elle devait traiter au sujet du document, lui avaient retenu un appartement devant le square de Soho, dans cette fameuse White-House qui, quelques années auparavant, avait abrité les exploits clandestins de quelques gentlemen galants et bien pourvus de guinées.

— Vous ne pensez pas, disait la Spartiventi, que j'aie risqué la mort dans un affreux cabaret pour ne pas en tirer le profit que j'ai estimé avant d'entreprendre cette mission qui fut, sans doute, la plus difficile de ma carrière. Je connais votre pingrerie. Votre résistance ne me surprend pas... Je vous le jure, j'attendrai le temps qu'il faudra le résultat de vos méditations d'avares et...

— Nous ne voulons pas gaspiller l'argent qui nous est confié.

— Mais, bon Dieu ! fit la Spartiventi en colère, ne gaspillez rien du tout. Gardez vos guinées pour en faire des boutons de manchette. Distribuez-les aux œuvres de bienfaisance ou mangez-les comme des macarons, je m'en f... Ce que je veux vous dire, c'est qu'il faudra payer le prix que je veux si vous voulez le papier. Sinon...

— Sinon... Quoi ? demanda Ludwig.

— Ça, c'est mon affaire.

— Vous n'êtes vraiment pas raisonnable, chère amie, fit Thadée d'une irritante voix de fausset. Vous jouez un jeu dangereux. Nous n'aimons pas menacer, car cela n'est pas correct, mais vous devriez savoir que, dans notre profession, une vie humaine, je ne dis pas la vie d'un homme, pèse moins qu'une plume.

— ... de grenouille, répondit la Spartiventi en éclatant de rire.

M. Thadée Erling haussa les épaules et pointa son gros nez vexé vers la coiffe de son chapeau qu'il tenait à deux mains.

— Vous réfléchirez. Mais le temps presse. Nous reviendrons demain. J'ai trop confiance en votre intelligence pour imaginer une réponse contraire au bon sens... Cependant, si l'impossible se produisait...

— Et alors ? dit la Spartiventi en le toisant.

— Alors, ce serait la guerre.

— Tout simplement ?

— Tout simplement.

Les deux Erling saluèrent cérémonieusement et se retirèrent majestueusement en marchant l'un derrière l'autre, comme des suisses dans une procession.

— Ouf ! je respire, fit la Spartiventi quand ils eurent disparu. Qu'en penses-tu, Billingburle ?

James Billingburle, qui, pendant toute cette conversation, n'avait cessé de tambouriner une marche militaire sur les vitres de la fenêtre, se retourna tout d'une pièce. Les mains enfoncées dans les poches de sa culotte de nankin, il vint se placer devant Eugénie.

— Tu as tort.

— Et pourquoi ? Je sais que ces deux bandits ont de l'argent plein leurs poches. Ils veulent rogner sur ma part, voilà tout. Ils me proposent à peu près la moitié des crédits alloués par leur gouvernement pour rentrer en possession de cette lettre... *Claro ?*

— C'est clair, en effet. Mais ce n'est peut-être pas non plus la bonne solution que de montrer une intransigeance de mule.

— On ne peut être plus galant.

— Je retire mule. Mais le fait est là. Ces deux gredins sont terriblement puissants. Et notre situation, ici, n'est pas la même qu'à Paris. Tu le sais bien toi-même. La Spartiventi n'a pas les mêmes relations que la marquise de Villareal.

— Hé, diable ! je le sais bien. Mais il ne faut pas

céder. Je n'ai pas l'intention de continuer ce métier toute ma vie. Je veux me retirer sur ce coup...

Billingburle ricana :

— Te retirer à la campagne... avoir beaucoup d'enfants... des lapins et des poules, un poney.

— Il sera encore temps demain, fit Eugénie devenue subitement très songeuse.

— Par Jupiter, tu as tort. J'ai en ce moment la certitude que tu aurais dû accepter l'offre des deux Erling. J'ai la conviction que la guerre est déclarée entre eux et nous. Ils te connaissent depuis trois ans. Ils savent que tu n'as pas cédé dans l'affaire d'Espagne. Tu vas voir que ces deux gaillards-là vont nous tomber dessus quand nous nous y attendrons le moins.

— Et après ? Je ne me promène pas avec la lettre dans mon manchon. Elle est en sûreté. Ma mort ou la tienne ne leur serviraient pas.

— Ils ne te tueront pas, mais ils te prendront et sauront bien te faire parler.

— La torture ?

Billingburle ne répondit pas.

— Tu as ma foi raison, fit Eugénie. Mais, par le diable ! je saurai me faire payer d'une autre manière.

Le lendemain à la même heure, dans le cabinet de travail de la maison de Soho Square, les mêmes personnages, à peu près groupés de la même façon que la veille, reproduisaient un tableau intime à peu près identique. Cependant, le grand bureau Empire qui tenait le centre de la pièce était couvert littéralement de bank-notes et de sacs d'or en toile écrue.

— Le compte y est, vous pouvez vérifier, fit M. Ludwig Erling en esquissant un laid sourire. Vous avez eu raison, ma chère, de peser, avec votre bon sens naturel, les avantages que vous procure cette somme payée comptant dans la monnaie de votre choix.

La Spartiventi ouvrit alors un tiroir de son bureau et en sortit le document. Elle le tendit à Ludwig Erling.

— Vous pouvez vérifier.

Ludwig Erling posa sa masse énorme sur une chaise d'apparence fragile qui supporta bien cette épreuve. Il ajusta sur son nez bulbeux des lorgnons attachés à un ruban de soie noire. Il déplia la lettre, la lut attentivement, examina le papier en transparence. Enfin, il glissa le papier dans un énorme portefeuille qu'il sortit de la poche de son habit.

— C'est parfait, conclut-il. Il faut tout de même qu'un homme soit fou pour mettre sa signature sous un texte de ce genre. Enfin, tout est en règle, belle amie. Je suis certain que nous aurons encore l'occasion de nous rencontrer.

— Je n'en doute pas, dit la Spartiventi en comptant les sacs d'or.

M. Billingburle reconduisit les visiteurs jusqu'à la porte. Le train de maison de la Spartiventi ne pouvait se comparer à celui de la marquise de Villareal. Une seule servante suffisait à l'entretien du couple.

— Voilà ta part, fit Eugénie en désignant une pile de sacs et de bank-notes.

D'un geste de la main, elle poussa la fortune vers l'extrémité du bureau où James appuyait ses deux mains.

Puis elle regarda l'heure à la pendule et se tourna ensuite vers Billingburle.

— En ce moment...

Elle n'acheva pas sa phrase. James prêtait l'oreille. Il y eut un long silence. Enfin, l'homme se détendit.

— J'avais cru entendre des pas dans l'escalier.

— Il est encore trop tôt, répondit Eugénie.

— Rangeons, en attendant, cet amas de vil métal. Ce n'est pas un spectacle à offrir à n'importe qui.

La Spartiventi se leva et découvrit derrière une glace à trumeau une profonde cachette dissimulée dans le mur. Ils y rangèrent l'or et les billets.

Quand ce fut terminé, M. Billingburle se mit à arpenter la pièce de long en large, ce qui, visiblement, paraissait agacer sa compagne.

— Ah ! James, de grâce. Asseyez-vous... Vous me barbouillez le cœur... Ah... écoutez...

Cette fois-ci on entendit nettement les pas d'une personne qui hésitait en montant les marches de l'escalier. Arrivée devant la porte, cette personne souffla bruyamment comme un phoque. Elle se moucha et le son grêle d'une sonnette fêlée retentit dans le vestibule. D'un bond, M. Billingburle se leva pour introduire le visiteur. L'ancien laquais reprenait souvent le pas sur le nouveau squire.

Il revint en poussant devant soi un étrange individu qui semblait construit en pièces d'occasion. Il
donnait l'impression d'avoir des bras trop vieux, un
cou usé et des jambes achetées à la ferraille. Ce qui
aidait à parfaire ce déplorable ensemble, c'étaient
deux yeux de poisson dont l'un des deux, cerné de
couleurs vives où le noir dominait, prouvait la violence du choc qui l'avait atteint.

— Par le diable ! dit la Spartiventi en grimaçant
sous l'influence d'une pensée amère, vous voilà dans
un bel état, Tom Gogbool. Je n'ai pas besoin de
vous demander si vous et les vôtres avez réussi dans
votre entreprise. Vous êtes sans doute le mieux portant de la bande.

— À boire... quelque chose, dit l'honorable Tom
Gogbool en se déposant en tas sur le canapé.

M. Billingburle se leva et versa dans un verre une
grande rasade de gin. Il tendit le verre à l'homme qui
but avec bruit.

— Eh bien, voilà ! fit-il en poussant un soupir de
satisfaction et en reposant le verre à côté de lui sur
le parquet.

M. Billingburle ramassa le verre et le posa sur le
marbre de la cheminée.

— Je vais vous dire ce qui s'est passé, dit la Spartiventi en se levant. Vous avez rencontré les deux
hommes devant le numéro 10 de Petticoat Lane,
comme il était entendu.

— C'est vrai, dit l'homme.

— Vous les avez attaqués avec vos matraques et

vous avez été rossés. Vous êtes des pleutres, quatre pleutres, quatre pleutres pour être précis.

— Il y a du vrai là-dedans, dit M. Gogbool. Votre histoire paraît juste et croyable dans les grandes lignes. Cependant, il y a les détails que vous oubliez et les détails, comme disait mon grand-père qui fut gracié par erreur dans l'affaire de vol de la Tour de Londres, les détails, c'est tout le sel d'une histoire et, comme le disait mon oncle qui fut pendu le jour de ma naissance, sa raison d'être appelée une histoire.

— Vous avez une nombreuse famille, monsieur Gogbool ?

— Oui, madame, ainsi ma grand-mère qui pendit la crémaillère dans la prison de Lewe...

— Laissez votre grand-mère en enfer et dites-moi plutôt ce qui s'est passé.

— Quand je vous ai parlé de détail, madame, c'était pour vous faire comprendre que vous avez oublié de m'en signaler un : à savoir que ces deux hommes sont plus forts que des taureaux et plus rusés que des démons. À cette heure Jim Cutpurse, que Dieu ait son âme, est aligné raide mort dans un tas d'écailles d'huîtres devant le numéro 7 de ladite rue. Bon. Ce tendre jeune homme que l'on appelait Tracy a été tué net d'un coup de pistolet un peu avant la fin du combat. Quant à Ned Tramp, il a eu le temps de parcourir un mille et de perdre tout son sang avant d'aller dormir son dernier sommeil dans un hangar dont la porte était entrouverte. Celui qui trouvera ce bel objet en se réveillant demain matin aura toujours le droit d'aller le déclarer à la police. Tel que vous me voyez, c'est-à-dire défraîchi pour le reste de mes jours, je suis le seul survivant de cette bande de bons garçons que vous avez conduits, madame, dans ce détestable traquenard.

La Spartiventi levait les bras vers le plafond. Elle allait et venait comme une lionne en cage. Au comble de l'exaspération elle vociférait des injures en anglais, en espagnol, en français et en allemand.

M. Tom Gogbool la contemplait d'un seul œil émerveillé. Il semblait dire : « Quelle force de la nature que cette femme ! Je ne voudrais pas être à la place de celui qui l'épousera. »

Il laissa passer la tempête en tamponnant son œil mort avec un mouchoir sale, taché de sang.

Eugénie se calma enfin et Tom Gogbool reprit la parole.

— Voilà donc, madame, l'exposé sans détour de nos pertes. Et comme le disait ma nièce qui fut envoyée à Botany-Bay pour s'occuper de culture surveillée : « Péché caché est toujours pardonné. » Vous connaissez l'étendue de nos malheurs. Pour être franc, je dois avouer qu'un des deux tigres dont nous devions débarrasser la société a mordu la poussière en tirant la langue car je l'ai étranglé de mes propres mains avec cette cravate.

M. Tom Gogbool montra ses larges mains et tira de sa poche un lacet de cuir qu'il fit danser complaisamment devant son visage.

— Que ne le disiez-vous tout de suite, cria la Spartiventi. Où est-il ?

— Je l'ai laissé aussi raide qu'une tringle à rideaux dans un endroit bien connu des policemen, comme on dit. Il repose au fond de la Tamise. Et à cette heure, il doit voguer doucement dans la direction de l'île aux Chiens.

— L'avez-vous fouillé ?

— Bien entendu. Je n'ai rien trouvé, ni papier, ni argent. Je n'ai recueilli que cette montre en or qui ne porte pas de chiffre et qui, de ce fait, peut convenir à tout le monde.

— Lequel des deux est mort ?

— Le plus petit, madame, ce qui ne veut rien dire, car il était déjà long et corpulent. Dans la discussion, au moment même que Tracy rendait sa belle âme, j'ai entendu le plus grand l'appeler Thadée. Avec la mort de ce Thadée s'arrête mon récit et, comme disait ma tante que la police du comté...

— Ainsi vous n'avez pas trouvé la lettre ?

— Vous savez bien, chère amie, que la lettre se trouvait dans le portefeuille de Ludwig.

— Oui, je le sais... Ah ! nous n'avons pas de chance. James, payez ce que nous devons à M. Gogbool et qu'il aille se faire soigner.

La Spartiventi se leva et passa dans la pièce à côté.

James paya ce qu'il devait et Tom Gogbool rentra définitivement dans la nuit. Quand il eut disparu, Eugénie revint dans le petit boudoir qui lui servait de bureau. James, les jambes allongées devant le feu, bâillait à se décrocher les mâchoires.

— Dans ce genre d'opération, fit-il, il faut compter d'abord avec la chance. J'avais tout préparé avec la bande Gogbool pour reprendre le document. Il est évident que nous eussions pu le revendre à d'autres. C'eût été tout profit, mais la Providence en décida autrement. En réfléchissant bien, la situation n'est pas belle.

— Bah, répondit la Spartiventi, il ne faut pas exagérer. Nous n'avons pas touché notre dû ; mais cinquante mille francs c'est une somme tout de même...

— Certes, et nous aurions agi sagement en nous en tenant là. Tu as voulu tenter de reprendre la marchandise, nous connaissons le résultat. Désormais nous aurons sur notre route un ennemi implacable. Ludwig n'aura de repos qu'il n'ait vengé Thadée. Il ne peut douter de notre complicité dans ce meurtre.

— Et l'homme est sérieux, soupira Eugénie.

— C'est une sale canaille. Nous ne pouvons plus rester à Londres. Dans vingt-quatre heures nous aurons à nos trousses tous les assassins de Poplar.

— Fuir, toujours fuir...

— Bah ! la bille roule. Elle finira bien par s'arrêter un jour.

Personne ne dormit dans l'appartement de la « White House », car la nuit fut consacrée aux préparatifs de départ.

Au matin, M. Billingburle s'en alla au bureau de la diligence de Bristol. Il retint deux places.

La pluie avait succédé au froid quand au petit jour le couple fugitif monta dans un « cab » pour se diriger vers la cour où la diligence attendait. Eugénie n'avait pour tout bagage qu'une petite malle recouverte d'une garniture en peau de bique. Quant à M. Billingburle, revêtu d'un carrick et coiffé d'une monumentale casquette, il tenait à la main un sac de voyage en velours jaune d'or. L'un et l'autre, dans leur mise simple et cossue, offraient l'aspect d'un couple bourgeois en voyage de noces. Cette apparence avait été adoptée par Billingburle qui se penchait tendrement sur le visage de la jeune femme comme un homme dont la vue ne peut se rassasier. Mais ce n'était pas seulement le joli visage d'Eugénie que M. Billingburle contemplait avec intérêt. D'un regard furtif il scrutait les alentours. Il craignait les sbires de Ludwig Erling et cherchait à lire dans la pensée de tous ceux qui s'approchaient de la lourde voiture.

Elle fut bientôt pleine. Eugénie se mordait les lèvres d'impatience, cependant que son compagnon veillait à leur salut. Les voyageurs pour Bristol et les autres relais sur la route n'offraient rien qui puisse inspirer de l'inquiétude. Il y avait là trois vieilles dames et leurs servantes, deux sous-officiers des dragons de Norfolk, un skipper de la marine marchande, quelques négociants en voyage d'affaires et des collégiens coiffés de lourds chapeaux de haute forme.

Au moment même que le postillon sonnait le départ avec sa trompe, un retardataire ouvrit la portière et s'engouffra dans la voiture au milieu des protestations de tous ceux qui n'avaient pas garé à temps leurs pieds sous la banquette.

Le nouvel arrivant s'excusa fort civilement, se coinça tant bien que mal entre un collégien et une vieille dame. Il sourit à la ronde et s'épongea le front avec un grand mouchoir gris à carreaux rouges.

M. Billingburle regarda sa compagne à la dérobée. Celle-ci baissa rapidement les paupières en signe d'assentiment.

La première partie du voyage se passa sans incident. Les voyageurs trop tôt réveillés somnolaient sur leur banquette en dodelinant de la tête selon les cahots de la voiture. Vers midi, on arriva devant une grande auberge rustique à l'enseigne de *L'Ancre et la Couronne*. La table était mise et chacun fit honneur au repas.

M. Billingburle et sa compagne ne demeurèrent pas longtemps à table. Dédaignant la conversation sérieuse et documentée des négociants, ils s'échappèrent sous le prétexte, annoncé à haute voix, de se dégourdir les jambes en faisant quelques pas sur la route.

La pluie avait cessé de tomber et le vent, qui déjà sentait l'iode et le sel de la mer, soufflait en rafales dans les branches des hauts peupliers qui bordaient la route de chaque côté.

— Nous sommes suivis, dit Eugénie. Ce « cockney » qui a l'air d'un comédien dans l'infortune est un espion de Ludwig. Il faut changer d'itinéraire.

— Ce n'est pas facile, car le paquebot qui se rend à New York part demain. Laisse-moi faire. Quand nous serons arrivés à Bristol, je ne lâcherai pas cet homme d'une semelle. Je finirai bien par trouver la bonne solution.

— Surtout, James... ne tue pas.

— Il faut en sortir. À Bristol l'homme retrouvera peut-être du renfort.

On entendit la trompe du postillon. Eugénie et Billingburle revinrent en courant vers la voiture et reprirent leurs places. Tout le monde était là, sauf le beau comédien dans la misère.

— Mais il manque quelqu'un, dit à voix très haute M. Billingburle, de manière à être entendu du conducteur.

— Je sais, répondit l'homme. Ce monsieur a voulu rester quelques jours à *L'Ancre et la Couronne*. Alors, n'est-ce pas, si c'est son idée... — Et il ajouta en faisant claquer son fouet : — C'est probablement un original.

Eugénie réfléchissait profondément. Soudain elle simula un malaise. Billingburle se pencha vers elle avec une anxiété bien jouée.

— Qu'avez-vous, ma chérie ?

— Je ne me sens pas bien...

Les vieilles dames eurent un sourire attendri et complice.

— Patientez, ma chérie. Si vous n'allez pas mieux, nous descendrons au prochain relais.

— L'hôtel de *La Couronne et du Corbeau* est fort bon, dit le conducteur, qui avait entendu cette conversation. Il y a des gens qui viennent de Bath pour y prendre pension pendant la saison.

Quand on s'arrêta devant *La Couronne et le Corbeau*, Eugénie n'allait pas mieux. Elle était pâle comme une petite morte. Il fallut la soutenir pour qu'elle puisse gagner sa chambre. M. Billingburle se lamentait avec éclat et attirait la sympathie.

La diligence reprit la route de Bristol sans eux.

Le lendemain, la jeune dame n'allait pas mieux. Il fut alors question d'aller voir un grand médecin à Reading. Une voiture de louage se trouva prête à l'heure dite pour les conduire.

Et cette fois, tournant le dos à Cardiff et à Bristol, ils reprirent la route de Londres. Ils firent de leur mieux pour arriver le surlendemain dans la nuit. Ils descendirent dans un modeste hôtel près de Charing Cross.

En suivant la servante qui les conduisait à leurs chambres respectives, ils croisèrent, sur le palier du premier étage, un monsieur qui s'effaça courtoisement pour les laisser passer. Il fallut qu'Eugénie récupérât toute sa volonté pour ne pas jeter un cri. Puis elle songea tout de suite qu'emmitouflée comme elle l'était, son visage ne pouvait être reconnu. Cela valait mieux, car elle n'avait eu aucune peine à reconnaître M. de Galande.

CHAPITRE QUATRE

Ludwig Erling avait pu fuir en emportant le précieux document. Il le mit en sûreté dans son coffre secret et se hâta de prévenir la police. Son frère avait été étranglé devant ses yeux sans qu'il pût le secourir, car il était prêt à succomber lui-même sous les coups de ses adversaires. Il avait pu en mettre deux hors de combat. Ne pensant qu'à sauver la lettre mystérieuse, il avait fui en tirant son unique coup de pistolet, qui avait tué M. Tracy. Il ne s'était pas rendu compte de la défaite de ses agresseurs, qu'il estimait plus nombreux qu'ils n'étaient en réalité.

Ce fut donc dans un triste état qu'il se présenta à la station de police où il raconta son agression sans en indiquer le motif. Un peloton de policemen, conduit par un gros officier à favoris roux, se rendit sur les lieux. Toutes les recherches furent vaines. On retrouva trois corps que l'officier identifia au premier regard.

— Oui, fit-il en se grattant le menton. Vous aviez devant vous des coquins parmi les plus célèbres de Poplar. On peut dire, sir, que vous avez accompli du beau et bon travail. Mais, par Jupiter ! quelle idée vous a pris d'aller vous promener à cette heure dans Petticoat Lane ?

— Je rentrais chez moi.

— Bien sûr, ce n'est pas toujours commode de rentrer chez soi en bonne santé. N'en parlons plus, sir. Pour ce qui est de votre frère, il est clair qu'il a disparu. Les assassins avaient-ils un intérêt quelconque à faire disparaître le corps de votre frère ?

— Je n'imagine pas les raisons de cette disparition !

— Voici donc une affaire classée. Croyez-moi, sir, comme le dit William Shakespeare, il y a plus de choses entre le ciel de Shadwell et l'eau de la Tamise qu'un homme honorable ne pourrait le supposer.

C'est sur ces paroles de consolation que M. Erling rentra à son domicile, et, cette fois, sans mauvaise rencontre. Il était allé à la station de police sans illusion, sachant bien que sa démarche serait stérile. Il ne songeait pas, cependant, à laisser les choses en cet état. La vengeance le pénétrait jusqu'aux moelles. Il savait d'où venait l'attaque. Il savait que la Sparti-venti était l'inspiratrice de ce massacre et il craignait encore pour sa propre existence, car l'insuccès avait dû rendre la femme plus féroce qu'une louve affamée. Il résolut donc de prendre les devants et, en bon stratège, de se défendre en attaquant. Lui aussi savait trouver des dévouements qu'il suffisait de bien payer. On le vit donc le même soir dans les brumes de Shadwell ; sa silhouette était celle d'un fantôme cossu à la recherche de Bob Long-Fisch, qui, à peine âgé de vingt-cinq ans, était voué à la potence, comme les enfants de Marie sont voués au bleu.

Il trouva ce remarquable jeune homme dans le plus sordide cabaret du Whapping. C'était une masure en briques, posée au bord du fleuve comme une boîte à ordures oubliée. La patronne de ce taudis public s'appelait Moll. Elle descendait, paraît-il, et par les femmes, de la fameuse Moll, la brigande dont le souvenir n'avait point disparu dans la mémoire des tueurs et des coureuses nocturnes.

Moll approchait de la soixantaine. C'était une déesse couperosée, comme confite dans un alcool fort. Elle trafiquait à l'occasion avec M. Erling. Elle l'accueillit avec grand plaisir, car la présence chez elle de M. Ludwig signifiait également la présence dans l'air d'une affaire lucrative.

M. Erling but un grog à l'abri des regards indiscrets dans la cuisine de Moll. Bob Long-Fisch assistait à cette conversation. Ce fut lui qui se chargea de prendre en filature la Spartiventi et Billingburle sur les indications d'Erling qui présumait logiquement que le couple tenterait de s'embarquer pour les Amériques, tout séjour en Europe lui étant interdit pour le présent.

Une véritable petite armée de fortune composait l'expédition. Elle était partie pour Bristol et Cardiff avec quelques heures d'avance sur la malle qui emportait le couple poursuivi.

M. Louis Erling se frottait les mains en se félicitant de sa promptitude et de l'excellence de son organisation secrète. Trois heures après l'agression dont son frère avait été la victime, il pouvait mettre en œuvre les premiers éléments d'une vengeance, dont, par avance, il savourait les détails cruels. Il remerciait également M. Cook qui avait perfectionné le télégraphe dont il avait usé au petit jour.

Ce n'est pas le télégraphe qui lui fit savoir quatre jours plus tard que le couple Spartiventi-Billingburle, trompant la surveillance de M. Bob Long-Fisch, s'était éclipsé comme s'évanouit une bouffée de fumée, sans laisser de traces. M. Bob Long-Fisch, vêtu de noir de la tête aux pieds comme un page de Marlborough, vint lui-même apporter cette triste nouvelle, là où l'attendait Ludwig Erling, c'est-à-dire dans la cuisine graisseuse du « pub » que tenait Moll, la vieille demoiselle à la déplorable existence.

— Ils ont disparu, dit Bob Long-Fisch, comme pickpocket qui aperçoit un constable sur un champ de courses. Ce qui n'est pas douteux, c'est qu'à l'arrivée dans la cour du *Chien blanc et de la Couronne*, à Bristol, les deux tourtereaux n'étaient point là. Ils ont dû descendre sur la route et reprendre le chemin de Londres. À mon avis, à cette heure, ils voguent vers la France sur un bâtiment quelconque dont je ne voudrais pas des planches pour fabriquer mon cercueil.

— Enfin, vous et les vôtres, vous avez travaillé comme des imbéciles. Payer des gens comme vous pour travailler, c'est jeter son argent par les fenêtres.

Ainsi dit M. Ludwig Erling. Il sortit de l'auberge Moll en faisant claquer la porte. Ce qui ne l'empêcha pas de serrer la crosse d'ivoire du petit pistolet chargé qui ne quittait jamais les poches de ses pantalons.

Il ne perdit pas son temps à ruminer. À son jugement, la Spartiventi n'était point en France, car l'affaire Armand de Galande était encore chaude. Le couple avait dû gagner Amsterdam. Il résolut donc de se rendre dans cette belle ville et prépara son sac de voyage.

Un jour plus tôt, M. de Galande poursuivait la même personne pour un but différent. Il avait débarqué à Londres, convaincu que cette ville immense pouvait offrir un abri tentant à sa voleuse.

M. Gardinelli, le commissaire de police qui, le premier, s'était occupé du vol de l'hôtel de Galande, avait été chargé par le juge d'instruction de poursuivre ses recherches. L'officier de police n'avait pas perdu tout espoir de mettre la main sur le ou les malfaiteurs. La culpabilité de la marquise de Villareal ne faisait pour lui aucun doute. Elle était cependant inconnue dans les archives de la préfecture de police, ce qui n'était pas pour faciliter sa besogne. En toute évidence, ce n'était pas un vol ordinaire et la coquine avait de la branche.

Il décida de créer une souricière dans le petit hôtel abandonné par Mme de Villareal. Un agent prit le rôle de concierge, deux autres celui du valet de chambre et du cocher. Une femme tint l'emploi de camériste.

Toutes les fenêtres furent regarnies de rideaux et la vie sembla renaître dans la demeure abandonnée.

À longueur de journée, les trois policiers déguisés tuaient le temps en jouant à la drogue. Bien installés dans la loge du concierge, les trois compères et leur commère Adélaïde, qui appartenait à la police secrète, attendaient dans une agréable oisiveté qu'un quidam quelconque vînt donner dans la trappe soigneusement saupoudrée de farine.

Pendant une quinzaine de jours, ce fut un vrai défilé de fournisseurs qui venaient réclamer, une note à la main. À tous Bertrand, le policier-concierge, répondait invariablement que Mme la Marquise était en voyage et qu'elle ne tarderait pas à revenir. À défaut d'argent, cet espoir leur faisait du bien et ils se confondaient en remerciements.

Un seul protesta. C'était une sorte d'usurier chafouin qui portait sous le bras un livre de comptes aussi épais qu'un tome du dictionnaire de Trévoux.

— Où est James ? demanda-t-il, non sans arrogance.

— Quel James ? répondit Bertrand.

— Le valet de chambre.

— Ah ! vous voulez parler de cette fripouille ? Eh bien, sachez pour votre entendement qu'il a été f... à la porte le jour même du départ de madame.

Cette explication ne parut pas satisfaire l'homme à la mine d'usurier. Il insista pour voir James et fit tant qu'on le jeta dehors comme une enveloppe froissée.

— En voilà un idiot ! fit Bertrand en reprenant son jeu.

Tous les soirs, les éléments de la souricière faisaient leur rapport à M. Gardinelli qui écoutait en prisant la description pompeuse d'une journée vide d'événements.

— Décidément, cela ne va pas bien, conclut-il un soir. Nous allons encore attendre une semaine et puis si rien ne vient, nous abandonnerons le coin. Allez, mes garçons.

Les hommes de M. Gardinelli s'en revinrent vers leur partie de cartes en pensant que cette existence de Cocagne touchait à la fin. Les créanciers eux-mêmes ne se présentaient plus à l'hôtel.

Ils ne comptaient plus sur la Providence, bonne mère des policiers, quand un coup de sonnette décidé vint interrompre leur sieste. Bernard posa sa casquette sur sa tête et, les yeux encore gonflés de sommeil, s'en fut ouvrir.

Un grand jeune homme sec, au visage hâlé comme celui d'un marin, se tenait sur le perron. Il pouvait avoir trente ans et portait un habit de bonne coupe avec distinction.

— C'est bien ici qu'habite la marquise de Villa-real ?

Cette fois, Bertrand, qui sentait le gibier, changea de tactique et ne répondit pas par l'habituelle phrase : « Oui, mais elle est en voyage... » Il se contenta de répondre : « Oui, monsieur », en priant le visiteur d'entrer dans le vestibule et d'attendre un moment. Il avança un fauteuil.

— Qui dois-je annoncer, monsieur ?

— Vous annoncerez M. de Maichy, ou plus simplement Stello.

— Mme la marquise ne va pas tarder à rentrer. Attendez-la un peu, sans trop d'impatience.

Stello acquiesça d'un signe de tête et Bertrand le laissa seul. D'un bond, il fut à la cuisine.

— Toi, Michu, cours au commissariat et ramène le patron dans un fiacre. Tu lui diras qu'il y a une souris de prise. C'est à lui de l'interroger, car j'ai l'impression que nous avons arquepincé un vanternier d'altèque (pincé un cambrioleur excellent).

L'homme partit à toute allure.

De temps en temps, Bertrand ouvrait la porte du vestibule, et encourageait M. de Maichy à patienter. Lui-même se rongeait les sangs, comme il le disait par la suite. Il prêtait l'oreille à tout roulement de voiture dans la rue Saint-Honoré. Enfin, l'une d'elles s'arrêta devant la porte et M. Gardinelli en descendit avec Michu.

— Où est-il ? demanda-t-il tout de suite à Bertrand qui était accouru.

71

— Assis sur la banquette dans le vestibule.

— Bon, je vais voir. Tu guetteras avec Michu derrière la porte, tous deux prêts à intervenir à mon appel.

— Bonjour, monsieur de Mouchy.

— De Maichy, rectifia Stello sans se lever.

— Pourriez-vous me dire pour quelles raisons vous désirez voir la pseudo-marquise de Villareal ?

— Mais, monsieur...

— Ne vous fâchez pas. Je suis commissaire de police. Comment avez-vous connu la Villareal et qui êtes-vous vous-même ?

M. de Maichy réfléchit un long moment. L'enquête qu'il avait menée depuis sa sortie de la Légion pour reconnaître la petite Angela dans la marquise de Villareal n'avait pas été sans le troubler. Mais il aimait toujours la jeune fille qu'il avait protégée dans le bivouac de Pampelune et il ne lui tenait plus rigueur du vol de toutes ses économies. L'amour incline l'homme vers de telles faiblesses. Après avoir médité son étrange situation, il résolut de dire la vérité en négligeant soigneusement les détails qui pouvaient nuire à la jeune fille brune dont le charme le dominait toujours.

Il parla et M. Gardinelli l'écoutait attentivement, tout en se farcissant le nez de tabac râpé.

Stello dit avec émotion comment il avait connu Angela, traquée par les Christinos. Comment elle s'était enfuie en lui laissant un billet d'amour. Il passa sous silence le vol des deux mille francs. Il trouva des accents d'une poignante sincérité pour exprimer sa détresse. Comment il avait juré de retrouver la jeune fille errante pour la calmer, l'apaiser et lui donner son nom. Un oncle à héritage, en mourant opportunément, lui permettait désormais de vivre dans l'aisance. Du jour où il s'était vu possesseur de bonnes rentes sur l'État, il avait décidé de se mettre à la recherche de la petite Angela. Depuis un an qu'il était à Paris, un ancien légionnaire, qui servait comme portier chez une marquise — authentique celle-là — où fréquentait Mme de Villareal, avait éveillé son attention sur des ressemblances troublantes entre Angela et Mme de Villareal. Il avait aperçu lui-même cette jeune dame à l'Opéra et, depuis cette époque, assez récente, il avait acquis la certitude qu'Angela Perez se dérobait sous ce nouveau nom. À son avis, Angela Perez n'était pas non plus le vrai nom de la jeune femme. Il pensait que c'était une fille de qualité, qui avait adopté la cause malheureuse de don Carlos et qui se dissimulait de son mieux pour échapper à des ennemis politiques.

M. Gardinelli écouta cette histoire sans l'interrompre. Quand Stello en eut terminé et que, de lui-même, il eut prouvé son identité en montrant des papiers parfaitement en règle, le commissaire lui offrit une prise que le jeune homme refusa.

— Très, très intéressant, monsieur. Bien sûr, votre déposition ne nous avance pas beaucoup. Mais, tout de même, elle éclaire un peu la nuit de cette jeune et sombre existence. Vous pouvez vous retirer, car celle que vous aimez est en fuite, sous la menace d'une arrestation. À vrai dire, je n'ai pas la preuve de sa culpabilité. Mais je crains bien de ne pas m'abuser. Je souhaite de me tromper, en pensant à vous. Laissez-moi votre adresse, je puis encore avoir besoin de vous demander quelques renseignements.

Un agent reconduisit M. de Maichy à son domicile, dans le fiacre du commissaire. Il en profita pour se livrer à une enquête discrète, qui fut tout à l'avantage de l'ancien légionnaire.

M. Ludwig Erling, fort dépité de n'avoir pas trouvé ce qu'il était venu chercher à Amsterdam, se décida à prendre la diligence de Bruxelles. À vrai dire, il n'aimait pas ce moyen de locomotion, en quoi il n'avait pas confiance. Mais le voyage en voiture particulière ne lui semblait pas assez discret. Il regrettait qu'une ligne de chemin de fer ne fût pas établie comme celle qui conduisait de Paris au Pecq et dont l'inauguration était récente.

Il savait déjà qu'à Bruxelles, il ne trouverait rien, car ses agents, qui avaient travaillé depuis un mois, le lui avaient fait savoir. La vraie solution était donc de gagner Paris et de remonter à la source en faisant parler des gens de la marquise de Villareal, c'est-à-dire d'Eugénie Spartiventi.

C'est pourquoi, un beau matin, M. Ludwig Erling, vêtu comme un « milord », dont il avait l'aspect cossu, se dirigea d'un pas digne vers la rue Saint-Honoré, où se trouvait l'hôtel Villareal.

Il entra dans la souricière comme un rat dans une nasse. La scène du vestibule se reproduisit, avec cette différence qu'il remplaça sur la sellette le personnage qu'avait tenu, quelques jours auparavant, M. de Maichy. La teneur du petit discours qu'il fit à M. Gardinelli, quand ce dernier l'eut invité à soulager son cœur, ne fut pas, toutefois, de la même essence.

— Je suis négociant, monsieur le commissaire, plus exactement diamantaire à Londres, et je poursuis cette coquine, que je connais depuis longtemps, parce qu'elle a fait assassiner mon frère par des assassins à ses gages. Elle le savait possesseur de six gros diamants qu'elle pensait bien trouver sur sa dépouille. Elle ne put rien trouver, car mon malheureux frère s'était séparé de cette fortune une heure avant le guet-apens où il succomba dans Petticoat Lane.

— Avez-vous entendu parler d'Angela Perez ?

— Je comprends. C'est la plus infernale jeune diablesse de l'enfer ! Angela Perez, la Villareal ou la Spartiventi, c'est le même objet répugnant. Angela Perez a trahi le général Oraa, le « Loup chauve », comme elle a trahi M. de Galande, comme elle a assassiné mon frère ! C'est une démone à figure d'ange ; et moi, monsieur, je vous le dis, je n'aurai de paix sur cette terre qu'après lui avoir coupé la tête !

75

— Calmez-vous et laissez la justice légale vous venger. C'est notre devoir et nous n'y faillirons pas... Mais dites-moi... Comment êtes-vous entré en relation avec Angela Perez, puis avec la Villareal, et enfin la Spartiventi ? Si j'ai bien compris, vous la suiviez de très près.

M. Ludwig Erling hésita un peu...

— C'est que...

— Dites...

— Ma foi, monsieur, je dois avouer que j'ai avancé de fortes sommes aux libéraux pendant la récente guerre. C'est chez le général Nubio que j'ai connu cette damnée espionne. Et puis... et puis... J'ai eu la faiblesse de m'éprendre d'elle. Je l'ai installée de mes deniers dans cet hôtel. Tout dernièrement, à Londres, elle avait tenté de m'emprunter une assez forte somme. — Il ricana : — Mais je n'ai pas marché... Hélas ! je le regrette, car, si je lui avais remis l'argent qu'elle me demandait, j'eusse peut-être empêché la mort de mon frère.

— Saviez-vous pour quelles raisons la Villareal était venue habiter à Londres ?

— Pour m'emprunter de l'argent.

Le commissaire essaya de lire dans les yeux pâles de M. Erling. Il prit sa tabatière, mais ne la tendit pas à son interlocuteur.

— Eh bien, monsieur Erling, vous êtes libre, comme on dit. Je vais vous faire accompagner à votre hôtel par un agent en civil. C'est une simple formalité. Je vous prierai aussi de ne pas changer de domicile et de ne pas vous éloigner de Paris sans me prévenir. Je peux encore avoir besoin d'avoir recours à vos renseignements si clairs et si captivants.

— Monsieur le commissaire, je demeure entièrement à votre disposition.

Les deux hommes se quittèrent sans se serrer la main.

Rentré chez lui, M. Ludwig Erling s'assura d'abord, en regardant entre les rideaux, que l'agent qui l'avait accompagné avait bien repris le chemin de la rue Saint-Honoré. Alors, il fut pris d'une sorte de frénésie. Il brûla quelques papiers et sans même prendre un sac de voyage, vêtu d'une chaude houppelande, il se dirigea rapidement vers le loueur de voitures le plus proche.

La police, quelques jours plus tard, sut qu'il s'était fait conduire à Orléans et, de là, à Limoges. On l'avait vu ensuite à Bordeaux et tout laissait croire qu'il avait franchi la frontière à Irun en utilisant probablement un faux passeport.

Si, d'autre part, la police de la ville de Londres n'avait pas eu à s'occuper du meurtre de Thadée Erling, M. de Galande n'aurait jamais connu l'adresse de la Spartiventi. Naturellement, il n'avait pu reconnaître son ancienne amie sur le palier de l'hôtel, près de Charing Cross. Le lendemain de cette rencontre, grâce à d'anciennes relations avec des attachés de l'ambassade de France, il était entré en relations courtoises avec les surintendants de la police. On lui avait fait lire la déposition de Ludwig

Erling à la suite de l'assassinat de Petticoat Lane, et c'est ainsi qu'il avait appris que l'instigatrice de cet odieux forfait était une fille de mauvaise vie que l'on appelait la Spartiventi. Cette fille venait de Paris, où elle portait le nom de marquise de Villareal. On la recherchait pour la pendre.

À la lecture de ce document, dépouillé de sensiblerie, M. de Galande reçut un choc au cœur. Il eut la force de n'en rien laisser paraître. Toutefois, il nota sur son carnet l'adresse recueillie par la police : 10, Soho Square. Il n'attendit pas au lendemain pour s'y rendre.

En marchant il pensait bien qu'il ne trouverait dans cette demeure que des renseignements assez vagues. Trouverait-il même une personne pour lui parler de la Spartiventi ? Il n'osait l'espérer. Mais, en faisant cette démarche, qui n'était qu'une toute petite étape sur la longue route qu'il devait parcourir, il désirait mettre consciencieusement toutes les chances de son côté.

Avant d'entrer dans la maison de Soho, il en regarda l'extérieur. Au deuxième étage, toutes les fenêtres étaient closes, des fenêtres à guillotine protégées par des volets dont la peinture était rongée par le brouillard.

Il monta au deuxième étage, s'arrêta devant une porte et tâta dans l'obscurité pour trouver le cordon de la sonnette. Il entendit un son faible et fêlé qui lui donna l'impression d'un appartement immense et étrangement vide. Il sonna encore une fois, et, à sa grande surprise, il perçut un petit pas traînant. La porte s'ouvrit et une jeune femme, coiffée d'un bonnet blanc sur son visage de souris, lui demanda en reniflant ce qu'il voulait.

— Julia ! fit M. de Galande, qui venait de reconnaître la femme de chambre.

— Ciel ! M. de Galande ! Oh ! pauvre monsieur !

Elle commença à gémir, tout en faisant entrer le gentilhomme.

Celui-ci resta debout devant un poêle sans feu, dont les pieds étaient entourés de cendres anciennes. Une misère froide et tenace vêtait tous les meubles d'une poussière indéfinissable.

— Alors, Julia, vous n'avez pas suivi votre maîtresse ?

— Je l'eusse suivie jusqu'au bout du monde. Mais cette ordure de femme m'a abandonnée ici sans ressource, sans payer mes gages. Où est-elle ? Elle est au diable, je le souhaite pour tout le monde. Elle est partie avec cette crapule de James, qui finira bien par recevoir la récompense qu'il mérite. On le retrouvera un jour avec un couteau planté entre les deux épaules.

Julia s'excitait en parlant ; ses yeux fulguraient.

— Et je ne peux même pas abandonner cette tanière de bandits. La police vient ici tous les jours. Elle m'oblige à rester mais ne me nourrit pas. Mon Dieu, que vais-je devenir ?

— Ainsi, vous ne savez plus rien de votre maîtresse ? Mais peut-être pourrez-vous me renseigner sur le document qu'elle m'a volé ?

— La lettre du roi de...

Elle s'arrêta.

— Cette lettre, monsieur, elle l'a vendue à un maître fourbe, le frère de celui qui a été tué et qui ne valait pas mieux que son assassin.

— La lettre n'est donc plus en possession de madame... de la Spartiventi ?

— Mais je crois bien que si. Elle l'a vendue et elle a fait tuer ce gros cochon d'Erling pour la lui reprendre. C'est pour cela qu'elle et son ruffian de James ont décampé en me laissant ici pour recevoir les constables.

— Ma route n'a pas dévié, murmura M. de Galande.

Julia, dont l'accès de colère ne se calmait pas, mordait ses petits poings.

— Allons, Julia, fit M. de Galande. Je vais rester à Londres pendant quelques jours, essayez de m'être utile. Si vous m'apportez des renseignements sur le départ de cette femme, je vous les paierai. En attendant, prenez ceci...

M. de Galande déposa quelques billets de banque sur la cheminée et s'en alla.

Une semaine plus tard, ce fut Julia qui vint le demander dans le salon de l'hôtel où il était descendu. Ce qu'elle lui raconta ne manquait sans doute pas d'intérêt, car, pendant que Julia parlait à voix basse, M. de Galande ne cessait de hocher la

tête et d'approuver par des « bien » et des « parfait »
répétés. Cette fois, il laissa une grosse somme d'argent à la femme de chambre, qui, toute rose de plaisir, se confondit en remerciements.

Quand elle fut partie, M. de Galande prit
quelques notes et consulta très longuement un atlas.
Après quoi, il descendit et se fit conduire dans le
Strand. Il acheta des armes chez un armurier, des
vêtements légers d'alpaga et de toile blanche, des
bottes, des ustensiles portatifs de campement et un
casque de sureau garni d'une petite écharpe de tulle
vert. Il fit livrer tous ses achats à son hôtel et passa
la nuit à ranger le tout dans une grande cantine dou-
blée en zinc.

Le lendemain, il prenait la diligence de Newhaven
et s'embarquait pour la France, première étape d'une
destination inconnue.

CHAPITRE CINQ

Arrivé devant une maigre palmeraie, au bord de l'oued Mebtone, le cavalier arrêta son cheval. C'était un *rabaoui*, un Européen. Grand, bronzé par le soleil, vêtu de toile blanche et les jambes prises dans des guêtres de cuir fauve à boucles, il descendit, posa sa carabine contre le fût d'un dattier et sortit une boussole de sa poche. Il s'orienta sagement, en homme qui a l'habitude du bled. Tout en estimant sa route, il se parlait à mi-voix, comme il est fréquent chez les hommes qui vivent dans les grandes solitudes.

— Mon petit de Maichy, tu marches en arrière, comme les écrevisses. Te voilà à quelques kilomètres de Mostaganem, non loin de ce Bir el-Djerâde, où tu combattis en 1832, avec la première compagnie de voltigeurs de la Légion étrangère. C'était trois ans avant notre embarquement pour l'Espagne. Malheur ! J'ai oublié les camarades, mais, hélas ! je n'ai pas oublié celle pour qui je suis ici... Voyons... Je vais suivre cette piste, elle doit mener à la kouba d'Aïn el-Kebche, où je dois rencontrer Mohamed. Il se pourrait aussi que je rencontrasse quelques partisans d'Abd el-Kader, ce qui serait moins agréable.

De Maichy, dit Stello, remit sa boussole dans sa poche et revint vers son cheval qui, débridé, broutait l'herbe rare d'une dent circonspecte.

— Allons, en route, ma vieille brebis !

Il rajusta le mors et sauta en selle comme un cavalier consommé. La carabine chargée, placée devant lui, en travers sur ses cuisses, il avançait prudemment, une main placée en abat-jour devant ses yeux, car le soleil dardait déjà. On était au mois de mai de l'année 1842.

Le cheval suivait paisiblement la piste à peine tracée, à travers le sol rocailleux, recouvert çà et là d'arbousiers assez propres à dissimuler une embuscade. Mais l'air léger et radieux était si balsamique que Stello « sentait », de tout son instinct d'ancien soldat d'Afrique, que rien de dangereux ne le menaçait.

L'œil attentif, mais bercé par le pas de son cheval, il se laissait envahir par les images magnifiquement colorées de sa jeunesse de soldat de fortune d'abord, dans la caserne de la Casbah d'Alger où il apprenait le maniement du fusil de munition et, un an plus tard, devant Tlemcen, sous les ordres du général Desmichels. À cette époque, en 1833, il avait vingt-huit ans. C'était un gars fort et courageux, mince sous l'habit bleu et le pantalon rouge. À cette heure, il était âgé de trente-sept ans. Il plongea un peu plus avant dans le passé, avant son engagement, sous le nom de Stello, dans la Légion... Il revit un jeune et brillant officier de cavalerie, mais il effaça cette image d'un geste de la main devant son front : « J'ai payé... », fit-il à haute voix. Le son de sa propre voix le sortit de sa rêverie. Il poussa sa monture, qui leva la tête et prit le trot.

Devant lui, apparaissaient maintenant les premières pentes des djebels de Tlemcen, mauves et gris de fer dans le bleu pur du ciel. La piste obliquait vers le sud, dans la direction de la Mekerra. Un vol de perdrix passa au-dessus du cavalier. Stello épaula et en descendit une pour son déjeuner. Il regarda sa montre, elle marquait onze heures. « Je mangerai près de la première source que je rencontrerai », pensa le cavalier.

Il chemina encore pendant une heure et pénétra dans une sorte de carrefour de pistes qui se perdaient dans les rochers et dans les premiers arbres d'une forêt de chênes-lièges.

Stello hésita et essaya de choisir entre ces quatre routes amorcées et perdues dans une nature sauvage et perfide. Le silence qui pesait sur toutes choses créait une inquiétude sournoise. Stello mit pied à terre et, tirant son cheval par la bride, il alla s'abriter dans un fourré assez épais qu'il explora prudemment. Alors, il entrava son cheval à proximité d'un carré d'herbes, déboucla son portemanteau et, la carabine à portée de la main, il déballa ses provisions. Il avait cinq litres d'eau dans la gourde en peau de chèvre qu'il portait en sautoir. C'était son ancienne boïta de la guerre carliste qu'il avait toujours gardée avec lui, en souvenir.

Allumer un feu ne lui parut pas prudent, aussi jeta-t-il la malheureuse perdrix. Il déjeuna d'un morceau de pain, de fromage de chèvre et d'une poignée de dattes. Il but une grande rasade d'eau, qui n'était pas très fraîche, et sentit que la force, une force joyeuse, le pénétrait d'espoir.

Il pensa que la réussite était proche. Un jour, il reverrait Angela. Ce n'était encore qu'une enfant pitoyable, quand il l'avait connue, une petite fille abandonnée et trop tôt avertie par une vie dangereuse. Il savait bien les paroles qu'il lui dirait. Elle pencherait sa tête avec confiance sur son épaule et il l'épouserait. Elle serait enfin à l'abri du besoin et heureuse.

C'est en Espagne, à Barcelone, dans une petite trattoria où deux grandes Trianerines dansaient les sevillanas dos à dos, que Stello put retrouver la piste d'Angela Perez.

Concepción, la plus âgée des gitanes, une grande fille flamboyante, avait dit à Stello :

— Demande à Séville le niño de Ronda. Il s'appelle Juan. Je te donnerai son adresse. Purissime ! Il te parlera d'Angela, qui doit être chez lui en ce moment. La mère d'Angela et la mienne étaient fillettes ensemble. Angela est née à Triana, comme moi. J'aime cette petite comme la lumière du ciel.

Donne-moi ton carnet, je vais t'écrire — car je sais écrire — l'adresse du niño de Ronda.

Stello lui tendit son petit agenda de poche et elle écrivit trois lignes d'une grosse écriture enfantine. Elle tirait la langue en s'appliquant.

— Là... Voilà qui est fait. Tu diras au niño de Ronda que tu viens de ma part, de la part de la niña de Los Peignos.

Après un interminable chemin à travers la Sierra et le long des routes défoncées et poussiéreuses, au gré des mules coquettement harnachées ou des diligences dangereusement bondées, Stello arriva à Séville, traversa le Guadalquivir et gagna une petite ruelle de Triana, toute bruyante d'accords de guitare et de castagnettes passionnées. Il demanda sa route et frappa bientôt à la porte de la masure habitée par le niño de Ronda.

Le niño de Ronda entrouvrit sa porte, une chandelle à la main, et fit entrer le visiteur dans une chambre sordide. Sur une table boiteuse, entre une miche de pain et une cruche d'eau, une guitare encore vibrante était posée.

Stello se recommanda de la danseuse et raconta l'histoire qui, de jour en jour, le conduisait plus près du but.

— Vous jouez de malheur. Angela s'est embarquée à Algésiras la semaine dernière. C'est une fille résolue, plus vive qu'un chat et plus calme qu'un torero. Elle disait : « J'irai chez les Maures et je deviendrai reine. » Elle n'a pas encore eu le temps, mais je suis certain qu'elle le sera. Alors, moi, son ami d'enfance, le niño de Ronda, j'irai lui chanter mes plus belles coplas pour qu'elle s'émeuve.

Il prit sa guitare, préluda et improvisa une chanson :

> *Angela, ton œil est un soleil*
> *Il éclaire le pays de mon cœur*
> *Où les fruits sont tes lèvres*
> *Et l'eau ta voix d'enfant.*

Il reposa sa guitare et baissa la tête comme un moine en prière.

— D'après vous, ô niño de Ronda, elle serait en Afrique ?

— En Afrique, oui... Et elle a prononcé le nom d'Oran, une ville que les Français ont conquise depuis peu.

— Oran, je connais cette ville, et tu ne peux rien me dire de plus ?

— Par la Vierge infiniment pure, je ne le puis. Oran, ce mot brille comme une étoile. Fais-en ton profit.

C'est ainsi que Stello, après avoir pris passage sur une modeste felouque du port de Valencia, débarqua dans le petit port d'Oran, au pied d'un gros roc escarpé, crêté de canons de bronze.

La toute petite ville était remplie de soldats de l'infanterie de ligne et de l'infanterie légère. Des artilleurs par bandes et des soldats du train fouillaient les ruelles obscures pour trouver un café arabe ouvert.

Stello arrêta un brigadier du train et lui demanda l'adresse d'une demeure où il pourrait se loger.

— Ah ! mon bourgeois, ce n'est pas facile. Enfin, allez de la part de Lucien Briquet chez mon « pays » Grisant, de Vendôme. Il tient une sorte de caravansérail sur la route de Mers el-Kébir, qui est occupé par le bataillon de chasseurs de Vincennes. Il y a des officiers de chez nous qui habitent chez lui. C'est un homme bon et serviable et tout...

Ceci se passait à la fin de l'année 1839.

Trois années s'étaient écoulées depuis. Trois années que Stello avait vécues dans l'auberge de Grisant, sur la route de Mers el-Kébir. Ce temps n'avait pas été perdu. En contact quotidien avec les officiers qui l'estimaient, les marchands arabes et les partisans au service de la France, il avait appris bien des choses qui, toujours, mais petit à petit, le rapprochaient de son idéal.

Un beau jour, après avoir passé toute une nuit à boire du café avec un caravanier nommé Ali, il s'était équipé pour le bled, avait acheté un cheval et avait pris la piste qui se dirigeait tant bien que mal vers les montagnes de Tlemcen. Au bout de la route, il savait rencontrer un nommé Azrou, qui lui confierait tout ce qu'il connaissait au sujet d'Angela. Azrou habitait dans un petit douar, non loin de la kouba d'Aïn el-Kebche. Allah pourvoirait au reste.

C'est à quoi Stello pensait par cette belle journée, un peu rafraîchie par l'air des djebels. Son repas terminé et son portemanteau en place, il s'apprêtait à désentraver son cheval quand un piétinement caractéristique de sabots lui fit tendre l'oreille et inspecter l'horizon à travers un buisson de figuiers de Barbarie. Il arma doucement le chien de sa carabine anglaise et vérifia l'amorce des deux pistolets passés dans la ceinture de cuir plissée qui lui encerclait la taille. Une crête couverte d'alfa lui cacha l'homme. Stello guetta pendant près de dix minutes et le cavalier, qui était monté sur un grand alezan, déboucha soudain dans le carrefour, il sortait de la piste de l'ouest.

Le cavalier s'arrêta net, au centre du carrefour. Il tira une boussole de sa poche et s'orienta. Après quoi, il mit lourdement pied à terre et attacha son cheval au tronc d'un palmier. Il regarda ensuite tout autour de soi et déposa sur le sol son fusil, qu'il portait sur le dos, en bandoulière. Stello eut tout loisir pour détailler celui qu'il n'était pas loin de considérer comme un intrus. L'homme était grand et roux, le visage encadré par deux favoris. Il était coiffé d'un large chapeau de paille et vêtu d'une redingote de chasse en tussor. Ses pantalons de velours gris étaient serrés à la jambe par de hautes guêtres boutonnées qui s'arrêtaient au-dessous du genou.

Comme l'avait fait Stello, il sortit des provisions d'une gibecière de cuir et but longuement à une gourde garnie d'osier qui était suspendue à la selle de sa monture.

À ce moment, le cheval de Stello poussa un hennissement. L'homme laissa tomber sa gourde et bondit sur son fusil.

— Ami, ami, monsieur, dit Stello en se dégageant du fourré. Je suis moi-même un voyageur hésitant au centre de ce carrefour. Je faisais ma sieste à l'ombre et si mon cheval ne m'avait réveillé, je n'aurais peut-être jamais rien su de votre présence dans ce lieu bien abandonné.

Le grand homme roux avait abaissé le canon de son fusil. Il sourit de ce même sourire dont M. Ludwig accueillait les marchandages de la Spartiventi dans l'appartement de Soho Square, quelques années plus tôt.

— Vous m'avez surpris, monsieur. Et, dans cette solitude, la surprise ne provoque pas des réactions aimables. Je suis, monsieur, comme l'âne de Buridan, entre ses deux seaux. Mais à qui ai-je l'honneur de parler ?

— On m'appelle Stello.

— C'est un beau nom, un nom que les femmes chérissent...

— Je ne sais, monsieur.

Pour être franc, le gros homme roux eût dû répondre : « Je me nomme Ludwig Erling. » Mais il préféra taire ce nom et répondit :

— Mon nom est Louis Hermann. C'est le nom d'un négociant en cotonnade. Je viens de Rotterdam pour traiter avec un chef considérable, plus difficile à trouver qu'une aiguille dans une meule de paille.

Stello s'était approché de celui qui désirait se faire connaître sous le nom de Louis Hermann. Il posa sa carabine contre un arbre et s'assit.

— Je voyage pour me distraire et m'émerveiller de voir, car je suis un artiste. J'ai laissé mon bagage de peintre à Mers el-Kébir. En ce moment, je suis à la poursuite de scènes pittoresques que je reviendrai peindre si les guerriers d'Abd el-Kader m'en laissent le loisir.

— Le pays n'est point sûr, fit M. Hermann en regardant autour de lui.

— Si je suis bien informé, les troupes françaises ont l'intention de construire une redoute près d'un village nommé Sidi-bel-Abbès. Si ce projet aboutit cela fera beaucoup pour la sécurité du pays.

— J'ai rencontré sur ma route des cavaliers français en patrouille. Cela m'a fait plaisir, je l'avoue, et je me suis senti réconforté par leur présence. Ils m'ont accompagné un bout de chemin. Ils craignaient un coup de main venu de Mascara où, dit-on, Abd el-Kader a son quartier général.

— Ce n'est pas indiscret de vous demander le but de votre voyage ? Nous pourrions peut-être faire route ensemble, et deux hommes valent mieux qu'un.

— Oh non ! Je vais au sud de Tlemcen retrouver ce vieux cheik ami dont je vous entretenais tout à l'heure : c'est un bon client.

— Tant mieux, monsieur Hermann, je pourrai vous tenir compagnie jusqu'à la kouba d'Aïn el-Kebche, où je dois passer la nuit sous la tente d'un ami, Si Azrou.

— Alors, ne nous attardons pas, fit M. Hermann. Mais... regardez... là-bas, sur la piste de l'est... N'est-ce pas un cavalier... un cavalier solitaire ?

M. Hermann sortit une lorgnette de sa gibecière et la braqua sur la petite silhouette mobile que l'on apercevait au loin.

— C'est un Européen, fit-il.

— Alors, attendons-le, répondit Stello. Trois hommes valent mieux que deux.

Le nouveau venu les avait aperçus de loin. Il éperonna sa monture et ne tarda pas à atteindre le carrefour.

— Messieurs, je vous salue, fit-il.

Et il salua d'un grand geste de son casque de sureau entouré d'une petite écharpe de gaze verte.

Stello et M. Louis Hermann répondirent avec courtoisie, et le nouveau venu mit pied à terre. Cet homme pouvait avoir l'âge de Stello : trente-sept ans. M. Hermann offrait l'espect très puissant d'un homme de quarante-cinq ans.

— Mon nom est Hermann Louis, négociant.

— Je m'appelle Stello, artiste peintre.

— Je suis Armand Dupré et je voyage pour m'amuser, répondit l'homme.

C'était, en vérité, un élégant cavalier, vêtu d'un costume de toile de coupe anglaise et chaussé de bottes fines recouvertes de la poussière rouge de la piste.

C'est ainsi que M. Armand de Galande entra dans l'aventure en compagnie de deux hommes qu'il n'avait jamais vus, mais dont les véritables noms lui étaient familiers.

— Je propose, dit-il, que chacun de nous goûte de cette excellente fine que je garde pour les grandes occasions dans les fontes de ma selle.

Il montra la gourde dont le bouchon, en se dévissant, formait un petit gobelet. Il versa les parts et chacun but en s'inclinant.

— C'est un alcool de Walhalla, dit M. Hermann. Et je suis charmé que la connaissance de l'un m'ait permis de faire la connaissance de l'autre. Pourrais-je vous demander, monsieur Dupré, si vous comptez faire route vers le sud de Tlemcen ? Nous allons nous-mêmes dans cette direction dangereuse et nous pourrions mettre nos fusils en commun.

— Je vais aussi dans le Sud... aussi loin qu'il me sera permis d'aller... Au douar de Gsar el-Oued, je dois prendre des guides qui me feront traverser les lignes ennemies jusqu'à l'endroit que je dois atteindre coûte que coûte.

— Diable ! vous n'êtes pas difficile sur la qualité de vos plaisirs ! fit M. Hermann en éclatant d'un gros rire. Pour ma part, si je n'y étais contraint par ma profession, je me dispenserais volontiers de pèleriner dans ce pays de sauvages.

— Monsieur, je ne vous demande pas...

— Vous avez une bien belle arme, monsieur Dupré, dit Stello pour détourner la conversation. C'est une carabine anglaise de chez Steel et Gray, si je ne m'abuse...

— C'est exact. Elle porte loin... Regardez-la à votre aise.

M. Dupré tendit son arme à Stello, qui l'examina en connaisseur et la lui rendit.

— Monsieur, dit Hermann, c'est un cas étrange que le vôtre ; atteindre coûte que coûte un but à travers les troupes d'Abd el-Kader, cela demande de la réflexion.

— Que voulez-vous insinuer ?

— Je n'insinue rien ; je dis, monsieur Dupré, que votre cas est étrange. C'est tout.

— Et moi, je vous répète, monsieur Hermann, que votre attitude est assez louche. Vous me la baillez belle, avec votre négoce. Négoce en quoi ?

— Cotonnades, monsieur.

— Et c'est pour vendre des étoffes à fleurs que vous risquez votre vie ?

Stello ne put s'empêcher de sourire, ce qui parut exaspérer l'irritable Louis Hermann, qui se retourna tout d'une pièce dans sa direction.

— C'est comme vous, monsieur l'artiste peintre. À quel béjaune, Teufel ! ferez-vous croire que vous risquez d'avoir le ventre ouvert, rempli de cailloux brûlants, au milieu des cris de joie des dames maugrabines, uniquement pour le plaisir de peindre une étique palmeraie écrasée entre deux rochers arides ?

Devant nous, derrière nous, de tous côtés, l'ennemi nous guette, les moukallas à la main, pour nous fusiller. Nous ne sommes pas ici à la terrasse de Tortoni, et je dis et je répète que si nous devons voyager ensemble, nous devons nous inspirer confiance mutuellement...

— Alors, dit Stello, montrez-nous vos cotonnades.

— Montrez-moi votre boîte de couleurs. Et vous, monsieur Dupré, asseyez-vous et prenez le temps de nous expliquer les raisons, qui doivent être sérieuses, de votre « coûte que coûte ».

— Le mieux serait sans doute, répondit M. Dupré, que nous allions chacun dans notre direction. Séparons-nous à l'amiable, alors qu'il en est encore temps.

— Je pense que cette solution est la meilleure, dit Stello.

— Ah vous croyez ! hurla presque le grand Hollandais. Ma foi, messieurs, ce n'est pas mon avis et permettez-moi de vous le dire un peu crûment.

Le soleil dardait maintenant ses rayons sur le groupe, dont l'agitation inexplicable pouvait paraître comique.

Le verre d'alcool produisait son effet, et le visage de Louis Hermann brillait comme une lanterne rouge.

— Si je suis ici — et tout en criant, il se démenait comme un démon — si je suis ici, gentlemen, je vais vous le dire... Je me f... pas mal des cotonnades. Je suis ici pour une raison sérieuse, et comme ce n'est pas vous qui m'empêcherez de gagner la partie, je ne vois pas ce qui m'empêcherait de vous avouer que j'ai traversé la mer et deux océans pour couper le cou à une garce auprès de qui la Brinvilliers était un ange.

Il souffla comme un chat en colère et s'assit sur un rocher.

— J'ai abattu mon roi, allez-y, si vous êtes des hommes.

Stello regarda longuement Louis Hermann, qui s'était pris la tête entre ses deux mains et clignait des yeux devant la réverbération du soleil sur les micas de la roche.

— Mon Dieu, monsieur Hermann, votre franchise, si brutale qu'elle soit, me donne confiance. J'ai un grand penchant pour la peinture, en général, et l'on m'accorde quelque talent. Mais là n'est pas toute la question. Je suis venu, et la mort me guette de toutes parts, comme chacun de nous trois, pour retrouver une femme que j'aime.

— Croyez-vous qu'elle saura un jour tout ce que vous avez accompli pour la conquérir ? dit M. Armand Dupré en souriant amicalement.

— Ça m'est égal.

— Enfin, que ce soit pour lui couper la tête ou pour l'épouser, le but est franc et il ne nous appartient pas de juger. Mais vous, monsieur Dupré, vous possédez bien, dans le coin secret de votre pensée, une petite idée raisonnable qui se chargerait d'expliquer votre présence dans ce carrefour de l'enfer ?

— Oh ! moi, fit Armand Dupré, je suis amateur de risques, un dilettante de la mort violente. Pour vous faire plaisir, je peux vous affirmer que je recherche une femme.

— Pour l'épouser ?

— Pour lui reprendre mon honneur. Et si ce mot a pour vous la moindre signification, vous devez comprendre qu'il justifie tous les risques que je cours, même en ce moment.

— Teufel ! beugla M. Hermann. Votre langue a fourché. Retirez ce que vous venez de dire à mon sujet en parlant de votre maudit honneur !

Il tira de sa ceinture un large couteau de matelot suédois et, le mufle en avant, il s'apprêta à bondir sur Dupré, qui, lui aussi, sortit un couteau de sa ceinture.

Stello dégagea à son tour son propre couteau. Il appuya sur le déclic et une belle lame de Tolède étincela dans la lumière aveuglante.

Un nuage de folie passa sur le visage des trois hommes. Il y eut quelques secondes d'un silence affreux, d'une qualité dramatique extraordinaire. Et soudain, on entendit de très loin, quelque part de l'autre côté d'une crête lointaine, les accents rapides et saccadés d'une trompette de cavalerie française.

— Bon Dieu ! Écoutez ! dit Stello d'une voix haletante.

Les deux adversaires s'immobilisèrent, couteau au

poing, dans leur geste homicide, et levèrent la tête dans la direction de l'allègre sonnerie.

— Ce sont des cavaliers, des chasseurs de chez nous, qui chargent en fourrageurs. Messieurs, l'ennemi n'est pas loin...

M. Louis Hermann parcourut rapidement une dizaine de mètres et grimpa sur une petite éminence. Il inspecta l'horizon et, sans descendre ni tourner la tête, il cria à ses deux compagnons :

— On ne voit rien.

La trompette s'était tue. M. Hermann descendit de son poste d'observation et revint lentement vers Dupré et Stello en baissant le visage d'un air confus. Arrivé devant eux, il jeta son couteau sur le sol, au milieu du carrefour.

— Messieurs, nous sommes des imbéciles... ou plutôt j'en suis un. Pardonnez-moi cet accès de mauvaise humeur, au moment où un ennemi rusé cherche peut-être à nous tendre une embuscade. Je n'aurais pas dû parler comme je l'ai fait. Et les musulmans sont sages, qui savent se priver de l'eau de feu.

— Voilà des paroles bonnes à entendre, dit M. Dupré, et c'est bien sincèrement que je vous tends la main. Nous avons agi comme des imbéciles. Vous avez raison.

Et lui aussi jeta son poignard sur le sol.

— À mon tour, dit Stello en souriant.

Et, de bonne grâce, il lança son couteau dont la lame vibra contre un caillou.

— Ce geste de notre part ne signifie rien, dit M. Hermann. Mais il m'a soulagé.

— Donnons-lui une signification, répondit Stello. Je propose que nous nommions ce carrefour inconnu, où nous nous sommes rencontrés par le plus curieux des hasards, le carrefour des Trois Couteaux.

— Allons pour le carrefour des Trois Couteaux, dit Armand Dupré. En attendant, ramassons chacun le nôtre, car il pourra nous servir dans une autre occasion, et cette fois pour une raison honorable.

C'est à ce moment qu'apparurent sur la piste une vingtaine de chasseurs d'Afrique commandés par un jeune sous-lieutenant dont la barbiche était encore adolescente. Coiffés de chapska comme des lanciers, vêtus de redingote bleu de ciel à col jonquille et de pantalons rouges à basanes, les chasseurs se félicitaient en riant. Le vieux trompette qui avait sonné la charge portait un pansement au front.

— Messieurs, que faites-vous ici ? demanda l'officier.

— Nous allons dans la direction de Tlemcen.

— Alors, vous pouvez remercier les chasseurs ; ils viennent de disperser un fort parti des gens d'Abd el-Kader qui vous barraient la route. Vous ne les reverrez plus de sitôt. Au revoir, messieurs.

— Au revoir, mon lieutenant ! cria Stello.

L'officier, qui avait repris la tête de la petite colonne, fit faire une volte-face à son cheval et leur cria :

— Bonne chance ! Mais faites attention quand vous franchirez le gué des Sauterelles. Le coin est mauvais et sent le baroud.

Il s'éloigna au galop et le peloton disparut derrière une colline, dans la direction de la Mekerra.

CHAPITRE SIX

— Je ne ferai jamais un bon explorateur des régions habitées par ces Arabes, dit M. Gardinelli, d'abord parce que le soleil d'Afrique trouble la saveur de mon tabac et parce que ce costume, que les gens qualifient d'idoine, me semble incompatible avec la dignité de mon ministère.

— Ah ! patron, vous avez bien tort, répondit Bertrand, son fidèle limier. Le costume que vous portez avec distinction vous rajeunit. Pour ma part, je m'estime heureux de n'avoir pas encore été contraint par le service à chevaucher ces ignobles grands dadais qu'ils appellent des chameaux, sans doute pour se venger. Mais pour en revenir à votre redingote d'alpaga, elle vous sied à ravir ; vous avez l'allure et le maintien d'un milord avec votre combre (chapeau) de paille fine et votre gourde qui tient plus d'une double cholette (un litre) de ratafi.

— Je vous serais reconnaissant, Bertrand, de ne pas employer à tout propos cette langue de la pègre que vous parlez, je l'avoue, comme un académicien de la carruche (prison). Sous ce soleil, qui donne de la qualité à des paysages dont la poésie est, en quelque sorte, officielle, ce langage paraît mesquin.

— Oui, monsieur le commissaire.

— Je vous ai déjà dit, Bertrand, qu'ici, je ne suis pas commissaire.

— Oh ! je sais. Je disais cela parce que nous sommes seuls.

— Nous ne sommes jamais seuls, puisque nous appartenons à la police. C'est un principe dont vous ne devez jamais vous affranchir. Répétez-le bien. Ici, dans ce chemin sans ombre et sans âme, je suis M. Antoine Plumet, dessinateur-géographe, attaché à l'état-major de M. le général Bugeaud, pour l'instant gouverneur général des lieux conquis.

— Je suis aussi géomètre, fit Bertrand en soupirant. C'est un métier qui manquait à ma collection. J'ai été camelot, notaire, vagabond, vicomte, valet de chambre, mouton à la prison de Canelle (Caen), chiffonnier, commis de banque, conducteur de fiacre.

— Vous en oubliez.

— J'ai encore été menuisier, soldat, patron de tapis-franc ; j'ai porté « Jean de la Vigne » (crucifix) à des mourants et je les ai confessés ; j'ai revêtu la blouse des marchands de gayes (chevaux). C'est de ce temps que je sais me tenir en équilibre sur leur dos. Et aujourd'hui ça me sert.

Il réprima un écart de son cheval qui venait de broncher sur une pierre croulante.

— Et en ce jour vous êtes géomètre. C'est assez pour l'énumération de vos métiers, dit M. Gardinelli, devenu Antoine Plumet.

Lui aussi, à ce moment, réprima un écart de son cheval, mais avec moins d'aisance que son agent.

À ce moment, ils arrivèrent à un carrefour de pistes. Le commissaire et Bertrand arrêtèrent leurs chevaux et descendirent. M. Plumet frappa le sol de ses bottes vernies pour se dégourdir les jambes. Il inspecta les lieux, ramassa un bouton de vêtement européen et, plus loin, une feuille de gazette tachée de graisse, car elle avait dû servir à envelopper de la nourriture.

— Hé ! hé ! fit-il en ricanant. L'endroit ne me paraît pas solitaire. Il n'y a pas longtemps qu'une petite société, probablement pleine d'entrain, est venue déjeuner sur l'herbe. Il n'y manquait rien que les lorettes de M. Gavarni. Après tout, il existe sans doute des lorettes dans ce pays des Mille et Une Nuits. Elles ne s'appellent pas Louise ou Nini, mais Meryem ou Fatma. Ça fait tout de même une différence. Que faites-vous, Bertrand ?

— Je mets la table, patron.

— Ah ! ça, c'est une idée. Faisons comme eux.

Il sortit une feuille de papier pliée qui était une carte manuscrite. Il la consulta et poursuivit :

— D'autant plus que ce carrefour me paraît bien le point convenu pour notre rendez-vous avec ce Mohamed qui appartient au service de renseignements de l'état-major de la brigade d'infanterie de Tlemcen.

Les deux hommes s'installèrent à l'ombre d'un figuier, devant le buisson où s'était abrité Stello, et commencèrent à déballer leurs provisions. Elles étaient intéressantes : il y avait un poulet froid, un peu maigre et tiède ; des œufs durs, du jambon en sueur, des figues fraîches, de l'eau et une bouteille de vin surchauffée mais buvable grâce au chiffon de laine humide qui la protégeait.

— Nous n'allons pas tarder à obtenir un premier résultat, dit M. Plumet la bouche pleine. Voyez-vous, Bertrand, dans la police, il faut toujours tenir compte du hasard, mais ne jamais oublier que le hasard porte des noms variés.

— Pour nous, patron, il s'est appelé Julia.

— Oui, Julia, c'est bien le nom que nous pouvons lui donner. Quand cette astucieuse soubrette est venue pour la première fois dans mon bureau, j'étais sur le point de jeter le manche après la cognée... Donnez-moi du jambon, Bertrand, il est immonde, mais j'ai faim... Je disais donc...

— Vous disiez que vous aviez abandonné le jeu, patron.

— Je l'avais abandonné. Julia vint d'Angleterre pour me remettre en selle. J'en ai appris plus en une heure avec cette petite donzelle qu'avec tous les rapports venimeux ou sentimentaux des anciens soupirants de sa patronne.

— À mon avis, la Villareal fit une faute en n'emmenant pas sa femme de chambre dans sa fuite avec Billingburle.

— Naturellement. Certes, la fille est intelligente et volontaire, mais c'est une impulsive... Tout le contraire de moi... C'est Julia qui nous mit sur la piste d'Espagne à laquelle je n'ai jamais songé, car j'ignorais l'existence d'Angela Perez.

— Et c'est à Séville que nous retrouvâmes les traces de cette sacrée marquise à la mode des Romanis.

— Nous eûmes de la chance dans les bureaux de l'état-major. Il y a là des officiers d'une rare intelligence. Maintenant, nous pouvons ajouter un nouveau nom à la liste déjà longue dont Angela Perez est le numéro 1. Saviez-vous que M. Billingburle, ce rouquin homicide, répond maintenant au nom pompeux d'Asad Reïs ?

— Je ne le savais pas...

— Alors, monsieur Bertrand, dans quelques heures, vers le mitan de la nuit, vous aurez confirmation de cette nouvelle.

M. Antoine Plumet tira de sa poche un gros oignon d'argent, regarda l'heure et dit :

— Il devrait déjà être là.

À ce moment, comme un exemple de transmission de pensée, un Arabe, qui s'était approché en se dissimulant, apparut silencieusement à quelques mètres des deux hommes.

— Salam, Mohamed, dit M. Plumet, sans montrer sa surprise. Je ferais une mauvaise sentinelle, car je ne vous ai pas entendu venir.

Bertrand, qui avait saisi les deux fusils allongés sur le sol, les reposa et commença à débarrasser la pierre plate du festin.

— Ô sidi, fit Mohamed, tout est prêt. L'homme sera chez moi au milieu de la lune. Il sera seul, car il a confiance, le capitan des mokrazenis est déjà arrivé. Ils sont plus de vingt qui entourent ma tente. Je pourrai te conduire à lui dès que la nuit sera tombée. Mais il ne faut pas demeurer dans ce carrefour. Je connais une cachette, sidi, où vous pourrez attendre tous deux sans risquer d'être aperçus.

— Nous avions rendez-vous ici...

— Je sais, je sais, ne te tourmente pas. Prends ton cheval par la bride, et toi aussi... Suivez-moi... Ce n'est pas loin.

Les trois hommes entrèrent dans un bois de chênes-lièges en suivant un étroit sentier dont les traces n'étaient visibles que pour un œil averti. Ils allèrent ainsi pendant une demi-heure. Puis le terrain monta. Hommes et chevaux contournèrent des roches abruptes et Mohamed s'arrêta devant l'ouverture d'une caverne bien dissimulée.

— Tu attendras ici jusqu'à la tombée de la nuit. Alors, je viendrai avec le capitan et tu lui diras tes ordres. Tu es un grand chef roumi, je le sais, et je connais ta puissance et je te respecte. Que la protection d'Allah soit sur toi !

Il se retourna dans la direction de Bertrand :

— Et sur toi...

Il fit le triple geste du salut arabe et disparut légèrement derrière les roches.

— C'est un courant d'air, patron, un véritable courant d'air. J'ai vu dans mon existence bien des gens qui avaient poussé l'art de s'éclipser à la perfection la plus extrême, mais aucun, patron, aucun ne pourrait rivaliser avec ces oiseaux-là.

— Et pourtant, dit M. Plumet, méditatif, la police finit toujours par toucher au but. La police, monsieur Bertrand, c'est le doigt du Seigneur.

Il ouvrit sa tabatière et prit une prise sur le dos de sa main.

Pendant trois heures, les deux hommes demeurèrent plongés dans leurs méditations. Quelquefois, M. Bertrand énonçait une vérité professionnelle que M. Plumet renforçait d'arguments précis.

Cette conversation se résuma par ces mots, prononcés par le grand patron :

— Entendez-le bien, monsieur Bertrand, si nous conduisons à bien notre mission, ce sera pour nous de grandes récompenses. Vous serez commissaire, monsieur Bertrand. Quelque chose me dit que vous le deviendrez et que vous ceindrez l'écharpe...

— Et le roi, monsieur Plumet, fera de vous un préfet de police.

— C'est bien possible, répondit M. Plumet.

Il s'accagnarda dans un coin de la caverne et commença à s'assoupir. Quant à Bertrand, il prit tout naturellement la garde, surveillant l'ouverture de leur abri, assis sur le sol, le fusil chargé à portée de sa main.

À deux kilomètres plus loin, dans la direction du sud, près de la kouba d'Aïn el-Kebche, le lieutenant de gendarmerie, celui que Mohamed appelait le capitan, donnait ses ordres à son groupe.

Ils étaient là, autour de lui, une vingtaine de gendarmes à cheval, coiffés du haut képi bleu recouvert d'un manchon de toile blanche, le cou protégé par le couvre-nuque de rigueur. Tous portaient la carabine à bretelle. Pour la plupart, ils venaient de l'armée d'Afrique et connaissaient admirablement le pays, dont ils devaient assurer l'ordre, sinon la sécurité.

Ils se ressemblaient tous. Mêmes visages maigres et basanés, ornés de longues moustaches à la gauloise et d'une petite barbiche.

— Maillard, dit le lieutenant au maréchal des logis-chef, à la tombée de la nuit, vous placerez vos hommes selon le dispositif que je vous ai donné. Vous pourrez commencer votre mouvement dans une demi-heure. Pendant ce temps, je vais aller chercher M. le commissaire du roi. C'est lui qui doit procéder à l'arrestation. Ouvrez bien l'œil, pas de bruit, surtout, car le pékin est méfiant comme un chacal.

— Quand vous entendrez glapir un chacal trois fois de suite, intervint Mohamed, vous saurez que l'homme est en vue. Deux de mes amis le suivent depuis son départ. Ce sont eux qui avertiront tes mokrazenis, capitan.

— Alors, tout est bien. Vous avez entendu, Maillard ? À bientôt.

Le lieutenant jeta un burnous sur ses épaules et suivit Mohamed jusqu'à la caverne où M. Plumet l'attendait en reprenant des forces.

Bertrand les entendit venir, car lui aussi avait l'oreille fine. Il réveilla son chef qui se leva pour recevoir le lieutenant de gendarmerie.

Après les salutations d'usage et l'offre inévitable de la prise de tabac, qui fut d'ailleurs refusée, la petite troupe, sous la conduite de Mohamed, fila vers la souricière que M. Plumet avait dressée à Paris.

Une nuit sans lune, heureusement obscure, ce qui était rare en cette région, favorisait la marche silencieuse du petit groupe. Il fallait néanmoins avancer avec précaution, car le terrain était accidenté et on pouvait se rompre le cou ou gagner une entorse à chaque pas.

Mohamed se heurta enfin, après trois quarts d'heure de marche, à une première sentinelle invisible pour tout autre que lui. On entendit le déclic d'un chien de carabine que l'on armait.

— Tsé ! fit Mohamed du bout de la langue entre les dents. Trop de bruit. Il ne faut pas...

Il fit entendre un petit sifflement très doux et le gendarme sortit de l'ombre.

— Faites moins de bruit, Cavagnol, nous ne sommes pas ici à la chasse aux lapins.

On fit ainsi le tour des sentinelles. Tout était bien en ordre. Un filet invisible entourait la petite kouba en ruine et les deux tentes de peau de chèvre qui constituaient le douar de Mohamed. Dans l'une dormaient ses deux femmes et ses quatre petits enfants.

On entendit un chevreau bêler et, peu après, le hennissement du cheval de Mohamed.

— Chouia, chouia...

Les bêtes se calmèrent. Seul, un chien berbère au poil fauve délavé vint rôder sans joie autour des jambes nues de son maître.

Mohamed plaça M. Plumet, Bertrand et le lieutenant de gendarmerie à côté des trois gendarmes à plat ventre dans les rochers, derrière des touffes de cactus.

— Couchez-vous, dit-il, et quand j'apparaîtrai avec une torche allumée à l'ouverture de ma tente, vous l'entourerez. Toi, capitan, tu rappelleras tes hommes comme il a été dit. Il faut que tout ton monde bondisse quand tu verras ma torche.

L'attente, cette fois, ne fut point longue. Quand le jappement du chacal eut retenti trois fois, un homme vêtu à la mauresque bondit tout d'un coup devant la tente, souleva la peau qui en bouchait l'entrée.

Mohamed l'attendait dans l'ombre. La vague

lueur d'un petit feu de bois permettait tout juste de reconnaître un visage.

— Que la paix soit sur toi, Asad Reïs.

— Que la paix divine soit sur toi, ô Mohamed.

Mohamed fit une place à côté de lui, sur les peaux de bêtes, et James Billingburle, devenu provisoirement Asad Reïs, s'assit à côté de lui, les jambes croisées à la turque. Il y eut un long silence.

Asad Reïs prit le premier la parole :

— Es-tu prêt, ô Mohamed, à tenir ta parole ?

— Je suis prêt. L'homme que tu cherches est à quelques pas de nous. Il pourrait peut-être nous entendre si nous élevions la voix... à la condition qu'Allah le veuille. Il est dans la tente voisine. J'irai dans un moment m'assurer qu'il dort. Alors, tu pourras agir selon ton désir.

— Je l'étranglerai de mes deux mains.

— Je ne veux pas connaître ton désir, ô Asad Reïs. Ce qui sera fait sera fait selon la volonté d'Allah.

— Je ne veux pas me servir de mes pistolets, dit Asad Reïs, car la poudre fait trop de bruit. D'ailleurs, la vie de ce chien ne vaut pas une once de poudre à fusil, non, diable !

— Tu feras sagement en agissant ainsi.

— Mais, dis-moi, l'homme que je cherche est-il seul ?

— Non, je mentirais en te l'affirmant. Il est accompagné par une sorte d'esclave.

— Ah ! diable !

— Mais cela ne peut te gêner en rien, ô Asad Reïs, car j'ai pris soin de l'esclave. Il ne se réveillera que si tu le veux bien. Il a fumé la plante magique qui rend l'homme comme mort pendant deux jours et deux nuits.

— Je prolongerai son sommeil, n'aie crainte, ô Mohamed, et ce n'est pas lui qui viendra rapporter la nouvelle en France... Tu hais les Français ?

— Ce sont des roumis, répondit simplement Mohamed.

Asad Reïs haussa les épaules et contempla à la lueur du feu ses mains énormes où quelques poils roux sur le dos des doigts brillaient comme des fils d'or.

— Tu es fort, ô mon maître, fit Mohamed. Mais la lune, bien qu'invisible, s'en va vite vers le soleil.

Il se leva lentement, prit une torche de résine et l'alluma à un tison.

— Je vais voir si l'homme est endormi.

En tenant la torche devant soi, il écarta la peau qui fermait l'ouverture de la tente. Un moment, il fut enveloppé de fumée. Puis l'air de la nuit ranima la flamme qui s'éleva, haute et claire, en crépitant.

À ce signal, les gendarmes bondirent. Ils entourèrent la tente...

— Attention, il est armé, fit la voix du maréchal des logis-chef... S'il résiste, tirez.

Mohamed s'était placé à l'entrée de la tente des femmes et, comme une torchère plantée dans la nuit, le bras levé, il éclairait le combat.

Trois gendarmes pénétrèrent dans la tente. Asad Reïs, acculé à l'âtre, tira un coup de pistolet. Un gendarme poussa un sourd gémissement, fit quelques pas et s'écroula sur une table-banc qui portait une cafetière de cuivre et des tasses à café.

Les deux autres gendarmes s'étaient jetés sur Asad Reïs, qui résistait de toute sa force herculéenne en rugissant comme un taureau sauvage. Mais la lutte ne tarda pas à devenir inégale car, en même temps que le lieutenant et M. Plumet, Bertrand et trois autres gendarmes pénétraient dans la tente et se ruaient sur leur proie.

Renversé, le visage dans le foyer, Asad Reïs se mit à hurler d'une manière terrifiante car ses cheveux commençaient à flamber. On lui jeta une couverture sur la tête et M. Bertrand en profita pour lui passer les menottes avec une rapidité qui dénonçait une très grande habitude. Puis il poussa le bandit, qui vint s'écrouler, haletant, sur le lit de Mohamed.

— Le bougre a du sang dans les veines, dit Bertrand en épongeant son front et son cou qui ruisselaient de sueur.

— Comme on se retrouve, monsieur Billingburle, fit M. Plumet en secouant sa tabatière. Toujours aussi vif, à ce que je vois... Et comment va votre respectable patronne, Mme la princesse, non, marquise, tenons-nous-en à marquise, de Villareal ?

M. Billingburle, allongé sur le dos, le visage congestionné et les yeux plus brillants que ceux d'un chat dans la nuit, ne répondit pas.

— Pas bavard, à ce que je constate, dit M. Plumet d'un air navré.

— Vous ne me ferez pas parler, ni vous, monsieur le commissaire Gardinelli, ni vos railles (agents de police) avec leurs « canards sans plumes » (nerfs de bœuf des argousins).

— Vous jargonnez bien, monsieur James Billingburle. On peut dire que la caque sent le hareng. Mais, au fait, Billingburle, est-ce bien votre nom ? L'honorable nom de vos pères ?

M. Gardinelli fit mine de consulter quelques papiers extraits des poches profondes de sa jaquette d'alpaga.

— Que vois-je ? Puis-je en croire mes yeux ? Ne serait-ce pas Jean Fredin que j'ai devant moi, le bon Jean Fredin, évadé du grand collège (le bagne) en 1834, si j'ai bonne mémoire ?... Alors, comme ça, vous avez rompu la cadène et les manicles (la chaîne et les anneaux de forçat) ?... Le régime ne vous plaisait pas... Voyez-vous... Cette fois-ci, vous irez voir Charlot (le bourreau). Enfin, tous les chemins, quand on sait s'y prendre, peuvent conduire à la place de Grèves... C'est votre affaire... Cependant, dites-moi, puisque nous avons le plaisir de nous rencontrer, tout ce que vous savez sur la Rose des Sables, qui, paraît-il, embellit cette région depuis un certain temps ?

Jean Fredin détourna la tête et fit un effort pour libérer ses mains. Il poussa un gémissement, mais ne répondit pas.

— Allons, fit M. Gardinelli, en prenant sa tabatière et en se tournant vers le lieutenant de gendarmerie, je sens que Jean Fredin ne parlera pas... aujourd'hui. C'est un grand timide, monsieur le lieutenant de gendarmerie. Et puis, il faut compter avec les émotions. Pensez-y. À minuit dix, nous avions encore devant nous Asad Reïs ; à minuit quinze, ce n'était plus que James Billingburle et maintenant qu'il est une heure du matin nous n'avons plus devant nos yeux qu'un simple fagot (forçat) évadé. Les existences les plus mouvementées se résument en peu de mots.

M. Gardinelli respira un peu de tabac et ajouta, en s'adressant, cette fois, à son compère Bertrand :

— Finissons-en. Il parlera dans la prison d'Oran ou à Paris. Je me chargerai moi-même de lui enseigner l'art de l'éloquence. Ficelez-le sur un cheval. Plus vite nous serons revenus à Oran, mieux cela vaudra pour nous.

Les gendarmes s'emparèrent de Jean Fredin et l'attachèrent sur un cheval qui avait été prévu pour la circonstance.

Au moment où M. Gardinelli allait sortir de la tente, Mohamed fit son entrée.

— Ah ! j'oubliais, fit le commissaire. Les trente deniers de Judas ont fructifié. Comment veux-tu être payé ? En douros, en guinées, en piastres ou en écus de France ?

— Les écus de France sont bons, sidi, tu peux me payer en écus.

M. Gardinelli paya la somme promise et monta à cheval entre Bertrand et le lieutenant. Quelques cavaliers éclairaient la route en fourrageurs. Jean Fredin, attaché sur son cheval, chevauchait, la tête baissée, entre quatre gendarmes.

Mohamed suivit longtemps des yeux la colonne qui s'éloignait. Quand le dernier cavalier eut disparu, il se hâta vers la tente des femmes.

— Kedidja ! Aischa ! debout ! J'ai de l'argent et il faut fuir, car le danger est dans l'air. Démontez les tentes.

Tout le monde s'activa dans la nuit. Les enfants aidaient leurs mères et Mohamed, tout en chargeant sa chamelle de bât, disait :

— Il faut être loin de ce pays avant le lever du jour. Quand la Rose des Sables saura que le roumi a disparu, elle hurlera de colère et viendra pour me prendre la vie. Nous avons de l'argent et nous irons chez mon cousin Ahmed. Faites boire l'âne et la chamelle. Allah pourvoira au reste.

Les animaux défilèrent un à un sur le sentier, puis les femmes au visage voilé et les enfants. Mohamed fermait la marche, moukella sur l'épaule, et la matraque au poing. De temps en temps, il s'arrêtait, tendait l'oreille et écoutait la nuit.

À quatre heures de cheval de la kouba d'Aïn el-Kebche, où venaient de se dérouler les scènes de l'arrestation du forçat évadé, sur un petit plateau presque inaccessible, à flanc de montagne, se dressait le douar de la Rose des Sables.

Il faisait grand jour et la smala tout entière était en rumeur. Des guerriers maigres, à figures d'ascètes, pansaient leurs chevaux ; des femmes préparaient le couscous et puisaient de l'eau à la fontaine ; des enfants nus jouaient et se chamaillaient devant les tentes assez nombreuses.

Dans la plus belle de ces tentes tapissées d'étoffes somptueuses et de tapis merveilleux, une jeune femme brune, au joli visage ovale éclairé de deux yeux obliques singulièrement vifs, discutait avec autorité en s'adressant à deux hommes dont l'un, assez âgé, paraissait un chef et l'autre, un nègre soudanais, un soldat de confiance.

La jeune femme était coiffée d'une toute petite chéchia rouge encerclée d'un turban de fine laine blanche à rayures vertes, attaché sur le devant par une grosse émeraude. Sa veste pourpre était soutachée d'or ; son large sarouel à la turque était de soie blanche ; une large ceinture en cuir plissé, de couleur vert amande, retenait un poignard précieux et un petit pistolet dont la crosse était incrustée de pierres rares. Des babouches de velours violet brodées d'or chaussaient ses petits pieds.

— Tu dis, Yousouf, que la place était nette comme le creux de ta main ?

— Ô Providence, fit Yousouf, en vérité, il n'y avait rien. Aucun indice n'a pu me mettre sur les traces d'Asad Reïs et de Mohamed.

— C'est inconcevable, fit la Rose des Sables. Asad Reïs devrait être revenu depuis le lever du soleil. Je ne peux comprendre ce qui s'est passé. Il n'a pu tuer ce chien de roumi comme il était convenu avec Mohamed. Que penses-tu, ô toi, le plus sage des hommes, ô Omar, mon maître et l'exalté d'Allah ?

Le vieux cheik à la barbe blanche, mais courte et soigneusement taillée, parut méditer profondément. Puis il leva la tête et regarda la Rose des Sables. Ses petits yeux malicieux et cruels brillaient d'un éclat extraordinairement jeune.

— Je sens sur Asad Reïs le malheur. Ô perle de l'Orient, la mort a rôdé cette nuit autour d'Aïn el-Kebche. Mais elle n'a fait que guetter. Les soldats francs ont capturé ton ami. Crois-en ma vieille expérience et la volonté d'Allah et de son Prophète. Je crains aussi que ce Mohamed, ce Bédouin en qui nous avions placé notre confiance, n'ait trahi notre cause pour une poignée de douros. Ô perle la plus pure, ton ennemi et le mien n'est pas abattu. À cette heure, il ricane comme la hyène qui a trouvé sa proie. Mais je crois aussi que, par la volonté d'Allah, nous sommes en sécurité dans ce douar que les génies de la montagne protègent.

La Rose des Sables se passa plusieurs fois la main sur le visage. Et sa fureur se répandit comme l'eau d'un fleuve qui rompt ses digues.

— Alarme ! Alarme ! cria-t-elle. L'homme que notre ami voulait tuer est un ennemi terriblement rusé. Qui sait si, à cette heure, Asad Reïs, prisonnier, ne parlera pas sous la torture ou pour sauver sa vie ? Il faut abandonner ce refuge dont il connaissait les issues et que les soldats de Louis-Philippe connaîtront demain.

— Ô Rose des roses, de la vraie foi, Allah parle par ta bouche. Je vais donner des ordres et demain nous serons loin.

— Nous nous placerons s'il le faut sous la protection d'Abd el-Kader.

— L'étendard vert du Prophète, ici ou là, est toujours l'emblème de la vérité, répondit le vieux cheik en sortant pour donner les ordres du départ.

La Rose des Sables congédia Yousouf. Elle voulait être seule. Elle alluma un narghilé placé sur une petite table à côté de son divan, et commença à fumer. Elle réfléchissait et son joli visage était sévère. Soudain, l'arc pur de sa bouche se détendit dans un joli sourire. Il était possible d'imaginer que la disparition inattendue d'Asad Reïs ne lui déplaisait pas trop. Elle eût été sans doute encore plus satisfaite si elle avait su la suite des événements de la nuit précédente. La mort d'Asad Reïs équivalait pour elle à une victoire sur un témoin gênant.

CHAPITRE SEPT

Jean Fredin, bâillonné et vêtu en chef arabe, était méconnaissable. C'est pour cette raison que ni M. Hermann ni M. Armand Dupré ne reconnurent James, l'ancien valet de la Villareal et l'ancien homme de main de la Spartiventi. Ils rencontrèrent la troupe commandée par le lieutenant de gendarmerie, qui suivait un oued desséché, dont les rives étaient couvertes de lauriers-roses. Le spectacle qu'offrait un Arabe capturé dans ces parages participait aux petits événements de la vie quotidienne. Ils saluèrent l'officier français et ne prêtèrent aucune attention à sa capture.

La présence des deux civils qui chevauchaient à côté du lieutenant aux aiguillettes blanches éveilla cependant l'attention de Dupré, de M. Hermann et de Stello. Chacun des trois compagnons eut la même pensée, prompte comme un réflexe : « J'ai déjà vu ces têtes-là quelque part. » Ils ne parvinrent pas à mettre un nom et une profession sur les silhouettes de M. Gardinelli et de Bertrand. Les costumes d'explorateurs qu'ils avaient revêtus n'éveillaient dans leur mémoire aucune association d'idées.

Ils poursuivirent leur route mais demeurèrent silencieux et troublés.

Si sa présence n'avait provoqué aucune réaction dans la pensée des trois compagnons, il n'en avait pas été de même pour Jean Fredin, qui, s'il avait la bouche fermée, avait les yeux bien ouverts. Il avait parfaitement reconnu Armand de Galande et Erling. Seul, M. de Maichy demeurait un étranger pour lui et pour cause, car il ne l'avait jamais vu.

La rencontre des deux hommes bouleversa le bandit qui, jusqu'alors, pensait se libérer par la fuite avant son embarquement pour la France. Le destin s'acharnait contre lui, qui avait placé sur sa route ces deux accusateurs dangereux. Petit à petit, cependant, les pensées tumultueuses de Jean Fredin s'apaisèrent. Son esprit inventif et résolu travailla. La route était longue, qui conduisait à Tlemcen. L'occasion pourrait peut-être se présenter. Jean Fredin avait connu dans sa misérable existence des situations aussi tragiques.

Il s'était évadé du bagne, le boulet sous le bras, trompant la surveillance des deux gardes-chiourme qui le surveillaient. Il se rappela avec satisfaction les péripéties incroyables de cet exploit. Cela le rasséréna. Il ne lui fallut qu'un quart d'heure pour reprendre confiance dans sa force prodigieuse et sa rouerie savante.

La matinée était déjà très avancée et le soleil dardait ses rayons brûlants sur les couvre-nuques des gendarmes. La fatigue d'une nuit mouvementée se faisait également sentir. Les hommes, la carabine au poing, crosse appuyée contre la cuisse, se laissaient aller au pas de leurs chevaux, dont le rythme les rendait somnolents. Cette torpeur n'échappa pas à Jean Fredin, dont toutes les facultés travaillaient. Il ne pouvait rien faire contre ses menottes. Le bâillon, à la rigueur, pourrait se dénouer, il le sentait. Il fallait donc fuir en comptant sur la vitesse de son cheval et sur la chance. Si celle-ci voulait qu'il tombât sur des Arabes, son costume le sauvant, il pourrait être libéré et rejoindre la Rose des Sables dans la smala d'Omar, le vieux chef à la courte barbe blanche.

— Si je m'en tire, je me ferai moine, se dit Fredin. C'est un costume qui manque à ma collection...

Cette pensée le fit sourire sous son bâillon.

La lande dans laquelle son escorte suivait une piste assez vague n'était guère favorable à la réussite d'une évasion. Le fugitif, désarmé, serait une cible facile pour les carabines de la maréchaussée.

— Les hirondelles de la grève (les gendarmes) auront beau jeu de me fusiller comme un lapin. Un mion (enfant) mettrait dans le noir.

Ayant ainsi formulé sa critique, Jean Fredin observa ses gardes.

Tout allait bien de ce côté. Le cercle qui l'entourait s'était un peu relâché. Il y avait de la place pour passer. Incontestablement, et la chaleur aidant, la surveillance se relâchait. Les carabines s'abaissaient peu à peu sur l'encolure des chevaux.

Personne ne parlait. À quinze cents mètres derrière une petite crête, un bois assez touffu se dessina. Çà et là, des touffes de cactus apparaissaient entre les rocs.

— Il faudra fuir au moment où nous atteindrons le bois, pensa Jean Fredin.

Et il banda sa volonté, prêt à faire bondir son cheval d'un coup de ses longs éperons que personne n'avait songé à lui ôter.

Le bois se rapprochait, paisible, mystérieux et protecteur. Jean Fredin vit à sa gauche un gros buisson de figuiers de Barbarie. Il n'hésita pas et enfonça ses éperons dans les flancs de sa monture, qui bondit et passa comme une flèche entre deux gendarmes ébahis.

— Bon Dieu ! Tirez, tirez ! hurla le lieutenant.

Quatre détonations éclatèrent.

— En fourrageurs ! Saaabre ! cria-t-il de nouveau.

Les gendarmes s'égaillèrent. Un cheval broncha, s'écroula sur le sol, désarçonnant son cavalier dans un grand bruit de ferraille.

Mais Jean Fredin, le buste couché sur l'encolure de son cheval, fuyait dans un tourbillon de poussière. Il épuisait toutes ses forces à se maintenir en selle. Le bâillon s'était dénoué et Fredin avait pris la poignée de brides entre ses dents en ayant soin de ne pas tirer sur le mors.

Les balles s'aplatissaient autour de lui, sur les rochers, ou soulevaient des petites colonnes de poussière. Il les entendait miauler à ses oreilles. Il entendait aussi le galop des chevaux qui gagnaient du terrain sur le sien.

Il ne voyait pas devant soi. Le sang bourdonnait dans ses tempes. Soudain, son cheval s'arrêta net et trembla sur ses jambes. Jean Fredin l'éperonna sauvagement. Le cheval fit un bond énorme et se lança dans le vide.

Quand Jean Fredin redressa la tête, il était trop tard ; il se vit au-dessus du vide. Il eut l'impression, pendant une fraction de seconde, qu'il volait, puis il se détacha de sa monture et tomba dans l'abîme.

Quand les gendarmes eurent mis pied à terre, ils se penchèrent au-dessus du précipice. En bas, au pied de cette haute falaise, gisaient les corps disloqués de l'homme et de la bête. Le cheval remuait encore. Un gendarme tira un coup de carabine et la bête s'immobilisa définitivement.

— Ma foi, dit M. Gardinelli comme pour lui-même, je ne suis plus aussi sûr de passer préfet de police.

— C'est un bon débarras, dit le lieutenant, qui n'avait pas entendu les paroles du commissaire.

— Il va falloir expédier quelques hommes avec M. Bertrand pour le remonter. Il est nécessaire que le cadavre soit ramené tout au moins à Tlemcen. Là, je ferai un procès-verbal en règle.

On remonta le corps de Jean Fredin qui, réflexion faite, fut enterré dans le sable. Les gendarmes poussèrent quelques grosses pierres sur la tombe pour la protéger contre les charognards nocturnes.

Dans la direction opposée à celle que suivaient Gardinelli et son escorte, Stello, Dupré et Hermann chevauchaient botte à botte en commentant la rencontre de la matinée.

— C'est curieux, dit Stello, le visage de ce petit civil rondelet ne m'est pas inconnu. Où l'ai-je vu ? Voici une heure que je cherche en vain.

— Je connais aussi cette tête, dit Hermann.

— Ce n'est pas un inconnu pour moi, fit M. Dupré.

Il ajouta avec philosophie :

— Mais j'ai rencontré tant de gens sur ma route...

— Il est bien inutile de se creuser la tête. Pour moi, je pense que j'ai dû voir ce bonhomme pour la première fois au bureau des affaires indigènes, à Oran.

— Je pense que c'est un médecin, dit M. Hermann.

— Un médecin ou un policier, répondit Armand Dupré.

— Les policiers ne sont pas rares dans cette contrée, fit M. Hermann. Je me suis laissé dire...

125

— ce n'est sans doute qu'un racontar — qu'ils sont à la recherche d'une chevalière de fortune, d'une agitatrice, d'une renégate à la dévotion de l'émir Abd el-Kader. On l'appelle la Madone des Sables... ou un nom de ce genre-là.

— Je n'ai jamais rien entendu de semblable, fit Stello. D'ailleurs, avec ou sans agitatrice, les beaux jours de l'émir sont comptés. On annonce qu'une brigade d'infanterie vient d'arriver à Tlemcen, des régiments légers à col jonquille.

— Cela promet du baroud pour bientôt, répondit Dupré.

— Dans un ou deux mois, le pays sera intenable. Mais je n'abandonnerai pas pour si peu le projet que j'ai à cœur.

— Ô homme sanguinaire ! fit M. Dupré en souriant.

— Monsieur, si vous aviez vu votre frère assassiné sous vos yeux, vous me comprendriez mieux et vous m'approuveriez dans mon dessein.

— Malgré ma répugnance pour la loi du talion, je ne peux que vous approuver.

On entrait maintenant dans le crépuscule de la nuit. Les trois cavaliers chevauchaient depuis le frugal repas de midi et les quelques haltes nécessaires pour faire reposer les chevaux.

— Messieurs, dit Stello, la nuit ne va pas tarder à tomber. Il va nous falloir choisir avec soin l'emplacement de notre campement. Nous sommes maintenant assez éloignés des forces françaises et tout au bord du pays des embuscades. C'est, en somme, une grande chance que nous soyons trois.

Les trois hommes ralentirent le pas de leurs bêtes et, la carabine prête, observèrent avec soin le pays qui les environnait. Ils traversèrent un oued sans eau et gagnèrent une petite colline couronnée d'une kouba en ruine.

— Nous pouvons descendre de cheval, fit Stello. Cette kouba abandonnée constituera un excellent fortin à l'épreuve des balles.

Il entra dans la kouba, écrasa du talon de sa botte un scorpion qui tenta vainement de se glisser entre deux pierres du mur.

— Bah ! à la guerre comme à la guerre ! fit Stello. Ce n'est pas un scorpion noir. Nous pourrons fort bien tenir ici tous trois avec nos chevaux. Cela facilitera la surveillance. Nous prendrons la garde à tour de rôle, n'est-ce pas ?

— Vous paraissez fort bien connaître les usages de la troupe en Afrique, fit M. Armand Dupré en se déséquipant.

— Ma foi, oui, je peux vous l'avouer : j'ai servi comme soldat en Afrique presque au début de cette campagne.

— Vous nous en direz tant, dit M. Hermann avec satisfaction.

Dupré dressa les vivres et Stello inspecta les fentes du mur à cause des scorpions. M. Hermann, les mains dans les poches et les jambes écartées, devant

la porte, sifflait la chanson *Ich hatte ein Kamarade*...
La nuit tombait vite. Les trois compagnons mangèrent rapidement. Le repas achevé, Stello prit sa carabine et fit une ronde. Il revint au bout d'un quart
d'heure :

— Je n'ai rien vu de suspect.

— Nous sommes encore trop près des soldats de
Bugeaud, dit Hermann.

— Il faut maintenant distribuer les tours de
garde. Nous partirons demain de très bonne heure,
disons quatre heures du matin. Il est maintenant
neuf heures. Partageons la nuit en trois fractions.
Cela fait sept heures de veille : trois heures pour la
première garde, qui est moins dure, et deux heures
pour les deux tours suivants. Cela vous convient-il ?
demanda Stello.

— Adopté, capitaine, répondit Hermann.

— Alors, tirons au sort...

Stello prit une pièce de monnaie.

— Je dis pile, fit Hermann.

Stello lança la pièce de monnaie.

— C'est pile, vous avez gagné. Vous prendrez la
première garde. À vous, Dupré.

— Je joue face.

— Eh bien ! vous avez perdu. Je prendrai la
deuxième garde, de minuit à deux heures. Votre tour
sera entre deux heures et quatre heures du matin.

Hermann avait déjà pris sa carabine. Stello fit une
ronde avec lui tout autour de la kouba.

— Vous voyez ce terrain, à votre droite, semé

d'arbousiers ? Il faudra le surveiller soigneusement. Plusieurs hommes peuvent s'avancer sans être vus. Vous vous dissimulerez vous-même soigneusement. Si quelque chose vous paraît suspect, venez me réveiller sans vous faire voir, on le peut en rampant. Surtout, ne tirez qu'à la dernière extrémité.

Hermann fit signe qu'il avait compris. Stello rentra dans la kouba où, déjà, M. Dupré, roulé dans sa couverture, dormait à poings fermés.

Devant la kouba, bien protégée par un buisson de cactus, le dos appuyé contre un rocher, M. Hermann montait la garde en prenant soin de ne pas fixer trop longtemps le même point pour éviter les hallucinations. C'était un conseil de Stello.

Un tour de garde engendre facilement la méditation. M. Hermann pensa à son projet. Son plan était établi : il se dirigerait dans le sud pour obtenir un dernier renseignement. Le meurtre lui apparaissait alors comme la promesse d'une volupté. Il savait que la Rose des Sables était la femme qu'il cherchait. Il ne lui restait qu'à trouver le moyen le plus sûr de l'approcher et de la supprimer après lui avoir rappelé le souvenir de son frère Thadée.

Comme il arrive souvent quand une idée d'action domine l'esprit, M. Hermann, ne pouvant tenir en place, fit quelques pas et s'étira, le fusil au poing. C'est alors que, dans le morceau de bled semé d'arbousiers rabougris, il lui sembla entrevoir quelque chose de suspect entre deux hautes touffes d'herbes sèches à deux cents mètres, un peu sur la gauche de la kouba. Hermann se hâta de s'accroupir et se mit à surveiller attentivement devant lui.

Il lui sembla bien encore une fois avoir vu les herbes bouger, et il n'y avait pas de vent. L'idée lui vint de réveiller Stello. Puis il hésita, car il craignait de se faire moquer. Il détourna un moment son regard pour le reporter, bien reposé, sur les herbes inquiétantes. Il ne pouvait conserver le moindre doute : les herbes bougeaient. C'était peut-être un chacal. Hermann attendit une minute et prit une résolution : celle de ramper jusqu'à la kouba et de réveiller Stello. Il dormait. Hermann le secoua doucement par les épaules et Stello ouvrit les yeux.

— C'est quoi ? fit-il... il est l'heure ?

— Levez-vous vite. J'ai cru apercevoir que cela remuait dans les buissons.

Stello prit son fusil et suivit Hermann. Les deux hommes rampèrent jusqu'à la touffe de cactus où ils s'abritèrent.

— Là, devant vous, un peu à gauche... Apercevez-vous deux hautes touffes d'herbes ?

— Je vois, répondit Stello.

— Eh bien ! poursuivit Hermann d'une voix étouffée, j'ai bien cru voir qu'elles remuaient. J'ai hésité d'abord à vous réveiller, maintenant, je suis sûr que...

— Elles viennent de s'agiter, interrompit Stello à voix basse. J'en suis certain. Allez réveiller Dupré. Postez-le à droite de la kouba, près de l'entrée, derrière le buisson qui la masque et venez me rejoindre. Je surveillerai durant ce temps.

Hermann s'éloigna en prenant de grandes précautions.

Stello, l'attention fixée, s'avança en rampant jusqu'à un rocher situé à une dizaine de mètres d'où il pouvait mieux voir.

Il atteignit le roc et, tout doucement, grimpa en s'accrochant aux aspérités. Il parvint au sommet qu'il ne dépassa pas de la tête. Alors, il aperçut une tache noire allongée sur le sol : un rayon de lune brilla sur la lame d'un yatagan ou sur le canon d'un fusil. Ayant vu ce qu'il désirait, Stello revint de la même façon vers son point de départ où Hermann, le visage anxieux, l'attendait.

— Dupré est en place et veille, murmura-t-il.

— Bien. Pour nous, nous allons nous replier, seller nos chevaux et tenter de fuir par la piste que nous avons déjà suivie. Nous ne pouvons soutenir un siège dans cette véritable ratière. Heureusement que nos chevaux sont des bêtes magnifiques. Si la retraite nous est coupée, nous forcerons le passage.

— Croyez-vous l'ennemi nombreux ?

Stello leva les épaules en un geste de dénégation et de doute :

— C'est notre seule chance, ajouta-t-il.

Au passage, ils recueillirent Dupré et lui firent part de leur projet.

— C'est aussi mon avis, fit-il. Dépêchons-nous, car nous avons trop attendu.

En un tour de main, les bagages furent bouclés et les chevaux sellés.

— Conduisons-les par la bride, dit Stello : nous pourrons faire cent mètres en nous dissimulant derrière les buissons. Après quoi, nous sauterons en selle et... à la grâce de Dieu !... Ah ! j'oubliais... Ne tirons pas ensemble... il faut que, toujours, il y ait une carabine prête à tirer, tandis que les autres rechargeront. Pour plus de sûreté, vous tirerez à mon commandement.

Les hommes descendirent à la file indienne, en menant leurs chevaux derrière eux, par le bridon. Et tout alla bien jusqu'au moment où ils montèrent en selle. Le premier coup de feu partit d'une crête située à une centaine de mètres devant eux, à peu près en travers de la piste qu'ils devaient suivre.

— Piquez ! piquez ! cria Stello, droit devant vous. Dupré, vous tirerez au fusil sur le premier qui se présentera...

Les chevaux s'ébranlèrent dans un bruit de catastrophe. Un homme nu, au corps comme huilé, la tête couverte d'une touffe de feuilles, se leva et poussa un cri sauvage en brandissant un énorme yatagan.

— Feu ! hurla Stello.

Le coup partit, le bruit roula dans la vallée comme un coup de tonnerre, répercuté par les échos fidèles. Et l'homme noir au corps luisant s'écroula, les jambes en l'air, de l'autre côté de la crête.

Trois coups de feu éclatèrent, venant de la droite

et de la gauche. Les canons des moukallas crachaient un long jet de feu.

Un Arabe boula comme un hérisson, presque sous les pattes du cheval de Stello, qui faillit désarçonner son maître. Hermann tira un coup de pistolet et l'homme porta ses deux mains à son visage inondé de sang.

— Plus vite, plus vite, criait Stello... Tirez, Hermann, là, droit devant vous...

Hermann tira et rata son homme, qui lui envoya toute la charge de sa pétoire damasquinée, mais sans plus de succès.

Hermann et Dupré galopaient comme des centaures, Stello, un peu en arrière, les suivait. Il se retourna sur sa selle, et vit un des agresseurs qui s'apprêtait à enfourcher son cheval. Il épaula et visa la bête, car le but était plus grand. Emporté par la vitesse de sa monture, il n'était pas sûr de son coup.

Il dut blesser le cheval, qui poussa un long hennissement strident.

— Plus vite ! Plus vite ! ne cessait-il de crier.

Les trois hommes enfiévrés parcoururent ainsi, à toute allure, environ cinq cents mètres. Ils rendirent la bride et laissèrent souffler leurs chevaux.

— Les voyez-vous ? fit Dupré. Les voyez-vous devant la kouba ? Ils montent à cheval. Ils sont au moins une trentaine. Fuyons.

Les trois compagnons lancèrent leurs chevaux. Après avoir franchi une autre crête qui, maintenant, leur cachait la kouba, ils virent, au loin, venir vers eux une centaine de cavaliers arabes dont les chevaux allaient au pas.

— Halte ! commanda Stello.

Dressé sur son cheval, la main en abat-jour, il regarda le nouveau danger, qui arrivait paisiblement, mais inexorablement.

— Nous ne passerons jamais, dit-il avec découragement. Ils sont plus de cent.

— De toute manière, répondit Dupré, il ne faut pas tomber vivants dans leurs mains. Gardons notre dernière charge de pistolet pour nous libérer quand il le faudra.

— Oui, mais en attendant, je leur ferai payer cher mon suicide, fit Hermann.

— Amis, tout n'est pas encore perdu. Nous allons changer de direction. Mieux vaut avoir affaire aux vingt agresseurs de la kouba qu'à la harka qui nous barre la route. Si nous passons à travers, nous rejoindrons la Mekerra par le nord et nous serons sauvés. Encore une fois, et pour notre peau, chargeons !

Les chevaux, enlevés à coups d'éperons, rejoignirent le terrain qu'ils venaient de franchir. Les assaillants, surpris, virent revenir vers eux les trois compagnons, dont deux ouvrirent le feu quand ils furent à bonne distance.

Un Arabe, blessé, s'abattit, mais il se releva aussitôt et fit feu à son tour.

— Mon cheval est touché, cria Hermann.

Il eut juste le temps de sauter à terre, cependant

que Stello visait avec soin un grand gaillard, un nègre, coiffé d'un énorme turban de couleur safran.

Le Noir reçut la balle dans le bras, sans doute, car il lâcha le cimeterre qu'il brandissait pour rassembler les autres, qui se hâtaient d'accourir, dégringolant la montée de la kouba comme des chèvres bondissantes.

Stello et Hermann descendirent à leur tour et mirent leur cheval à l'abri derrière un rocher. La manœuvre des assaillants parut prudente. Ils se dispersèrent de manière à pouvoir encercler les trois Européens. Stello, Hermann et Dupré furent bientôt assiégés dans une sorte de petite redoute formée par trois blocs de grès qui faisaient un rempart suffisant.

Dupré lâcha un coup de fusil.

— Trop loin, fit-il.

— Attendez, pour tirer, dit Stello. Ménageons notre poudre et nos balles... Peut-être...

Il n'acheva pas sa pensée. Une balle éclata contre le roc à quelques centimètres de son visage. Il fut légèrement blessé à l'oreille par un éclat de grès.

— Les cochons ne tirent pas comme des mazettes. Et si nous avons le bonheur de nous en tirer, nous aurons des souvenirs de voyage à raconter.

— Chez Tortoni, dit Dupré, qui finissait de recharger sa carabine.

— Je n'y suis jamais allé, répondit Stello.

— Quelque chose me tourmente, fit Hermann.

On ne sut jamais ce qui pouvait le tourmenter plus particulièrement à cette heure, car un grand gaillard barbu, couvert de loques, venait de surgir comme un diable à moins de dix mètres du groupe des assiégés.

— Ah ! bandit !

Stello tendit son bras armé d'un pistolet, il tira et l'homme, blessé mortellement, pirouetta et tomba, à plat ventre sur le sol. Deux de ses camarades, qui s'étaient levés derrière un buisson pour le soutenir, prirent la fuite en courant en zigzag.

— J'ai faim, dit Stello.

— Je meurs de soif, dit Dupré.

— Et moi, je meurs de faim et de soif, fit Hermann.

Au loin, les Arabes paraissaient se concerter et discutaient avec de grands gestes. L'un d'eux montra le poing et vociféra des injures que les intéressés n'entendirent pas.

— Ils vont probablement nous attaquer tous ensemble pour en finir, dit Stello... Le quart d'heure sera chaud, car nous résisterons bien un quart d'heure... Cependant...

Il n'acheva pas sa phrase, car ce qui se passait sur la droite retenait toute son attention. Un gros nuage de poussière apparaissait au-dessus d'une dune qui en cachait momentanément la cause. Mais on ne fut pas long à la connaître. Un cavalier arabe apparut sur la dune, bien silhouetté, puis deux, puis cinq. Un porteur d'étendard vert les suivit. Enfin, tout le gros de la troupe, une centaine d'hommes armés, se dispersa en caracolant, les grands burnous blancs flottant horizontalement derrière le dos des cavaliers.

— C'est la harka qui nous barrait la route, il y a une demi-heure, dit Stello. Mais voyez... voyez... Que se passe-t-il ?

Il se déroulait, en effet, devant leurs yeux un spectacle surprenant. Les attaquants avaient, eux aussi, aperçu la harka. Et cette vue ne paraissait pas leur faire plaisir. En un clin d'œil, sans se concerter, cette fois, ils sautèrent sur leurs chevaux et disparurent dans un nuage de sable, à moitié couchés sur l'encolure de leurs petits chevaux.

— Dieu du ciel ! dit à voix basse M. Dupré, une telle chance est-elle possible ?

Sans ajouter un mot, il escalada le rocher et se tint debout, les bras croisés, la carabine à ses pieds.

Il ne paraissait pas que les nouveaux venus manifestassent l'intention de poursuivre leurs coreligionnaires. Ils se rassemblèrent et, précédés de leur étendard d'étamine verte, ils avancèrent assez lentement au pas, dans la direction de l'homme debout sur le rocher et dont, maintenant, ils ne pouvaient douter qu'il ne fût un infidèle.

Alors, comme ils se rapprochaient, M. Dupré leva les bras au ciel et cria :

— Nous sommes sauvés, messieurs !

Il descendit de son rocher et se dirigea seul à la rencontre de cette imposante cavalerie. Quelques minutes plus tard, il présentait à ses compagnons un bel homme, vêtu avec richesse, à la turque, et chaussé de magnifiques bottes rouges en filali.

— Voici le très puissant cheik Assour el-Rechid, un grand ami de la France et mon ami. En le rencontrant sur ce terrain de bataille, la volonté divine s'est révélée. Ô mes chers compagnons ! la première partie de la mission que je me suis donnée est remplie, car je me rendais chez le très haut et très juste Assour quand je vous ai rencontrés au carrefour.

Après quoi, M. Armand Dupré présenta ses deux camarades. Le cheik leur rendit leur salut avec la grande courtoisie des Arabes et les invita à se reposer le temps qu'il leur plairait dans son douar.

— Allah voulait qu'il en fût ainsi. Il parle avec sagesse et amitié, sans contrainte. En suivant sa volonté, vous ne ferez que vous approcher de lui, et ma tente sera éternellement honorée par votre présence.

Stello et Hermann acceptèrent avec plaisir l'hospitalité d'Assour el-Rechid.

Hermann, qui était démonté, monta un cheval qu'un nègre puissant et fastueux comme un serviteur de Shéhérazade lui tint par la bride.

CHAPITRE HUIT

Le cheik Assour el-Rechid était un chef de grande tente. Son douar était peuplé d'un millier d'êtres : hommes, femmes et enfants. On sentait une certaine prospérité dans ce village en peaux. Les troupeaux étaient nombreux : moutons, chèvres, ânes et chameaux de bât pâturaient sous la garde de quelques hommes bien armés. Au moment où les guerriers d'Assour el-Rechid, suivis des trois Européens, pénétraient dans l'enceinte du douar, bien protégé par une haie de figuiers de Barbarie, les femmes, en longue file, la cruche posée sur la tête, revenaient de la source qui descendait des djebels. Ce spectacle, d'un classicisme biblique, était parmi les plus distingués et les plus gracieux. Toutes les femmes, d'un geste identique, se voilèrent la face en apercevant les hommes qui mettaient pied à terre, et attachaient leurs chevaux à des piquets fichés dans l'herbe. Le terrain était fertile, les pâturages abondants.

Trois cents longs fusils damasquinés assuraient la sécurité en attendant l'arrivée éventuelle des troupes françaises qui, souvent, poussaient leurs patrouilles de surveillance sur le territoire du caïd des Beni Assour, sympathiques depuis peu à la cause française, sans toutefois prendre les armes contre l'émir Abd el-Kader, qui incarnait toujours l'âme de la résistance. C'est pour cette raison qu'Assour el-Rechid n'avait pas poursuivi les agresseurs de son ami, M. Armand Dupré.

Car il était lié avec le Français depuis plus d'un an, à la suite d'un séjour à Alger, où les autorités françaises, sous l'influence du général Bugeaud, n'avaient rien négligé pour s'assurer l'amitié et la neutralité d'un chef puissant. M. Dupré, paraît-il, avait de bonnes relations dans l'entourage du général. C'était lui qui l'avait présenté à Assour pour lui faciliter son séjour dans une contrée mal soumise et dangereuse. M. Armand Dupré avait plu au caïd, qui l'avait invité à séjourner chez lui et à user de ses services aussi longtemps qu'il lui plairait. Dans la bouche d'un chef arabe de la qualité d'Assour el-Rechid, ces paroles n'étaient point vaines.

Des circonstances qui avaient failli tourner au tragique, comme on sait, avaient permis à Assour de remplir sa promesse.

Le cheik fit entrer ses hôtes dans la plus belle tente du douar. Des tapis somptueux étaient drapés tout autour, ornés d'armes inestimables disposées en panoplies. Les pierres précieuses qui décoraient les poignées des yatagans ou les fourreaux des poignards courbes étincelaient dans la pénombre comme des étoiles multicolores.

— Tu es ici chez toi, ô mon hôte, fit le cheik en s'adressant à Dupré, et j'ai fait préparer pour tes amis deux tentes où ils pourront reposer leurs membres las et leur pensée.

Un serviteur noir les conduisit chacun dans une tente située non loin de celle qui avait été attribuée à M. Dupré.

Et, le soir de ce même jour, maître, invités et guerriers se retrouvèrent assis autour d'un succulent méchoui. Des esclaves en vérité assez bien nourris portaient de somptueuses corbeilles de fruits et des aiguières pleines d'une eau limpide comme le diamant.

Stello, Hermann et Dupré firent honneur au repas. Après le souper, ils s'excusèrent auprès du cheik et se retirèrent chacun sous sa tente pour se reposer.

Quand Stello fut seul, allongé, les mains derrière la nuque, sur une pile de tapis et de couvertures, il poussa un soupir de satisfaction sincère. À vrai dire, il était heureux d'être seul, car si le danger commun avait lié les trois hommes assez étroitement, il semblait bien que l'amitié n'était point née de circonstances qui, raisonnablement, auraient pu la provoquer.

Bien qu'il fût rompu de fatigue, Stello ne pouvait parvenir à s'endormir. Il eut d'abord, sous ses paupières closes, la vision extraordinairement mobile du combat de l'après-midi. Il en revivait minutieusement toutes les phases et sut encore une fois que la Providence avait la part la meilleure dans le résultat de cette tumultueuse journée.

Il pensa alors à ses camarades. On ne pouvait pas dire le contraire : c'étaient de rudes compagnons, énergiques et braves. Et pourtant, Stello ne se sentait aucune amitié pour eux et, pour moins exiger, aucune confiance. Ceci le surprenait au-delà de toute expression. Habitué à la bonne camaraderie militaire et à la confiance qui lie entre eux deux frères d'armes, il constatait avec amertume qu'aucun sentiment chaleureux n'avait suivi cette rude journée où tous s'étaient dévoués. Il était évident que chacun avait essayé de sauver sa peau, sans plus, et que leur étroite association n'avait point d'autre but. Stello, dans sa rêverie, essayait de reconstituer le vrai visage de ses compagnons. Peut-être avaient-ils dit la vérité en parlant de cette femme qu'ils recherchaient et dont la poursuite les avait conduits au même point, à ce carrefour des Trois Couteaux où ils avaient voulu se battre, assez stupidement d'ailleurs. Non, vraiment, cette situation n'était pas claire. Et cette obscurité que les dangers cachés dans le paysage rendaient encore plus sombre tourmentait en ce moment le jeune homme, habitué à la rude franchise de l'époque où il portait le shako, l'habit bleu et le pantalon rouge de la Légion étrangère. Il s'apaisa un peu en pensant que cette association ne se prolongerait pas et qu'un dénouement qui les séparerait était proche. Puis il revint à ses méditations, dont il ne pouvait changer le sujet. Qui était Hermann ? Un agent de l'étranger ? Peut-être. Un agent de l'Angleterre ?... Et Dupré. Celui-là ne s'appelait sans doute pas Dupré. Un je ne sais quoi indiquait l'homme habitué à commander. C'était peut-être un agent du roi, dont la mission pouvait contrecarrer celle d'Hermann ? Tout cela était possible, mais aussi n'était point certain. Le sommeil terrassa Stello sans qu'il s'en rendît compte. Il se réveilla tard dans la matinée.

En ouvrant les yeux, il fut d'abord surpris par le décor inhabituel où il se trouvait. Il sourit devant l'espoir d'un grand repos parmi ces hommes qui, sait-on, pourraient peut-être lui faciliter la dernière, mais la plus dangereuse partie de sa tâche.

Stello pensait à Angela comme il y pensait chaque jour, à tout moment. Depuis plusieurs années, tous ses gestes étaient dédiés à la petite jeune fille brune qu'il avait sauvée d'une mort patibulaire. Mansour, le chamelier qui fréquentait le caravansérail de Grisant, lui avait dit : « C'est au sud de la kouba d'Aïn el-Kebche, à trois journées de cheval plus au sud, que tu trouveras celle que tu cherches. Elle est puissante. On dit que la mort sort naturellement de ses yeux et de sa bouche. Mais si Allah le veut, il ne t'arrivera rien... Si tu veux l'approcher, ne dis surtout pas que tu es français. Cette femme dont le père était un djinn (démon) se fait appeler la Rose des Sables parmi les croyants. Elle s'est convertie à la vraie religion, et, cette fois, la sagesse d'Allah pesait sur ses frêles épaules et son front de gazelle... Va donc, ô infidèle sans peur, et prie ton Dieu qu'il t'inspire les paroles nécessaires et protectrices quand tu seras devant elle. »

Stello avait retenu ce discours mot pour mot. Il avait confiance dans les paroles qu'il offrirait à la Rose des Sables comme les présents les plus riches de son cœur. Il ne doutait pas de l'accueil qu'elle lui ferait, car il était aveugle parce que l'amour affaiblissait son jugement et sa vue intérieure.

Sous une autre tente non moins fastueuse que celle qu'il avait cédée à son ami, le cheik Assour el-Rechid fumait son narghilé. À côté de lui, bien accagnardé contre une pile de coussins, assis à la turque, M. Armand Dupré fumait un cigare.

Depuis une heure, les deux hommes conversaient :

— Tout ce que tu dis, ô le plus sage des croyants ! est juste. Mais ma volonté ne peut se contenter de paroles simplement justes. Il me faut réussir parce que, tu le comprends toi-même, ô chef des honorables ! mon honneur est en jeu. Les grands chefs de mon pays ont peut-être douté de ma parole. Il me faut revenir, tenant dans mes mains les preuves indiscutables de mon honneur. Un document m'a été confié par le roi ; une aventurière m'a volé ce document, dont la publication pourrait déchaîner la guerre entre deux grands peuples ; ce document est encore entre les mains de la misérable ; sans quoi, la guerre serait déclarée. Il me faut le reprendre et le remettre dans les mains de ceux qui me l'avaient confié. Et tu m'aideras, ô Assour, car tu sais que l'honneur est un bien plus précieux que la vie et que le paradis est fermé à ceux qui l'ont perdu.

— Ô ami, je mettrai à ta disposition toutes mes forces, afin qu'il te soit permis de retrouver la paix. Ce que tu me dis de cette femme ne me laisse aucun doute sur sa présence dans les djebels qui nous entourent. Les guerriers qui t'ont attaqué ce matin sont les siens. Plus exactement, ce sont les hommes d'Omar, le plus astucieux des cheiks de la montagne. C'est un ami d'Abd el-Kader, qui ne méprise pas ses conseils. Pour être juste, je dois avouer que, avec l'aide du Tout-Puissant, l'émir ne dédaigne pas les miens.

— C'est une lutte d'influence.

— C'est un peu comme tu le dis. Quand les Francs ont débarqué à Sidi-Ferruch, personne ne pouvait ici apprécier leur puissance. Mais, maintenant, les choses ont bien changé ; Allah le voulut sans doute ainsi, et s'insurger contre sa puissance conduit à une défaite assurée. Je l'ai compris, moi, ton serviteur, ainsi que quelques autres. Je pense que vous êtes venus ici avec des projets honorables, dont nos gens peuvent profiter. Si vous ne touchez pas aux choses de la vraie foi, nos cœurs vous deviendront fidèles.

— Votre religion légitime sera respectée.

— J'aime entendre ces mots dans ta bouche, qui, je le sais, est celle d'un homme qui ne ment pas...

Le cheik prit une braise ardente dans une petite jatte de cuivre repoussé au marteau et la plaça sur le fourneau de son narghilé. Il ajouta, tout en chassant la fumée fraîche de sa bouche :

— Peut-être l'émir comprendra-t-il un jour les raisons qui me poussent à lui parler d'alliance avec ceux de chez toi.

— Puisses-tu réussir, ô Assour, le plus sage entre tous les chefs de la montagne !

— Dans la sincérité de mon cœur, je le souhaite, ô ami le plus sage au-delà de la mer !

— Mais pour en revenir au sujet qui commande tous mes actes, te serait-il possible de faire parvenir à la Rose des Sables un message signé de mon nom, de mon vrai nom ?

— Tu es, je le pense, sur le chemin de la vérité. Mieux vaut traiter à l'amiable avec la renégate. Derrière elle, sont les forces de l'émir.

— Tu n'as pas répondu à ma question, ô chef.

— Je peux faire parvenir ce message. Ali, le Soudanais, le portera : c'est un homme dévoué, qui a audience auprès de l'émir et auprès de la femme qui, elle aussi, le conseille, mais vers la mauvaise route. Ali remettra ce message à la Rose des Sables... En vérité, je ne sais où elle se trouve depuis que le douar d'Omar a abandonné la montagne... Ali saura le trouver. Il trouverait une mouche marquée d'un signe dans le méchouar d'Oudja la Voluptueuse... Et puis, Ali ne sait pas lire ta langue...

— Bah ! fit M. Dupré en esquissant un geste évasif.

— Ton nom véritable demeurera ainsi ton secret.

— Je le préfère... Mais, ô mon ami vénéré, si tu le désires, je te dirai mon nom quand j'aurai traité avec la Rose des Sables. Je te conterai son histoire un jour, ici, sous ta tente hospitalière, mais, cette fois, redevenu ton hôte avec un cœur apaisé.

— Je ne te demande rien, dit le cheik.

— Je le sais, mais l'oreille d'un ami qui vous écoute est le plus efficace des baumes. À parler dans ces conditions, l'amertume se change en miel.

Les deux amis échangèrent quelques idées sur l'avenir. Puis M. Dupré, ayant pris congé de son hôte, se retira sous sa tente pour méditer les termes de la lettre dont le Soudanais devait se charger.

À l'autre bout du douar, M. Hermann examinait le cheval que lui avait offert le cheik. Sur un mur bas, en pisé, construit hâtivement, derrière les cactus, des cigognes avaient fait leur nid et claquaient leurs longs becs dans un grand bruit de castagnettes. Elles étaient les gardiennes vigilantes du douar et le protégeaient mieux que les chiens kabyles de l'arrivée d'un visiteur inhabituel.

— Voici une bête magnifique, dit M. Hermann.

Je ne sais comment remercier le cheik Assour el-Rechid de sa générosité.

— En ne lui parlant pas, répondit le Soudanais Ali, qui tenait la superbe bête par son bridon en cuir écarlate clouté de cuivre.

— Je connais vos coutumes, dit M. Hermann, et je saurai reconnaître un jour la grande courtoisie de ton maître.

Le Soudanais s'inclina et découvrit ses dents blanches dans un large sourire.

— En attendant, poursuivit M. Hermann, je saurai reconnaître les bons services du guerrier qui m'a sellé ce superbe animal. Voici pour toi, Ali.

Il mit une pièce d'or dans la main du nègre, qui s'inclina :

— Qu'Allah te bénisse pour les élans de ton cœur, ô protecteur !

Il glissa la pièce d'or dans une petite sacoche de cuir vert filigrané d'argent qu'il portait en sautoir, à côté de sa poire à poudre et de son poignard à lame recourbée.

— Dis-moi, Ali, continua M. Hermann, les gens de l'émir viennent-ils souvent par ici ?

— Pas souvent, ô seigneur franc, car ils respectent la propriété de mon maître comme les Francs eux-mêmes la respectent. Mon maître, qu'Allah conseille, est l'ami de l'un et l'ami de l'autre. Ainsi vivons-nous tous dans la paix.

— Et pourtant, les cavaliers qui nous ont attaqués hier n'étaient-ils pas ceux de l'émir ?

— Ce n'étaient point les gens de l'émir, tu te trompes, ô seigneur.

— Alors ?... D'où venaient-ils ?

— Ils appartenaient à Omar, le chef à la barbe courte. Ce n'est pas non plus un ennemi de mon maître. C'est pourquoi nous ne les avons pas poursuivis après les avoir mis en fuite.

— On dit bien des choses, vraies ou fausses, sur le cheik à la barbe courte...

— Il est habile et sa pensée est plus vive que la fuite d'une gazelle.

— Ne dit-on pas qu'une femme, belle comme une perle marine, lui inspire ses actions ?

— On le dit, ô seigneur. Mais la toute-puissance des Francs saura déjouer les calculs perfides de la rénégate, qui, en vérité, est belle parmi les plus belles, comme tu le dis, puisque tu la connais. La puissance des Francs est sans limites...

— Sans limites, sans limites, tout ne va pas si bien chez eux, grommela M. Hermann dans ses favoris, sans s'adresser à son interlocuteur qui poursuivit, rendu loquace par la vertu de la pièce d'or :

— Cette femme est venue de très loin, de l'autre côté de la mer. Sa langue donne le miel et le venin, selon l'heure. Il est incontestable que le cheik à la barbe courte écoute ses propos sans déplaisir.

— On l'appelle par ici la Rose des Sables.

— Tu la connais bien, seigneur ?

— Non... Je ne la connais pas. J'en ai entendu

parler, ô astucieux Ali. Ce n'est pas du tout la même chose.

— Que veux-tu que je te dise ?

— C'est un plaisir de converser avec toi. Au moins, tu comprends bien les choses. Eh bien ! heu... comment dire ?... Voilà... je voudrais savoir où campe en ce moment cette récente convertie.

— Je n'en sais rien, seigneur.

— Teufel ! Tu ne me feras pas accroire qu'un coureur de bled comme toi ignore où gîte la femme la plus célèbre du pays. Tiens... (Il tira de sa poche une autre pièce d'or.) Regarde dans ce miroir... Si tu trouves le chemin qui conduit à la tente de la Rose des Sables, elle sera pour toi... Et plus tard, si tu réussis, tu pourras en gagner d'autres.

— Donne toujours, ô providence du pauvre, et, dans quelques jours, je pourrai répondre à ta question, car... Mais peut-être est-ce trahir ton ami à la belle carabine ?

— Tu ne sais rien que je ne sache, puisque mon ami me dit tout.

— Peut-être t'a-t-il confié que j'avais pour mission de porter un message à celle que tu appelles la Rose des Sables ?

— Je le savais, répondit M. Hermann, sans sourciller.

Il répéta :

— Je le savais.

Et rapidement, un plan se formait dans sa pensée.

150

— Alors, fit Ali, je n'ai plus rien à te confier, ô seigneur qui sait tout.

Le visage de M. Hermann s'éclaira légèrement. Il prit Ali par le bord de sa petite veste turque bleu pervenche et, d'un ton de bonne humeur affectée, il dit :

— Tu peux me rendre un grand service, Ali, un service dont je te saurai gré. Et dis-toi bien que ce service ne peut nuire ni à ton maître, ni à celui qui t'envoie porter ce message. Mon ami est amoureux fou de cette femme, qu'il a connue autrefois. Elle lui fit sans doute boire un philtre, car lorsqu'il pense à elle sa raison s'égare. Il ne faut pas qu'il tombe dans les rets de cette ensorceleuse. Tu prendras ton cheval, tu iras vers la Rose des Sables, bien entendu. Mais, avant de partir, tu me donneras la lettre de mon ami. Il ne faut pas, entends-tu, que cette femme sache que sidi Dupré est ici : ce serait signer son arrêt de mort.

— Ce que tu me demandes...

— Sera payé. À tout service salaire proportionné. Le service que tu lui rendras est grand, de même que celui que tu rends à l'amitié que je lui porte. Tu seras donc payé en or... Il y aura bientôt beaucoup de pièces d'or dans ta sacoche... Si tu rapportes notre conversation à sidi Dupré ou à ton maître, ce qui revient au même, tu n'auras rien et le malheur s'abattra sur nous tous et sur toi...

— Pourquoi sur moi, ô toi qui sais tout ?

— Parce que je dirai que tu as accepté deux

pièces d'or et d'autres que l'on retrouvera dans un endroit qui t'appartient et où je les cacherai. Si tu m'es fidèle, je t'indiquerai la cachette et tu garderas les pièces d'or. Il y en a vingt. Réfléchis bien, ô Ali, et supplie Allah de t'inspirer la sagesse.

M. Dupré, la pointe de son crayon posée entre ses dents, regardait sans la voir la feuille de papier blanc étalée sur la table. En ce moment, il pesait dans sa pensée les termes de la lettre destinée à la Rose des Sables. Entre la ruse et la vérité, il hésitait. La vérité, parfois, peut devenir la meilleure des ruses, plus efficace que le mensonge le plus subtil.

La mélopée d'une aigre flûte l'agaça. Il se leva et ferma la portière de peaux de sa tente. Le bruit devint infiniment lointain et Dupré prêtait l'oreille pour l'écouter machinalement. Il faisait sombre. Cependant, ses yeux s'habituèrent à la pénombre. Il revint s'asseoir, mouilla son crayon entre ses lèvres et écrivit : « Chère amie... ».

Il effaça les deux mots et mit à leur place : « Madame ».

Madame,

Vous serez surprise, mais sans doute peu charmée d'apprendre qu'enfin je vous ai retrouvée. Je vous garde l'estime qu'on doit à une personne d'une intelligence exceptionnelle. Je suis prêt à vous acheter le document que vous savez. Je pense qu'il vous est indifférent de le vendre à l'un ou à l'autre. Souffrez que je fasse appel à d'anciens sentiments pour vous prier de bien vouloir m'accorder la faveur d'en devenir l'acquéreur. Nous pourrions facilement trouver une tierce personne d'une honnêteté absolue qui se chargerait de cette tractation, donnant donnant. Je pense, en vous faisant cette proposition, vous éviter le déplaisir de ma présence et je vous prie de me considérer comme votre ancien serviteur. L'homme soudanais qui vous portera cette lettre ne me connaît que sous un nom d'emprunt, et si je signe cette lettre du nom dont vous n'avez peut-être point perdu le souvenir, c'est un peu pour garantir l'authenticité de cette lettre, car je pense avoir des raisons de me méfier de quelques personnes de mon entourage. Je vous demanderai comme une faveur nécessaire de bien vouloir adresser votre réponse à un certain M. Armand Dupré, dont je puis vous garantir la disparition dès que cette déplorable affaire sera terminée.

ARMAND DE GALANDE

M. Dupré relut soigneusement sa lettre et la glissa dans l'enveloppe, après avoir constaté l'opacité du papier. Puis il fit fondre un peu de cire et la scella avec le chaton de sa chevalière.

Et il appela Ali.

Dès que le Soudanais fut en possession du pli, il sauta en selle et sortit du douar. Il n'alla pas loin. Dans une palmeraie, il arrêta son cheval et, après avoir bien observé les alentours, il imita par trois fois le cri de la perdrix rouge. À ce signal, M. Hermann apparut. Il était à pied, mais portait sa carabine en sautoir.

— Donne, fit-il.

Ali lui tendit la lettre. M. Hermann regarda le cachet et sourit. Il prit son canif et, en passant la lame à plat, le souleva sans briser la cire. En avançant une lippe qui prouvait l'intérêt qu'il portait à l'affaire, il relut la lettre deux fois, puis, sans se presser, il tira une boîte d'allumettes phosphoriques, dont l'invention était assez récente, il en alluma une, dont il passa légèrement la flamme sous le cachet, qu'il remit en place.

— Voilà ! fit-il en tendant la lettre à Ali, émerveillé.

Le Soudanais, qui n'était pas descendu de cheval, s'apprêtait à l'éperonner quand M. Hermann lui mit la main sur le genou.

— Je doublerai la somme placée dans la cachette si tu me laisses voir la réponse à cette lettre. Tu as pu constater que je suis assez habile pour que personne ne s'en aperçoive ? Va donc, ô futur riche. Je guetterai ton retour.

Quand le Soudanais eut disparu derrière la palmeraie, M. Hermann reprit le chemin du douar. Il n'oublia pas d'abattre deux perdrix pour justifier de sa sortie solitaire... à l'occasion.

Il retrouva Stello et Dupré dans la tente du cheik. Stello disait :

— Depuis l'affaire Pritchard, à Tahiti, nous

sommes en froid avec l'Angleterre. Je ne serais pas étonné qu'elle entretînt des agents dans ces parages.

— Mon Dieu, fit M. Hermann, qui venait d'entrer et qui avait entendu ces mots, je n'en serais pas surpris non plus. Après tout, c'est de bonne guerre. Mais qui était ce Pritchard ?

— Un pasteur anglais... Une histoire malheureuse, paraît-il, qui, somme toute, n'a pas mal tourné. C'est l'essentiel.

— Vous parlez anglais ? demanda M. Dupré en se tournant vers Hermann.

— Assez bien, monsieur...

Et il ajouta avec un gros rire, tout en caressant ses favoris :

— Surtout, n'allez pas croire des choses... Je n'ai rien de commun avec ce monsieur Brichcard... Pritchard... Ah ! oui, Pritchard... Je pense vous avoir dit, le jour des présentations, que j'étais hollandais.

— Je n'en ai jamais douté, monsieur Hermann.

— Je vous prie de considérer, dit Assour el-Rechid, que, ici, nous connaissons peu les sujets de ce grand État. Quand nos ancêtres tenaient la mer victorieusement et que les galères du sultan promenaient partout le pavillon rouge et le croissant vert, nous eûmes surtout à combattre les valeureux marins de France, de Gênes et d'Espagne. Depuis lors, la mer est devenue pour nous une étrangère.

Le cheik reprit son narghilé, l'alluma et en tendit le bout ambré à Stello.

— Voici un Franc au cœur pur, dit-il en dési-

155

gnant le jeune homme. Il est valeureux comme un lion et déjà les hommes du vieil Omar à la barbe courte parlent de lui dans leurs chansons de combat.

— Ce fut une rude journée, dit Stello, une vraie journée de baroud. Il fut un temps où j'eusse recherché sa semblable.

— Es-tu si vieux que tu puisses parler ainsi ? dit Assour el-Rechid.

— Non, ô le plus courtois des hôtes, mais j'ai des raisons profondes, répondit Stello en soupirant.

— Eh parbleu ! Il aime... déclara M. Hermann, en donnant libre cours à son exaspérante hilarité.

CHAPITRE NEUF

Le Soudanais galopait dans le jeune soleil levant et son burnous blanc se soulevait au vent de la course comme une aile d'une éblouissante clarté. Moukalla en bandoulière et cimeterre en travers de sa selle de cuir pourpre, il se laissait aller à la griserie du soleil, de la mission terminée et de l'or dont il estimait la possession.

Trois jours s'étaient écoulés depuis son départ. Il n'avait pas tardé à retrouver la piste de la smala d'Omar à la barbe courte, car la contrée ne gardait pas de secrets pour Ali. Le berger le renseignait ; les femmes voilées, assemblées près des fontaines et des puits, lui indiquaient la route à suivre. Dans les djebels couleur d'ardoise où l'influence française n'avait pas encore pénétré, tous les nomades connaissaient Omar et la belle renégate venue du pays des roumis.

Le matin du deuxième jour, depuis son départ du douar, un petit pâtre qui surveillait ses chèvres, appuyé sur un bâton, lui montra un piton violet qui émergeait des brumes de l'aube :

— C'est là, fit-il en étendant le bras.

Au milieu de la journée, Ali entra au pas de son cheval dans le douar d'Omar. Celui-ci le reçut avec courtoisie et s'enquit du but de sa visite.

— Je désire me prosterner devant la Rose des Sables, fit Ali. J'ai pour elle un message important. J'attendrai la réponse.

— Est-ce de ton maître, le puissant Assour el-Rechid ?

— Non. Mon maître, le puissant Assour el-Rechid, demande pour toi et les tiens la protection d'Allah et t'envoie ses vœux de prospérité. Le message que je porte a été écrit par un roumi qui est l'hôte de mon maître.

Omar frappa contre un gong et un serviteur apparut ; un très jeune homme richement vêtu de pourpre et de bleu clair.

— Conduis le valeureux envoyé d'Assour à la Rose des Sables.

Ali suivit l'enfant. Et tous deux se dirigèrent vers une tente opulente, surmontée à son sommet d'un croissant de cuivre.

— Attends, fit l'enfant en souriant.

Il pénétra dans la tente et revint tout aussitôt.

— Entre, dit-il, la Rose des Sables veut bien te recevoir. J'aurai soin de ton cheval.

Ali entra sous la tente et, les bras écartés, se prosterna sur le tapis, devant la belle fille au visage impassible. Puis il tendit son pli à la Rose des Sables qui, après en avoir examiné le sceau, le décacheta et lut.

Elle demeura longtemps dans la méditation, cependant que le Soudanais, immobile et la tête haute, essayait de deviner la pensée soucieuse qui plissait le front pur de cette jeune femme dont la figure était, en effet, ravissante.

— Je vais écrire ma réponse, dit la Rose des Sables, et tu la porteras à celui qui t'a envoyé ici... un grand homme brun aux yeux francs, n'est-ce pas ?

Ali inclina la tête en signe d'assentiment.

La Rose des Sables se leva. Ses larges pantalons de soie rose lui donnaient une démarche à la fois hésitante et gracieuse. Elle prit dans un coffre un petit nécessaire à écrire et s'installa. Elle écrivait avec application. Quand elle eut fini, elle cacheta la lettre et la tendit à Ali.

— Si M. Dupré te demande en quel lieu j'habite, tu lui répondras que je suis comme le chat-tigre : un jour ici, une nuit là... Je ne veux pas rencontrer ce « roumi », ni recevoir ses messages. Va, ô Ali, et que le Seigneur et son Prophète te protègent et t'inspirent des paroles justes à ton retour !

C'est ainsi que, sa mission terminée, avec le pli qu'il portait dans son sac de cuir vert, le Soudanais galopait joyeusement pour atteindre la palmeraie où M. Hermann, le distributeur de pièces d'or, devait le guetter.

À l'entrée de la palmeraie, il entendit le frais murmure d'une seguia. Ali fit boire son cheval et siffla doucement.

Entre les fûts des jeunes palmiers il distingua bientôt le costume de toile blanche de M. Hermann. Celui-ci s'avança, tenant d'une main sa carabine et de l'autre un grand lièvre fraîchement tué.

— La paix soit sur toi, Ali. As-tu la réponse ?

Le Soudanais tendit la lettre de la Rose des Sables.

M. Hermann prit connaissance du pli sans se presser. Voici ce que contenait la réponse de la Rose des Sables à la lettre de M. Armand Dupré :

Cher Monsieur de Galande,

Je n'ai plus le document que vous recherchez. Je l'ai vendu à Londres, et je le regrette, à un nommé Ludwig Erling qui, avec son frère, Thadée, pratiquait l'espionnage pour le compte d'une nation qu'il vous sera facile d'identifier. Je ne pense pas que Ludwig, dont le frère Thadée mourut dans une rue de Londres d'une manière mystérieuse, ait négocié le document, car l'occasion n'était pas encore mûre pour en tirer le meilleur profit. J'ai la conviction que ce papier, dont la valeur augmente chaque jour, se trouve encore en sa possession. Pour vous être agréable, et en souvenir de ces minutes dont vous voulez bien vous souvenir, je vous dirai que M. Erling est un grand escogriffe, roux, aux yeux bleus. Il porte une cicatrice à l'épaule gauche, sans doute la trace d'un coup de couteau. Il est querelleur de caractère et plaisante souvent avec un manque de tact irritant.

LA ROSE DES SABLES

M. Hermann tira de sa poche sa boîte d'allumettes phosphoriques, mais, cette fois, il ne s'en servit pas pour amollir la cire. Il prit délicatement la feuille de papier entre le pouce et l'index, craqua contre la boîte un des petits morceaux de bois. Soigneusement, il fit brûler à la flamme la réponse de la Rose des Sables. Puis il dispersa les cendres en soufflant dessus.

— Tu diras à M. Dupré que la Rose des Sables a lu sa lettre, et qu'elle prie simplement son nouveau dieu de le tenir en bonne santé.

— Mais comment saura-t-elle que j'ai bien accompli ma mission ?

— Ma foi... ma foi... En lui disant que la Rose des Sables présente tous ses hommages à M. Armand de Galande... de Ga-lan-de.

— De Galande, répéta le Soudanais.

— Quand tu auras vu M. Dupré, tu viendras me retrouver et je te montrerai la cachette où sont enfermés les quarante louis d'or que tu as bien gagnés.

Ali rentra au douar, et M. Hermann poursuivit sa chasse, assez satisfait de sa journée, mais il avait eu chaud.

M. Dupré fut déçu par la réponse que lui apportait son messager. Cette femme était irréductible. Elle voulait la lutte, se jugeant forte sur le terrain qu'elle avait bien organisé.

Ali n'avait pas prononcé le nom suggéré par Hermann. Il en gardait l'effet pour une occasion plus favorable. Il s'était contenté, en décrivant la Rose des Sables, de déclarer que celle-ci avait brûlé dédaigneusement la lettre sans vouloir donner de réponse.

Toute la journée M. Dupré demeura enfermé dans sa tente à la recherche d'un plan qui pût lui permettre d'approcher la Rose des Sables. Il lui répugnait de recourir à la violence contre l'ancienne « marquise de Villareal ». Il songeait plutôt à lui voler la lettre ou, car il se sentait peu habile dans ce métier, à la faire voler par un compère rompu dans ce genre d'exercices. Il résolut de confier une partie de son tourment à son ami Assour el-Rechid. Le cheik devait connaître un homme habile et dévoué, capable de réussir malgré toutes les difficultés.

Il passa une grande partie de la nuit sous la tente d'Assour el-Rechid et lui raconta son histoire sans à peu près rien dissimuler de la vérité.

Le cheik écouta gravement et réfléchit longtemps dès que son ami eut terminé son récit. Il parut, enfin, avoir choisi.

— Je comprends pourquoi, ô mon ami, tu sembles mépriser tous les dangers. Ton honneur l'exige. Il faut que ce papier revienne en ta possession. Alors, tu pourras retourner dans ton pays et vivre justement dans les honneurs que tu mérites. Pour ma part, et que le Très-Puissant m'inspire, je ne vois qu'un homme qui puisse t'aider avec efficacité : c'est Ali, le Soudanais. Il est fort comme un taureau sauvage, courageux comme un lion et, quand il le faut, plus rusé qu'un chacal. De le savoir près de toi dans les dangers qui vont t'assaillir si tu donnes suite à ton projet, me sera d'un grand réconfort. Il saura défendre ta vie. Il saura aussi trouver le moyen de pénétrer dans la tente de cette femme pour lui ravir le produit de son vol. Il m'est impossible, hélas ! d'intervenir directement avec mes soldats, car elle est l'amie d'Omar qui est l'ami de l'émir. Nous ne sortirions pas avec honneur de cette lutte. La ruse seule doit être employée. Ali saura s'en servir car il possède mille tours dans sa tête. Il m'a déjà rendu de précieux services. Je te le donne, ô ami, dès demain, si la raison te le commande, tu pourras partir avec lui. Il saura te conduire là où se cache cette démone que je ne peux attaquer franchement avec mes armes loyales. Mais, dis-moi encore : Es-tu sûr de la fidélité de tes deux compagnons ? Quels sont ces gens ? L'un d'eux ne me plaît guère, sans qu'il me soit permis de l'accuser.

— Je sais qui tu veux dire.

— L'autre me paraît loyal.

— Il l'est. Ces deux hommes, ô Assour, je les ai rencontrés fortuitement sur ma route et nous avons combattu ensemble contre ceux d'Omar...

— Pour défendre votre vie !...

— Oui. Des circonstances tragiques nous ont réunis. Toutefois, je ne sais rien d'eux comme ils ne savent rien de moi.

— Vous possédez tous trois un secret qui est lourd à porter ?

163

— Je le crois, répondit M. Dupré.

— Ces hommes s'en iront sans doute dès qu'ils te verront partir ?

— Notre piste commune s'arrête ici. Demain, ô Assour, nous reprendrons chacun la route que nous avons choisie dans le secret de notre vie passée.

Le lendemain matin, de très bonne heure, M. Dupré fit ses adieux au cheik et à ses deux compagnons. Ali resplendissant dans son burnous blanc l'accompagnait.

— Adieu, monsieur, dit Stello sincèrement ému. Nos pistes se séparent ici... Souhaitons qu'un jour elles se rejoignent afin que nous puissions nous serrer la main.

M. Hermann prononça quelques paroles courtoises de regret :

— Tout à l'heure, je reprendrai moi-même ma route. J'irai dans la direction du sud-ouest... Et vous, monsieur Stello ?

— Ma piste se dirige vers le sud-est.

— Allons faire nos adieux au cheik et le remercier de sa généreuse hospitalité avant de nous souhaiter bonne chance. Adieu, monsieur Dupré.

Dupré et Ali s'éloignèrent et franchirent l'entrée du douar sous le salut sec et bruyant des cigognes.

Ils disparurent dans un petit nuage de poussière qui s'effaça bientôt... Après avoir remercié Assour el-

Rechid, Hermann et Stello commencèrent leurs préparatifs de départ. Grâce à la grande complaisance du cheik ils renouvelèrent leur provision de poudre et de balles. Des vivres et de l'eau pour quelques jours complétèrent leur équipement. Les chevaux chargés à l'extrême prirent le pas.

— Nous ferons route ensemble, si ma société ne vous déplaît pas, dit M. Hermann, tout au moins pendant quarante-huit heures, jusqu'à Bir-Salah. Là, si je ne me trompe pas, commence la grande piste du sud-est qui va chez les Beni-Ameur : c'est la vôtre, m'avez-vous dit...

— Il est préférable que nous parcourions ce bout de chemin en nous appuyant l'un sur l'autre. Cette contrée est terriblement désertique et je crains les pillards de Sidi-bel-Abbès, ces fameux Beni-Ameur que vous venez d'évoquer.

— Deux fusils valent mieux qu'un, opina M. Hermann.

Il adorait toutes les expressions, soigneusement éprouvées, d'une sagesse facile.

Stello ne répondit pas. Sa pensée était ailleurs, dans le douar, quand, après avoir passé une dernière nuit à boire le kaoua chez le cheik, il s'était trouvé seul en regagnant sa tente avec M. Dupré.

— Stello, avait dit celui-ci, en lui tendant la main, je garde bon souvenir de notre rencontre. Vous allez reprendre votre route. Pendant quelques jours vous serez inévitablement dans la nécessité d'accompagner M. Hermann. C'est un homme que je n'aime pas et, comme en ce moment je suis à peu près certain de ne le revoir jamais, je vous dis, ami Stello, gardez-vous de cet homme.

— Bah, répondit Stello, c'est une sorte de butor, mais je ne le crois pas méchant.

Les deux hommes s'étaient séparés sur ces paroles et maintenant Stello, botte à botte avec son compagnon, aspirait à la prochaine étape, qui lui permettrait d'être seul. Il préférait voyager ainsi. D'ailleurs, il touchait au but et n'avait pas besoin de témoins pour tenir Angela dans ses bras.

Il faisait effroyablement chaud et le scintillement des éclats de mica sur les cailloux d'une lande plate et désolée éblouissait Stello qui ferma les yeux. Il s'assoupit en se laissant conduire par son cheval.

— Hé, camarade !...

Il s'éveilla en sursaut.

— Mon vieux, vous dormez comme toute une famille de loirs. Teufel ! Il est l'heure de prendre un repas. Cela nous fera du bien et soulagera nos montures qui se traînent comme des escargots. Nous voyez-vous dans la nécessité de fuir ou de charger ?

— Je m'étais endormi, fit Stello. C'est ridicule et vous avez bien fait de me réveiller... Où allons-nous faire la halte ? D'après ce que je vois, un endroit ne vaut pas mieux que l'autre. Pas un coin d'ombre, vraiment, le soleil exagère ses bienfaits.

— Arrêtons-nous ici. Le temps de rompre une croûte et de faire boire nos chevaux, puis nous essaierons de gagner un abri décent pour y passer la nuit.

Ils burent et mangèrent sans appétit. Ils fumèrent chacun un cigare, don d'Assour el-Rechid. Après quoi, ils remontèrent en selle. Les chevaux ravigotés prirent d'eux-même le petit galop de chasse. Ils parcoururent ainsi un kilomètre, puis les bêtes s'assagirent et reprirent leur pas morne, tête baissée.

— La personne que vous allez rencontrer est sans doute un cheik ? demanda Stello.

— Non, mon cher... c'est un Européen... Peut-on dire un Européen ? Je crois qu'il a perdu jusqu'au goût de l'être ou de l'avoir été... Il habitait ici avant l'arrivée de vos compatriotes à Sidi-Ferruch... C'est une sorte de philosophe, un homme extrêmement curieux... Je peux vous avouer que je suis venu ici pour le voir. Il a dans les mains la clef qui ouvre toutes les portes de mon avenir. Vous le verrez. Vous m'avez confié, un jour, que vous recherchiez, probablement par ici, la femme que vous aimez. Si quelqu'un est capable de vous la retrouver c'est bien lui. Il connaît tout ce qui respire dans cette contrée.

— Est-ce un musulman ?

— Non, ce n'est pas un renégat. Il appartient à la religion catholique, et n'en fait pas mystère.

— Et il a pu vivre en bonne intelligence avec les hommes du Croissant ?

— C'est un mystère.

— Nous sommes tous un mystère, fit Stello. Ce que vous me dites ne me surprend pas. Il existe des hommes qui ont, comment dirais-je? le sens de l'homme. Partout, ils sont chez eux. Ce qu'ils disent, la façon dont ils agissent ne surprennent personne. On ne peut dire qu'on les aime, puisque, souvent, ils ne font rien pour se faire aimer, mais ils sont indispensables. Ils se confondent naturellement avec toute la nature. Les peuples comme les Arabes, que notre civilisation n'a pas modifiés encore, agissent en suivant leurs instincts. Quelquefois leurs instincts les conduisent à adopter certains hommes dont ils pourraient aussi bien demander la tête. En général, les ermites paraissent invulnérables.

— C'est probablement le cas de la Rose des Sables.

— Je ne connais pas cette femme, dit Stello. Il se peut qu'elle puisse se comparer à votre ermite.

— Je ne pense pas, dit M. Hermann en s'esclaffant désagréablement, car, si j'ignore l'une, je connais bien l'autre. Et l'autre, mon cher, est incomparable.

Le voyage se continua aussi monotone que possible. Stello sifflotait des marches militaires de l'armée d'Afrique et M. Hermann fumait. Le bled déroulait autour d'eux ses paysages arides.

— Tâchons de camper près d'une source, car je n'ai plus une goutte d'eau, dit Hermann.

— Je ne sens guère l'eau par ici... mon cheval non plus. En vérité, nous marchons à la boussole, car il n'existe pas la moindre trace de piste dans cette lande. Je crois que nous pourrons établir notre campement n'importe où. Nous dormirons trois heures chacun et nous reprendrons la direction de...

— De Bir-Salah, répondit M. Louis Hermann.

Pendant que Stello entravait les chevaux, Hermann ramassait quelques brindilles de bois pour construire un feu, un feu modeste, suffisant toutefois pour faire chauffer l'eau du café. Heureusement la gourde en peau de chèvre de Stello en contenait encore deux litres.

Ils se restaurèrent silencieusement. Hermann prit la première garde et se reposa ensuite, allongé à même le sol, sa carabine couchée contre lui. Quand Stello le réveilla pour le départ, les chevaux étaient déjà sellés.

— Il ne fallait pas vous donner ce mal.

— Profitons de la fraîcheur de la nuit, car dans quelques heures le soleil sera terriblement brûlant. Si nous avons la bonne fortune de trouver de l'ombre nous ferons la sieste et nous tenterons de nous diriger avec plus de précision.

— Il faut trouver de l'eau, dit Hermann.

— Où il y a de l'ombre et de la verdure, il y a des chances de trouver de l'eau. Mais ne pensez pas à cette idée, ce serait dangereux. Si vous avez soif il me reste encore un peu d'eau... de quoi tenir une journée.

— Donnez toujours, mon vieux. C'est bien le diable si nous ne finissons pas par trouver un puits. D'ailleurs, à Bir-Salah il y a de l'eau.

Hermann prit la gourde que lui tendait Stello et but quelques gorgées.

— Ça ne vaut pas la bière de Munich, mais ça fait plaisir tout de même.

Et il rendit la gourde à son propriétaire.

— Il faut tout de même que la force nous mène, ajouta Hermann. Car, enfin, monsieur, nous menons une vie de damnés. Mais je ne peux pas me soustraire à cette force. Elle me mène le jour, elle me réveille. Elle me dit : « Va, Ludwig, je veux dire Louis... va toujours devant toi, comme Isaac Laquedem et venge ton frère assassiné... » Oui, monsieur... Je n'ai jamais retrouvé son corps. Et je l'ai vu tomber devant moi ; j'étais sur le point de succomber. Les coups me tombaient sur le crâne comme de la grêle. Mon frère assassiné, monsieur, c'est lui qui jour et nuit se tient devant moi et me guide.

Il est sur les traces de la sale femelle, monsieur ; il la débusque ; la perd, la retrouve. Il me dit : « Taïaut ! taïaut ! Ludwig, elle est passée par ici, il n'y a pas bien longtemps. » Quand je sonnerai l'hallali, il sera là et calmera sa soif de damné en buvant le sang frais de la Spartiventi... La Spartiventi... Connaissez-vous la Spartiventi, monsieur ?

M. Hermann éclata d'un rire de dément en lâchant la bride et en levant ses deux bras au ciel.

— Avez-vous encore un peu d'eau ?

— Buvez, dit Stello.

— La gourde est plate comme une vieille bique crevée, fit M. Hermann. Je supporte mal le soleil et je finirais par boire la mer et ses poissons... Tenez... à Munich... je veux dire à Dordrecht... un soir...

Il n'acheva pas sa phrase et demeura silencieux, plongé dans une profonde méditation que son compagnon respecta.

Jusqu'à la halte où l'on débrida les chevaux pour leur permettre de brouter quelques maigres touffes d'alfa, M. Hermann ne desserra pas les dents.

— Est-ce là l'eau promise, monsieur ?

— D'abord, je ne vous ai rien promis. Je peux croire, cependant, que nous finirons par découvrir un puits ou une source, car le terrain me semble un peu plus fertile...

— Alors, donnez-moi un peu d'eau.

— Non, il ne reste plus que le nécessaire pour le café ; avec une croûte de pain, nous aurons un dîner suffisant, répondit Stello.

— Vous êtes cruel, monsieur.

— Je suis simplement raisonnable.

Hermann ricana. Son rire exaspérait Stello. Il n'en fit rien voir. Hermann se calma ; ses traits se détendirent.

— Vous avez raison, monsieur. Je me conduis comme une brute.

Pendant les quelques heures où ils chevauchèrent sous le soleil inexorable, il se montra courtois. Cet homme n'était pas sans culture ; il parla de Goethe, récita un poème de Schiller.

Stello l'écoutait et l'encourageait dans son enthousiasme passionné et juvénile. Comme pour répondre aux évocations lyriques du géant calmé, la nature se montrait plus aimable. Des dunes ondulèrent à l'horizon et une palmeraie dressa ses hauts fûts empanachés à l'horizon, sous un ciel d'or qui s'empourprait au niveau d'une crête violette.

— Nous nous reposerons dans cette palmeraie, dit Stello, pendant les dernières heures du jour. En ce moment la température est vraiment accablante. Une tasse de café nous remettra d'aplomb.

Dans la palmeraie, ils aperçurent une petite source à moitié tarie. Hermann descendit de cheval et but à longs traits, à plat ventre dans l'herbe humide. Quand il se releva, le visage ruisselant d'eau, sa veste blanche était maculée de boue argileuse.

— Je suis maintenant un autre homme, fit-il.

Stello but à son tour par petites gorgées dans le creux de sa main. Quand il eut étanché sa soif, il remplit la gourde d'Hermann, la sienne et une grande bouteille d'osier accrochée à sa selle.

— Nous voici sauvés, dit-il.

Et il ajouta :

— Tout au moins de la soif, car demain, à cette heure, nous serons à Bir-Salah... si nous ne faisons pas de mauvaises rencontres.

Hermann préparait le café dont l'arôme délicieux se répandait dans l'air. Les deux voyageurs le burent presque brûlant en trempant dans leur tasse un quignon de pain dur. Quelques oranges et des dattes complétèrent le menu.

Après quoi, ils fumèrent chacun un cigare.

— Êtes-vous certain, Stello, que nous sommes sur la bonne route ? Par instants, j'admire votre instinct. Vous possédez le sens de la direction comme un pigeon voyageur. Quant à moi, si je n'avais pas l'ombre de mon frère pour me conduire, je me demande ce qu'il serait advenu de votre serviteur.

— À cent mètres derrière ces lauriers-roses, il doit y avoir un oued, à sec, naturellement. Nous le suivrons et ce sera la piste qui nous mènera à Bir-Salah. Tout ceci est conforme aux indications des gens d'Assour el-Rechid, quand je me suis fait indiquer le chemin. J'ai même tracé ce bout de carte pour être certain de ne rien oublier.

Il montra un morceau de papier que M. Hermann examina avec une attention très scrupuleuse.

— Vous n'avez rien indiqué sur votre route au-delà de Bir-Salah. Est-ce donc que votre piste s'arrête en même temps que la mienne ?

— Non, je vous ai dit que j'obliquerai vers l'est. Je n'ai rien indiqué parce que j'espère recueillir à Bir-Salah des renseignements précis pour continuer mon chemin... seul cette fois.

— Je regrette de vous laisser seul, fit M. Hermann.

— Oh ! vous savez... En venant en Afrique, je devinais aisément les difficultés qu'il me faudrait

vaincre : les ennemis, la solitude, la soif, la faim...
Que sais-je !...

— J'envie souvent la paix qui semble régner dans
vos pensées, dit M. Hermann. Cette femme que
vous aimez est un puissant cordial... C'est la vie
même qui vous mène par la main... Songez, monsieur, que pour moi, c'est un mort qui me tient par
le poignet. Tout à l'heure, en buvant à la source,
j'entendais l'eau qui miaulait : « Venge-moi, Ludwig, venge-moi... » Ah ! monsieur, je suis épuisé...
l'esprit de la vengeance me ronge l'âme, comme un
rat fantôme... Que faire ?

Stello ne répondit pas, et Hermann poursuivit :

— Que faire ? le sang appelle le sang... C'était il
y a quelques années, monsieur, dans Petticoat Lane.
Nous marchions, Thadée et moi, côte à côte, quand
les sbires de cette femme nous assaillirent. Mon frère
fut tué d'un coup de pistolet, je crois. Il tomba le
visage dans le ruisseau fétide. J'entendis ricaner l'espionne qui avait perpétré ce crime... Et vous vou-
driez, monsieur, que je fasse un geste de pardon ?...
À d'autres ! à d'autres !

— Nous devons nous reposer, dit Stello. Nous
partirons d'ici dès les premières heures de la nuit.

— J'aurais voulu tout vous dire... gémit étrangement Hermann.

— Reposez-vous, répondit Stello troublé malgré
qu'il en eût, et demain, si vous n'avez pas changé
d'avis vous pourrez parler... et parler en toute
sécurité...

M. Hermann s'allongea sur le dos, et longtemps il demeura les yeux ouverts dans l'attente de la première étoile qui s'allumerait au ciel.

CHAPITRE DIX

— Vous êtes perdu, monsieur Stello, perdu comme un goujon dans l'océan Atlantique. Je ne possède pas le sens de la direction, mais je possède celui de la catastrophe. Nous allons bien finir par nous jeter dans les pieds des Beni-Ameur, et nous en terminerons vilainement avec toutes nos aventures.

Hermann glapissait de sa voix irritante. Stello fit la sourde oreille. Il commençait à connaître ce compagnon atrabilaire. Et franchement, il en avait assez.

— J'ai une heure du matin à ma montre. Depuis trois heures que nous tournons, nous voici revenus au même point. Je reconnais la palmeraie... Mieux vaudrait ne point la quitter ; au moins, serions-nous assurés de ne point crever de soif.

— Taisez-vous, fit Stello d'une voix calme. Nous avons tourné en rond, c'est certain... mais quelqu'un a touché à ma boussole. Elle est désaimantée. Prêtez-moi la vôtre et ne criez point. La situation demande du calme.

Stello regarda la boussole de M. Hermann et la comparalaspa avec la sienne. Elles n'indiquaient pas le même nord.

— Le mal n'est pas si grand, fit Stello. Nos pauvres chevaux paieront pour cette erreur.

— Alors, je vous suis, répondit M. Hermann subitement calmé comme à son habitude.

Stello augmenta sensiblement l'allure. Il était nécessaire de regagner un peu d'avance sur le jour qui bientôt allait poindre. Les heures chaudes de la journée étaient vraiment épuisantes. Hermann, peut-être à cause de sa corpulence ou de sa damnation, ne cessait de boire.

Quand Stello lui faisait une observation un peu sèche, il ricanait et l'appelait : « ce bon vieux briquet », disant qu'il ne se nourrissait que d'amadou et que l'amadou devait produire à son gosier l'impression de la plus fraîche des salades.

Stello n'écoutait pas les bavardages plus ou moins plaisants et les divagations souvent lyriques du Hollandais. Pour l'instant, il pensait à sa boussole et cherchait à se rassurer en attribuant une cause naturelle à son déréglage.

Il n'en trouvait pas, et l'hypothèse d'une intervention malintentionnée lui donnait de l'inquiétude, précisément parce qu'il n'en saisissait pas la cause. L'idée de la culpabilité de Dupré l'effleura. Il la repoussa aussitôt, car elle lui paraissait imbécile. Il ne pouvait non plus supposer que Louis Hermann fût assez sot pour diminuer sa propre chance. Ce dernier aurait-il voulu l'abandonner qu'il lui eût été facile de le faire dès le début de la nuit. Stello se souvenait d'avoir dormi à poings fermés pendant plus de deux heures.

Il écarta de sa pensée quelques images gênantes et songea en se réconfortant que, bientôt, il serait définitivement débarrassé de la présence de cet original.

Petit à petit, le souci de son propre destin effaçait tous les autres. Il savait que la femme qu'il voulait retrouver habitait dans la région qu'il parcourait. Il savait sous quel nom elle jouait un rôle néfaste. Mais il avait une confiance illimitée dans ses forces. Le point le plus délicat de son entreprise était sans doute de l'approcher et de lui parler sans témoins. Dans quelques jours, il aurait rencontré le guide qui le conduirait vers le but. Stello savait qu'il parcourrait cette étape sous le costume d'un fidèle coiffé du turban vert des pèlerins respectés. Il parlait l'arabe et connaissait les mœurs de ces pays. Sa ruse avait donc de bonnes chances de réussir, car il ne doutait pas de l'accueil d'Angela, la niña de Badajoz et sa novia chérie jusqu'à l'extravagance.

La flamme qui brûlait en lui le rendait taciturne et les compagnons que le hasard lui avait donnés depuis la rencontre du carrefour des Trois Couteaux tenaient peu de place dans son existence. Dupré lui était sympathique, Louis Hermann l'était moins. En marge de ce jugement sommaire il ne s'occupait pas d'eux.

Un autre homme moins absorbé par sa pensée eût été rendu plus méfiant par les événements quotidiens. Stello, brûlé comme un mystique, marchait sans se troubler vers une sorte d'apothéose. Maintenant qu'il laissait croître sa barbe brune sur ses joues maigres, il avait pris l'apparence d'un Christ du Greco.

Pendant qu'il rêvait en se laissant aller au pas de son cheval, M. Hermann ne cessait de se plaindre. Ses gémissements alternaient avec ses crises de ricanements, et les uns comme les autres n'étaient pas plus agréables à entendre.

Quand le jour se leva, le soleil darda presque tout de suite ses rayons homicides. On fit le café au bord de l'oued enfin retrouvé. Le Hollandais n'avait déjà plus d'eau dans sa gourde.

— Vous avez tout bu ? lui demanda Stello sans aménité.

— Je n'ai pas la force de me contraindre, répondit Hermann, tout penaud.

— Vous êtes désarmant, répondit Stello.

On reprit la route. M. Hermann chevauchait le premier en suivant un sentier raboteux qui bordait le lit de la rivière sans eau. Depuis l'histoire de la boussole, Stello se sentait mal à l'aise. Il estimait qu'il n'existait pas d'effet sans cause, et l'acte malveillant dont il avait été la victime devait répondre à un but. Comme il ne croyait pas que le Hollandais désirât sa mort, il en arrivait à conclure qu'une main ennemie avait dû travailler dans le douar d'Assour el-Rechid, une main dont il ne connaissait pas le propriétaire. Il ne se trompait pas. Un espion de la Rose des Sables existait parmi les gens d'Assour. Et cet homme, nommé Ali, avait reçu l'ordre de détériorer les boussoles de Dupré et de Stello. Il avait oublié celle d'Hermann à la suite du fameux présent des cinquante pièces d'or. Par Ali, le Soudanais, Omar et la Rose des Sables étaient mis au courant de tout ce qui se passait chez Assour. La jeune femme savait que trois Européens habitaient chez Assour. Elle avait pu en identifier deux : Erling et Armand de Galande, c'est-à-dire Hermann et Armand Dupré. Elle ne connaissait pas le troisième dont le nom de Stello ne lui apportait rien de précis. Elle pensa bien, en souriant, à un certain soldat de la Légion étrangère. Mais cet homme avait si peu pénétré dans sa vie qu'elle en imaginait mal les traits sous les loques rapiécées d'un pauvre soldat revenant de la guerre. Elle se souvenait assez bien de lui avoir dérobé deux mille francs. Toutefois elle considérait ce geste comme une friponnerie sans importance. Cette indulgence pour ses propres fautes sauva Stello de la mort quand, profondément endormi dans la palmeraie, il constituait une cible bien tentante pour l'homme du cheik Omar qui le guettait.

À ce moment, Hermann, qui devait veiller sur le sommeil de son camarade, sommeillait, assis sur un bloc de granit, la carabine entre les jambes. L'observateur qui n'avait pas reçu l'ordre de les tuer se retira un peu plus loin pour reprendre sa filature quand les roumis remonteraient à cheval.

C'est la présence de cet homme, de ce cavalier à peu près nu, vêtu d'un lambeau de cotonnade à rayures vertes et rouges et coiffé d'un énorme turban que Stello, averti par son instinct, pressentait derrière lui.

Vingt fois, il se retourna sur sa selle, la carabine prête à tirer. Hermann paraissait subir la même appréhension, car il ne parlait pas. Mais lui aussi se retournait souvent sur sa selle.

— Je n'aime pas beaucoup ce sentier encaissé, fit soudain Stello. Nous pourrions essayer de gagner la crête.

— En suivant ce sentier, nous pouvons nous défiler mieux.

— Écoutez bien, monsieur Hermann, depuis le départ de la palmeraie, j'ai l'impression très nette que nous sommes suivis, observés. Dans ces conditions, il n'est pas nécessaire de nous dissimuler. Je préfère marcher à terrain plat et découvrir ce qui se passe autour de nous. Il est préférable d'obliger l'ennemi à se montrer... Après tout, ce ne sont peut-être que de vaines appréhensions.

Les deux hommes descendirent de cheval et gagnèrent la crête en tirant derrière eux leurs montures.

La plaine, semée de rocs et de maigres touffes de doum qui la faisaient ressembler à une immense peau de léopard, s'étendait au loin à l'infini. Les deux hommes se remirent en selle et galopèrent pendant un quart d'heure pour prendre de l'avance. À ce moment, le soleil était si chaud que M. Hermann, ébloui et le visage rouge comme un morceau de bœuf saignant, saisit à deux mains le pommeau de sa selle pour ne pas tomber.

— Hé là ! hé là ! buvez un coup, dit Stello cordialement.

Il tendit sa gourde et M. Hermann parut renaître à la vie.

Tout en passant la courroie de la gourde par-dessus sa tête, Stello surveillait attentivement le bord du petit ravin qu'ils venaient d'abandonner. Il lui sembla bien apercevoir un étrange fruit d'un blanc sale, qui, par sa forme, ressemblait à une sorte de citrouille. Il toucha le bras de son compagnon et lui indiqua l'objet sans faire un geste.

— Droit devant vous... vous apercevez ce rocher en forme de pain de sucre. Bon. À dix mètres sur la gauche, se trouve une grosse touffe d'herbes... Vous voyez ? Bien... Regardez attentivement en arrière de cette touffe d'herbes...

— Ciel ! C'est le turban d'un Arabe !

— Voici donc l'homme qui nous surveille depuis la palmeraie.

— Je vais lui envoyer un pruneau, dit Hermann.

— N'en faites rien. Nous ne sommes pas certains de la culpabilité de cet individu. Mieux vaut ne pas faire parler la poudre. Les échos sont terriblement indiscrets, par ici. Nous allons poursuivre notre chemin. Si l'homme désire nous suivre, il sera bien forcé de se montrer en terrain découvert... Un peu de galop.

Au bout de deux ou trois cents mètres, les deux

cavaliers se retournèrent. Un cavalier les suivait dans la lande.

— Ralentissons, dit Stello. Nous sommes deux, nous finirons bien par savoir ce que ce type nous veut... Ce n'est peut-être qu'un inoffensif nomade.

— Vous connaissez des inoffensifs nomades, dans ce damné pays ?

— En vérité... non, répondit Stello.

Mais l'homme, derrière eux, ne se rapprochait guère. Il avait mis son cheval au pas et maintenait la distance.

— Le salaud ! grogna Hermann.

— Allons vers lui, fit Stello. Il est encore possible que nous puissions lui demander si nous sommes dans la direction de Bir-Salah.

Coude à coude, les deux Européens tournèrent bride et galopèrent dans la direction de l'indigène au monumental turban.

Celui-ci, un moment déconcerté, épaula son fusil et tira. Puis, sans demander son reste, il se coucha complètement sur l'encolure de son coursier et se mit à fuir dans une galopade éperdue.

— Personne n'est touché ! cria Hermann. Économisons les balles perdues.

Stello rabaissa le canon de sa carabine. Le fuyard, d'ailleurs, était déjà loin.

— Il faut nous hâter de trouver Bir-Salah. À la nuit, nous aurons peut-être une cinquantaine d'hommes sur le dos.

Tout en disant ces mots, Stello porta la main sur

sa jaquette de chasse et sur son pantalon. Ils étaient trempés.

— Bon sang ! Le bougre n'a pas mal visé. J'ai bien failli recevoir son cadeau. Mais ma gourde est percée de part en part. Il ne me reste qu'un peu d'eau dans la dame-jeanne... de quoi nous humecter la langue et faire boire nos bêtes.

— Teufel ! hurla Hermann. Le démon voulait notre mort ! Qu'allons-nous devenir sans eau, dans cet infernal royaume de la soif ?

— Il faut d'abord faire boire nos chevaux, dit Stello d'une voix brève. Ce sont eux, peut-être, qui nous sauveront. Il n'est que huit heures du matin. Si nous pouvons atteindre Bir-Salah avant la nuit, nous n'aurons sans doute plus rien à craindre dans la maison de votre ami, qui, d'après ce que vous m'en avez dit, doit être un marabout respecté.

— Ne pensez-vous que les chevaux peuvent attendre jusqu'à ce soir ?

— Il faut supposer que, peut-être, ce soir nous n'aurons pas trouvé la demeure de l'ermite. Que ferions-nous, dans ce désert, avec des bêtes fourbues ?

Hermann poussa un long gémissement.

— Je suis destiné à crever de soif ; Stello, mon cher Stello... par pitié, donnez-moi à boire... Le feu qui me dévore n'est pas naturel, je le sais... Plus tard, je vous saurai gré de tout ce que vous ferez pour moi, pour apaiser ces abominables soifs qui me brûlent l'intérieur du corps et font danser des flammes rouges devant mes yeux.

Hermann se renversa sur sa selle et son visage se congestionna, Stello n'eut que le temps de le retenir, malgré son cheval qui se cabra.

Lentement, il mit pied à terre et descendit de sa selle le grand corps de Louis Hermann, qui, privé de sentiments, ressemblait à une marionnette dont les fils eussent été cassés.

— Me voilà bien, fit Stello à voix haute.

Puis il jura tout ce qu'il savait en disposant le corps inanimé de son compagnon sur le sable brûlant.

Il déboucla alors son portemanteau et déroula sa couverture. Il eut vite fait de trouver quatre petites tiges de bois dans la maigre végétation qui l'entourait. Ce fut suffisant pour étendre la couverture à trente centimètres du sol, au-dessus du visage de Louis Hermann, et lui procurer ainsi un peu d'ombre.

Après quoi, Stello lui mouilla les tempes avec son mouchoir trempé de ce qui restait d'eau dans la grosse bouteille entourée d'osier. L'homme gémit faiblement et il parut respirer mieux. Mais il ne reprit pas connaissance.

Stello connut alors le découragement. La situation devenait tragique, avec cet homme incapable de se mouvoir, peut-être mourant. La pensée de l'abandonner à son sort lui vint tout de suite à l'esprit. Elle le tourmentait et lui paraissait non seulement sage, mais comme l'unique chance de salut. Cependant, il ne pouvait s'y résoudre. La loi de la camaraderie de guerre dressait sa conscience contre ce projet.

Pendant plus d'une heure, Stello tenta de ranimer son compagnon. Celui-ci semblait être tombé dans le coma. Ses lèvres laissaient passer des petites bulles d'air. Il bavait. Stello s'assit, complètement abattu, à côté de Louis Hermann, protégé par la couverture de laine tendue au-dessus de son visage. Déjà le soleil déclinait à l'horizon, Stello résolut de patienter, espérant que la fraîcheur de l'aube calmerait Hermann.

Il fit un peu de café, en prenant soin de ménager l'eau. Le liquide bouillant calma sa propre soif et le réconforta. Il essaya d'en faire boire quelques gorgées au misérable qui, maintenant, gémissait, et, comme dans le délire, prononçait des mots sans suite, sans doute dans une langue étrangère que Stello ne comprenait pas, mais qu'il reconnut pour de l'allemand.

Il ne retint qu'un mot qui revenait souvent sur les lèvres du moribond : Spartiventi.

Stello prêta l'oreille, espérant que dans son délire l'homme livrerait son secret. Et ce secret intéressait Stello, qui sentait nettement que des forces hostiles allaient se placer devant sa route. Il ne lui serait pas facile d'atteindre Angela, qui était menacée par les forces de la haine et de la vengeance.

Quel rôle Louis Hermann avait-il joué dans la vie de la niña de Badajoz ?

Stello, toute son attention tendue, prêtait l'oreille pour le savoir.

Vers minuit, il n'avait rien appris et Hermann délirait toujours sous son dais improvisé. Une paix immense régnait tout autour de lui. On entendait au loin les glapissements d'une troupe de chacals.

Stello résolut de seller son cheval et de tenter coûte que coûte de trouver du secours en abandonnant le moribond à la grâce de Dieu. Il avait terminé ses préparatifs, quand il aperçut à l'horizon une tache noire qui se mouvait. Il s'aplatit contre le sol et surveilla. Bientôt il distingua la silhouette d'un homme, une silhouette blanche, cette fois. Et cela s'avançait vers lui comme un fantôme, comme une sorte de vapeur née de la terre.

Quand le fantôme fut à deux cents mètres de lui, Stello se leva, agita le bras en l'air et poussa un long cri d'appel :

— Hoho !

Le fantôme fit un signe et continua sa marche inexorable qui lui prêtait, dans cette nuit affreuse, un caractère inhumain.

Maintenant, Stello distinguait parfaitement l'homme. Il était vêtu d'une longue robe blanche serrée à la taille par une corde de chameau. Il était coiffé d'un large chapeau de paille, comme en portaient les Bédouins. Il avançait à longs pas réguliers, en s'aidant d'une haute canne dont la poignée était recourbée en forme de crosse.

— L'ermite ! dit à voix haute Stello.

Il se hâta à la rencontre du fantôme qui, vu de près, n'était qu'un homme dont le visage rayonnait de bienveillance.

— Vous êtes perdu ? fit-il simplement d'une belle voix grave.

— J'ai avec moi un camarade qui agonise, répondit Stello. C'est un ami à vous... car vous êtes sans doute l'ermite de Bir-Salah ?

— Où est-il ?

Stello le conduisit vers l'endroit où Hermann gémissait toujours, allongé sur le dos, la bouche ouverte comme un trou noir, et les yeux clos.

— Le malheureux ! fit l'ermite. C'est bien lui... Nous allons le transporter, car, par une étrange décision de la Providence, vous avez campé à quelques centaines de mètres de ma demeure.

Il montra l'horizon et la plaine nue qui semblait s'affaisser.

— Il y a là-bas, droit devant vous, une petite dune ; en marchant encore pendant cinq cents mètres, vous seriez venus buter dedans. La caverne que j'y habite est un peu en contrebas. Une petite source coule au fond d'un trou devant ma porte : c'est Bir-Salah.

Il revint vers Hermann qui semblait reposer.

— Aidez-moi à le hisser sur son cheval... vous le maintiendrez pendant que je conduirai la bête par le bridon. Ce sera vite fait... Je pense qu'il en reviendra.

M. Louis Hermann demeura dans le marasme

pendant un jour et une nuit. Puis il se dégagea lentement de sa torpeur, s'assit sur sa couche de peaux de bêtes et de tapis et se passa une main moite sur le visage.

— Où suis-je ? fit-il en regardant autour de soi.

Stello et l'ermite étaient dehors et préparaient un frugal repas. Hermann, seul dans la caverne, essayait de rassembler ses souvenirs épars. Petit à petit, l'histoire de ces deux derniers jours se déroula dans sa mémoire. Il gémit :

— J'ai soif !...

Il tenta de se lever, mais sa tête tourna dans les ondes du vertige. Il voulut se rattraper à une petite table sous laquelle une écuelle vide était posée. La table s'écroula avec fracas, et l'écuelle de terre brune roula sur le sol.

À ce bruit, Stello et l'ermite rentrèrent dans la caverne.

— Dieu soit loué ! fit l'ermite. Comment allez-vous maintenant, mon cher Louis ? Vous revenez de loin...

— Mon Dieu ! soupira Hermann, que je suis content de vous voir !

Il n'eut pas un mot pour Stello, qui lui tendait une tasse de thé à la menthe.

Il but avidement le liquide bouillant et dit simplement : « Merci », en reposant lui-même la tasse sur la table que l'ermite avait relevée.

— Otto, encore une fois, vous m'avez sauvé la vie...

— N'en parlons plus. L'essentiel pour vous est de reprendre ces forces dont vous étiez si fier.

— Je me sens brisé. On m'aurait moulu entre deux meules, que je ne me sentirais pas plus rompu, gémit M. Hermann.

Il regarda autour de lui encore une fois et murmura :

— Comment pouvez-vous vivre ainsi ?... Je n'en aurais pas la force... Nos pères ont chargé botte à botte à l'attaque de la route de Genappe...

En vérité, la caverne de l'ermite atteignait les limites extrêmes de la simplicité : un lit de tapis, une petite table, un banc, une dizaine d'ustensiles de cuisine. Dans un coin étaient appuyés, contre le roc, une carabine de chasse et un fusil de munition avec sa baïonnette.

— Le luxe n'est pas dans le nombre et la forme des choses, dit l'ermite, mais dans la richesse de la méditation. Pour l'instant, mon cher Louis, reposez-vous ; demain ou après-demain au plus tard, vous aurez récupéré votre belle santé. Quand on ne meurt pas tout de suite d'une insolation, on peut espérer une prompte guérison.

Et tout de suite il s'affaira dans la préparation du repas.

Stello, assis à la porte de la caverne, méditait, lui aussi, sans pour cela retrouver ce luxe dont l'ermite avait parlé. L'accueil courtois, mais froid de l'anachorète aux deux fusils lui avait déplu dès le début. Cela tenait sans doute à l'amitié certaine, et cette fois profonde, qui liait Hermann et le solitaire que ce dernier appelait Otto. Bien que tous deux s'exprimassent en français, ils étaient certainement compatriotes. L'allusion à l'attaque de la route de Genappe signifiait que leurs pères avaient combattu côte à côte, certainement contre le grand Empereur. Stello pensait se reposer une journée et reprendre seul son chemin. Il se proposait, avant de partir, de faire parler l'ermite au sujet de la Rose des Sables, avant de retrouver son guide et de prendre le turban des vrais croyants. Il importait maintenant d'agir avec prudence et habileté.

Le lendemain de cette journée assez morne, que Stello passa à peu près ignoré des deux vieux amis, M. Hermann put se lever et faire quelques pas dehors. Il visita son cheval et examina ses armes soigneusement.

Puis il prit un substantiel repas, dormit comme une souche et se réveilla guéri.

Les trois hommes se trouvèrent réunis autour du thé à la menthe. L'ermite et Hermann fumaient de gros cigares, les yeux au ciel vers les pierres du plafond entre lesquelles on apercevait des racines d'arbousiers.

— C'est demain que vous nous quittez, monsieur Stello ? demanda Hermann.

— Oui, demain matin, à la première heure de l'aube.

— Je partirai moi-même dans quelques jours. Je me sens encore tout tourneboulé par cette stupide insolation. Mais le but n'est pas loin... Alors, adieu l'Afrique, les zouaves et les Beni-Ameur.

Il eut un gros rire et se tourna vers l'ermite.

— Mon cher Otto, je vous chargerai d'aller porter des fleurs sur une tombe toute fraîche.

L'ermite ne répondit pas, mais cligna imperceptiblement de l'œil dans la direction de Stello.

— La prière seule peut effacer toutes traces, dit-il en baissant les paupières.

Stello se coucha dans un coin de la grotte. Hermann et l'ermite sortirent pour respirer l'air frais et balsamique de la nuit.

De sa place, Stello les entendait converser. La voix d'Hermann, bourdonnante et confuse ; celle de l'ermite, sonore et grave. Les deux hommes ne se cachaient d'ailleurs pas. Ils étaient trop éloignés de la caverne pour que Stello pût saisir intelligemment le sens de leur conversation.

Il entendit prononcer le nom de la Rose des Sables. Il se redressa sur sa couche et tendit toute sa volonté pour essayer de comprendre, de déchiffrer le bourdonnement confus et exaspérant de M. Hermann.

Il n'y parvint pas.

Les deux hommes devaient avoir des choses importantes à se raconter, car ils demeurèrent longtemps à faire les cent pas devant la porte de la caverne. Ils s'apprêtèrent enfin à rentrer. Stello put entendre leurs dernières paroles. C'est l'ermite qui parlait.

— Je ne suis pas près de liquider mon appartement, dit-il en riant. Il reste du bon travail à faire.

— Le roi Louis-Philippe n'en a pas pour longtemps, répondit Hermann.

Stello enregistra ces deux phrases dans sa mémoire et se promit bien d'en faire part aux autorités françaises, quand il rentrerait victorieux, sa jeune femme chevauchant à ses côtés comme une vraie princesse de romans de chevalerie.

Il s'endormit avec la conviction que l'ermite et son compagnon étaient deux agents secrets envoyés par une puissance dont il ignorait le nom, pour fomenter des troubles en Algérie et lutter sournoisement contre l'influence française qui commençait à gagner du terrain.

Le matin venu, comme le soleil commençait à percer le velours de la nuit, Stello se leva le plus doucement possible. Il ne tenait pas à prendre congé de ses compagnons. Il fut assez désagréablement surpris de les apercevoir devant l'entrée de la caverne. Il fit bon cœur contre mauvaise fortune et s'avança vers eux, la main tendue et le visage souriant. Il remercia son hôte en termes courtois.

— M. Hermann a trouvé sa piste, dit l'ermite. Je prierai Dieu afin que vous puissiez trouver la vôtre, monsieur Stello. Mon ami m'a dit que vous alliez tenter de retrouver, comment dirais-je ? un beau et frais souvenir de jeunesse. C'est toujours une entreprise périlleuse de vouloir renouer le passé au présent quand le fil a été rompu. J'ai peur que vous ne couriez au-devant d'irréparables déceptions. Votre route est encore longue... Cela vous permettra de réfléchir...

— Et de changer d'idée, dit brutalement M. Hermann.

Stello le regarda d'une telle manière que M. Hermann ajouta :

— Je disais cela en plaisantant, monsieur Stello ; des hommes comme vous et moi ne changent pas facilement d'idées... Le fait que nous sommes ici en est d'ailleurs la preuve. Je vous souhaite bonne chance comme je l'ai souhaité à M. de Galande, je veux dire Dupré. Suis-je bête, ma langue a fourché... (Il se tourna vers l'ermite :) Je pensais à ce de Galande, un attaché d'ambassade que vous avez connu et qui ne ressemble en rien à ce bon M. Dupré que vous ne connaissez pas... un brave garçon, sans doute, à la recherche de l'honneur, que, paraît-il, il avait perdu.

Stello, seul sur la piste, chantonnait d'un cœur optimiste. Sa solitude lui plaisait. Il était content d'être débarrassé de ses camarades de rencontre, et particulièrement de M. Hermann, qui lui apparaissait comme un personnage louche et dangereux.

La carabine en travers de la selle, il flattait l'encolure de son cheval. Il aimait l'Algérie et ne se lassait pas de respirer l'air balsamique venu des djebels que l'on apercevait au fond de l'horizon lumineux.

Il s'arrêta quelques minutes sans mettre pied à terre, pour consulter la carte qu'il avait dessinée. Sur la pente des premiers contreforts des montagnes de Daya, non loin du lit de l'oued Messoulen, devaient se trouver les quatre ou cinq tentes qui constituaient le douar d'Azrou, dernière étape avant la fin de l'aventure. En suivant le cours de l'oued, en descendant des djebels, on devait fatalement rencontrer le campement du nomade et de sa famille.

Stello gagna les contreforts du djebel Daya, cueillit et mangea des dattes fraîches dans un bouquet de palmiers et, tout en se gardant avec vigilance, atteignit le cours de l'oued sans eau.

Quand il serait rendu sous la tente d'Azrou, il n'aurait plus besoin de se garder, car il revêtirait le costume des Arabes, ce qui lui permettrait de passer inaperçu. Il ne garderait que ses armes anglaises dont la provenance pouvait s'expliquer à la suite d'un pillage.

Une grande émotion rendait Stello plus nerveux. Les jours qui allaient suivre seraient décisifs. Approcher la Rose des Sables, se faire reconnaître, et tout serait fini. Il déroulait avec plaisir les images de son futur bonheur, en France, dans un cadre confortable, digne de la jeune fille qui avait su inspirer un tel amour.

Son cheval poussa un hennissement qui interrompit le cours de cette rêverie charmante. D'autres hennissements très lointains lui répondirent, et Stello, dressé sur sa selle, écouta joyeusement ce bruit qui lui indiquait que le douar d'Azrou ne tarderait pas à découvrir ses tentes brunes.

Une végétation d'arbustes lui masquait l'horizon.

Il pressa son cheval afin d'arriver plus vite. Il entendait déjà Azrou lui crier :

— Salut, ô toi ! le plus vaillant des longues capotes !

Stello l'avait connu quand, légionnaire, il servait sous les ordres du général Desmichels. Il lui avait sauvé la vie au combat de Mediez-Dahraoui et l'Arabe lui en avait gardé une reconnaissance absolue.

En débouchant d'une haie de lauriers-roses et d'agaves, Stello aperçut le douar. Une agitation anormale attira son attention. Une vingtaine de chevaux étaient attachés à des piquets et, dans un groupe de soldats, une marmite était posée sur les pierres d'un foyer hâtivement construit.

Stello, ayant reconnu des cavaliers français, piqua des deux et arriva au galop devant une sentinelle qui, apercevant un Européen, lui fit signe de s'arrêter.

Stello, reconnut des chasseurs d'Afrique. Ils n'étaient plus coiffés du chapska rouge, mais du haut képi rouge à bandeau bleu écussonné de la cocarde tricolore.

Ils étaient vêtus de courtes vestes bleu clair à col jonquille et de lourds pantalons garance à basanes. Le baudrier blanc de la giberne en sautoir, ils avaient formé les faisceaux et riaient en surveillant la cuisson de la soupe. La plupart d'entre eux étaient de vieux soldats à deux ou trois chevrons. Ils examinèrent le nouveau venu avec un air de surprise non dissimulé.

Un maréchal des logis à barbiche grise sortit d'une

tente et s'avança vers Stello qui, lui-même très intrigué, avait mis pied à terre.

— Que faites-vous par ici ? interrogea le sous-officier.

— J'avais rendez-vous avec Azrou, qui possède ce douar...

— Ah bon ! grogna le maréchal des logis, alors vous êtes venu un peu tard. Le dénommé Azrou est coffré et chemine en ce moment vers Aïn-Tellout, où se trouve un poste avancé de chez nous. De là il prendra le chemin de Tlemcen pour y être jugé selon ses mérites. Mais, attendez, je vais prévenir le lieutenant.

Il rentra sous la tente. Et tout aussitôt un grand officier à barbiche brune en sortit, qui, lui, était vêtu d'une petite veste à brandebourg. Ses deux galons en trèfle remplissaient les manches de son court dolman jusqu'aux épaules. Un chèche de soie rose et blanche était enroulé autour de son cou.

— Monsieur ?

— Je m'appelle de Maichy, répondit Stello. Je suis artiste peintre et je me promène pour observer et peindre. Quand j'étais soldat à la Légion étrangère, avant d'aller me battre en Espagne sous les ordres du colonel Conrad, j'ai fait le coup de feu par ici. C'est à la suite d'une escarmouche aux environs de Mers el-Kébir, que j'ai connu Azrou le nomade, qui vient d'être arrêté, comme me l'a appris à l'instant le maréchal des logis. Je comptais voyager avec lui pour guide.

— Ah ! vous avez servi à la Légion, dit le lieutenant devenu aimable. Vous êtes suisse, sans doute ?

— Hé non. Je suis français. Je me suis engagé à la Légion poussé par le goût des aventures. Je peux dire que je n'ai pas eu à la regretter.

— Entrez donc sous la tente, fit le lieutenant. Vous prendrez le « kaoua » avec moi. Un chasseur s'occupera de votre cheval.

Il appela :

— Mercier ! Tu donneras une musette et tu bouchonneras le cheval de M. de Maichy. Nous partirons dans une heure, dès que la soupe sera mangée.

Il entra sous la tente et Stello le suivit.

— Asseyez-vous, dit l'officier en servant le café. Oui, je crains fort que votre Azrou ne puisse vous servir de guide avant longtemps. Nous l'avons arrêté à l'aube. On nous le signalait à maintes reprises comme faisant de l'espionnage pour le compte d'une agitatrice, une Italienne, je crois, qui nous donne pas mal de fil à retordre. Il y a huit jours, un Européen de qualité, M. de Galande, est tombé dans une embuscade dont il a eu bien du mal à s'échapper. Il fut délivré par mes chasseurs qui eurent un homme tué et un brigadier blessé. Nous tenons une petite vengeance qui nous occupera quelque temps.

Au nom de Galande, Stello sourcilla ; mais il ne fit aucun commentaire au récit de l'officier. Et pourtant, ce simple exposé venait d'anéantir tous ses plans. Sans Azrou, il savait qu'il ne pourrait jamais approcher la Rose des Sables. Son visage ne changea pas d'expression, mais les paroles du lieutenant qui décrivait les péripéties de la capture se perdirent dans une sorte de bourdonnement confus. Abasourdi par cette malchance, qui, pour lui, devenait une catastrophe, il écoutait sans entendre, un sourire raide figé sur ses lèvres. Il ne pouvait que se dire, sans pouvoir se soustraire à cette phrase : « Il faut que je réfléchisse ! Il faut que je réfléchisse. »

Ce fut un soulagement pour lui quand le lieutenant donna l'ordre du départ. Stello aligna son cheval à côté du sien et marcha en queue de la petite colonne. Les chasseurs d'Afrique chantaient joyeusement, chevauchant en deux files de chaque côté de la piste.

> *Ah ! ma fille, ma pauvre fille,*
> *Comment le nourriras-tu ?*

chantait la file de droite.

Et la file de gauche répondait :

> *Je le nourrirai de lait comme les autres,*
> *De lait de mes blancs tétons,*
> *Comme les autres font.*

Le lieutenant et Stello, pour ne pas être incommodés par la poussière, avaient laissé les chasseurs prendre un peu d'avance.

L'officier, ravi d'avoir rencontré un compagnon de qualité, ne laissait pas mourir la conversation.

— Vous devez avoir pris toute une belle collection de croquis, disait-il. Ce pays est, en vérité, fort beau. Je pratique moi-même un peu l'aquarelle. Je vous ferai voir des pochades quand nous serons arrivés au poste. Je demande d'avance toute votre indulgence. Notre commandant, M. de Griois, sera ravi de vous offrir l'hospitalité. Il aime les artistes.

— Est-ce un commandant de chasseurs d'Afrique ? demanda Stello.

— C'est le commandant du Ier escadron de chez nous, du 4e chasseurs d'Afrique, répondit l'officier. C'est un vieil Algérien. Il était à Sidi-Ferruch.

— Votre poste est très éloigné ?

— Non pas. Nous serons rendus avant la tombée de la nuit. Demain, il y aura méchoui en votre honneur. Aimez-vous le méchoui ?

— Je l'adore, répondit Stello, en pensant à son malheur.

Vers la fin de l'après-midi, on aperçut les murailles blanches du poste d'Aïn-Tellout. Le drapeau français flottait au-dessus du bâtiment principal.

L'officier rassembla ses chasseurs et fit mettre sabre au clair. Les cavaliers défilèrent devant la garde composée d'une section de voltigeurs de la Légion.

Stello, qui suivait discrètement derrière le peloton, regarda bien les hommes de son ancien régiment. Ils étaient coiffés de hauts képis rouge et bleu dont la calotte était de cuir blanc. Le turban rouge

du képi était orné d'une cocarde tricolore. Les voltigeurs portaient la tenue légère, c'est-à-dire la petite
veste bleu marine et les épaulettes jonquille, le ceinturon de cuir noir et la grosse cartouchière sur le
ventre. Les pantalons de toile bise étaient enfoncés
dans des guêtres de même toile qui montaient jusqu'à la naissance du mollet.

Stello, en entrant dans le poste, salua les légionnaires.

Le poste d'Aïn-Tellout ressemblait à un caravansérail. Dans la grande cour sans ombre se mêlaient
les légionnaires à épaulettes rouges, ceux qui portaient l'épaulette jonquille, une vingtaine d'artilleurs, quelques tringlots et le Ier escadron du 4e régiment de chasseurs d'Afrique dont le chef, M. de
Griois, commandait la petite place, le fortin le plus
avancé de la conquête des Français.

De se retrouver au milieu des légionnaires, Stello
s'émouvait. Il remarquait des détails d'uniformes qui
avaient changé depuis son temps. Il assista à la relève
et au défilé de la garde sonnés par un tambour et un
clairon. Les hommes de garde chargèrent ensuite
leurs armes. On entendait les baguettes rebondir
dans le canon des lourds fusils.

Le lieutenant Lahitte présenta Stello au commandant de Griois. C'était un homme de taille
moyenne, sec et hâlé. Il portait une courte mous-
tache brune et sa lèvre inférieure était soulignée
d'une mouche.

— Monsieur de Maichy, fit l'officier supérieur,

vous nous ferez plaisir en acceptant notre hospitalité. Permettez-moi de vous dire que vous avez eu de la chance de parvenir jusqu'à nous. La contrée est infestée de partisans d'Abd el-Kader, et il ne se passe pas de jour que nos patrouilles n'aient de sérieux accrochages avec eux. Hier encore, nous avons eu des pertes : un caporal de voltigeurs tué à la corvée de bois, à moins d'un kilomètre du bordj. M. Lahitte m'a dit que vous aviez servi à la Légion, ceci me dispense d'en dire plus. Vous devez connaître par expérience la dure existence que mènent nos hommes depuis qu'ils font campagne. Je suis heureux également, monsieur de Maichy, d'offrir le couscous de l'amitié à un artiste peintre. J'ai chez moi, en France, quelques toiles que je suis fier de montrer.

Un groupe d'officiers : un chasseur, un légionnaire et un médecin-major, s'approcha des deux hommes. Ils étaient pittoresquement vêtus de vêtements arabes associés à leurs uniformes. C'est ainsi que le médecin-major arborait un superbe saroual bleu pervenche et une riche ceinture de soie orange à rayures vertes, sur quoi s'ouvrait sa tunique d'uniforme à boutons d'or.

— Je vous présente l'état-major de la place : le capitaine Dorffer de la Légion, le capitaine Dorsac, des chasseurs d'Afrique, et l'esculape de notre royaume, le médecin-major Leharnois...

« ... M. de Maichy, artiste peintre, dont le talent, s'il est égal à son courage, doit être grand. »

Stello fit un geste de protestation.

— Mais si, insista le commandant. Il faut être courageux pour voyager seul dans ces régions. Ne protestez pas.

— En vérité, je n'ai pas été toujours seul, dit Stello.

— Vous nous raconterez cela au mess. Je vois venir notre chef de popote, le sous-lieutenant de Ricci, de la Légion. Il va fulminer comme un djinn, si le dîner est servi froid par notre faute. Je vous montre le chemin...

Stello suivit le commandant dans une grande salle passée à la chaux. Les murs étaient décorés de trophées d'armes indigènes : un étendard rouge orné du croissant vert occupait la place d'honneur, au-dessous d'un grand portrait au fusain du roi Louis-Philippe. La table, qui se composait de plusieurs planches placées sur les tréteaux, était assez bien pourvue de verres et de vaisselle. Un vieux chasseur chevronné revêtu d'un tablier blanc passé sur son uniforme assurait le service.

Chacun s'assit à sa place. Stello occupa celle de droite à côté du commandant.

CHAPITRE ONZE

Dans une clairière au milieu d'une forêt de chênes verts, une cavalière vêtue d'un riche costume maure discutait avec animation. Elle frappait de sa cravache ses petites bottes en cuir rouge brodées d'argent. Elle était dévoilée et son joli visage grimaçait de fureur. Le sang fleurissait sous la peau lisse et dorée, et ses yeux obliques fulguraient. À ses côtés, drapé dans une djellaba du Rif, le cheik Omar, le vieux à la barbe courte, l'écoutait. Son visage impassible et rusé ne laissait rien paraître de ses pensées. Il était à cheval, comme la Rose des Sables ; un serviteur noir tenait son cheval par la bride. Autour du couple, à une cinquantaine de pas, un fort groupe de cavaliers, bien armés, attendaient immobiles.

— Cet homme ne devait pas échapper à l'embuscade. J'avais confiance dans le Soudanais qui le conduisait au rendez-vous. Maintenant, le Soudanais est mort et le roumi court comme un chacal !...

— Il ne pourra aller loin, fit le cheik.

— Ah ! il ne pouvait pas non plus éviter l'embus-

204

cade où il devait laisser la vie... et pourtant il l'a bien évitée.

— La protection d'Allah ne sera pas toujours sur lui.

La Rose des Sables ne répondit pas. Son beau visage reflétait une rage insensée. Elle se mordait les lèvres.

— Je prendrai moi-même le commandement de la mehalla lancée à sa poursuite, fit le cheik. Il ne peut aller loin. Réfléchis, ô perle du matin ! La colère obscurcit la raison et la ruse. Ton ennemi a dû essayer de gagner les lignes françaises et, de ce côté, tu le sais bien, toutes les pistes, tous les défilés sont gardés par mes hommes et ceux du cheik des Beni-Asseur. Il ne pourra pas non plus revenir chez son ami Assour el-Rechid. Le douar de ce dernier est complètement encerclé par les cavaliers de Mansour-le-Borgne. C'est l'homme le plus subtil de l'Islam...

— Tu aurais dû lui confier le commandement des chiens qui ont laissé passer le cavalier français.

— Personne ne pouvait prévoir que la protection d'Allah s'étendrait ainsi sur un infidèle, répondit le cheik en baissant la tête.

La Rose des Sables descendit alors de cheval.

— Nous camperons ici, dit-elle un peu calmée. Les lieutenants qui battent l'estrade en ce moment ne tarderont pas à venir nous communiquer leur rapport.

— Ne crains rien, ô Rose du Soleil ! Avant la

lune tu pourras sans doute cracher sur la tête coupée de ton ennemi.

Les cavaliers avaient mis pied à terre et s'occupaient d'organiser le campement. Les marmites fumaient déjà sur les feux allumés et l'odeur du couscous se répandait à travers le bois.

Assise sur un tronc d'arbre, la Rose des Sables, le visage appuyé sur ses deux mains, estimait les événements et les détaillait avec soin. Le conseil du vieux cheik était bon. La colère ne devait pas obscurcir la raison. L'heure de la déception passée, la renégate devinait l'avenir avec plus de confiance. Ali avait été tué par la balle de la carabine d'Armand de Galande. Son corps avait été retrouvé par les hommes chargés de tenir l'embuscade que de Galande avait su éviter.

La mort d'Ali, le Soudanais, prouvait qu'il n'avait pas trahi. Alors ? Que s'était-il passé ? Nul ne le saurait jamais. Toute la volonté de la jeune femme tendait vers la mort ou la capture, ce qui revenait au même, de Ludwig Erling et d'Armand de Galande. Elle ne pensait pas à Stello, qu'elle considérait comme un être sentimental, insignifiant et peu dangereux. Maintenant qu'elle avait décidé de prendre elle-même le commandement de la chasse, l'espoir refleurissait ses joues d'un léger voile rose. La mort devait clore cette lutte. Elle savait qu'Erling voulait la tuer. Elle pensait que de Galande voulait dénoncer aux autorités françaises l'endroit où elle se cachait. Mais le résultat eût été le même pour elle. Tomber dans les mains des soldats de Bugeaud équivalait à une condamnation à mort. La Rose des Sables se sentait poursuivie, mais non traquée encore. Elle eut un sourire cruel en pensant à sa vengeance. Le cheik avait toujours raison quand il affirmait que de Galande ne pourrait aller loin. Elle le tenait devant une souricière qui, malgré ses dimensions, obligerait l'homme à engager sa tête dans l'anneau mortel. La poursuite pouvait durer trois ou quatre jours au plus. La soif et la faim auraient peut-être raison du fugitif avant ce laps de temps.

Quand M. de Galande, qui, depuis une heure, feignait de dormir, s'aperçut que le Soudanais Ali faisait d'incontestables signaux avec une torche allumée au faible feu qui couvait entre deux pierres il constata tout d'abord que sa carabine avait été subitement enlevée. Le doute et l'hésitation n'étaient plus permis. Il venait de surprendre le Soudanais en flagrant délit de trahison. Il tâta la poche de sa jaquette de toile. Les deux pistolets chargés s'y trouvaient toujours. Ali n'y avait point songé. M. de Galande rampa dans la direction du traître. Quand il fut à quelques mètres du Noir, il se leva tout à coup. Ali, surpris, laissa tomber sa torche et tenta de bondir, son poignard à la main. Il n'en eut pas le temps. D'un coup de pistolet, tiré à bout portant, M. de Galande arrêta net son élan. L'homme mourut en poussant un sourd gémissement. Sans perdre de temps, M. de Galande reprit sa carabine et ses munitions, que le Soudanais avait déjà assujetties sur sa selle.

Au loin, on entendait quelques bruits suspects. Une flamme lointaine brilla dans la nuit, indiquant que les signaux du nègre avaient été aperçus et compris. M. de Galande consulta sa boussole et sauta sur son cheval. Tournant le dos à l'ennemi qui devait lui barrer l'accès des lignes françaises, il fonça éperdument vers le sud.

Couché sur l'encolure, il s'attendait à chaque seconde à entendre le miaulement d'une balle à ses oreilles. Le galop de son cheval roulait dans la nuit sonore. Sa boussole dans le creux d'une main, les brides dans l'autre, M. de Galande ne pensait qu'à se maintenir dans la bonne direction.

— Si j'en réchappe, se promit-il, j'irai, à pied, de Paris à Saint-Pierre-de-Rome, déposer un cierge.

Il galopa furieusement, s'arrêtant quelques minutes dans les endroits bien abrités pour laisser respirer sa monture. L'oreille attentive, il croyait toujours percevoir, dans la nuit, le bruit d'une galopade effrénée. Ce n'était que la rumeur du vent dans les hautes palmes. Il pénétra ainsi, rompu de fatigue, dans un récif montagneux où les abris naturels pouvaient être nombreux.

Il en chercha un et finit par le trouver sous la forme d'une petite caverne, bien dissimulée, qui surplombait deux vallées verdoyantes. Après mille difficultés, il parvint à faire gravir à son cheval la côte escarpée et couverte de roches. Il lui donna sa provision d'avoine et prépara son repas tout en tenant un « conseil de guerre » dont il fournissait à lui seul la composition. Galande était énergique. Les minutes qu'il vivait ne lui permettaient pas de se satisfaire d'un mensonge. La situation semblait bien désespérée. À cette heure, toutes les forces de la Rose des Sables devaient être alertées. Entre deux solutions : la paix ou la guerre, l'aventurière avait choisi la guerre. Armand de Galande se promit bien de lui faire payer cher cette décision et de ne pas tomber vivant entre ses mains. Avant de s'allonger sur le sol pour dormir, il fit l'inventaire de ses provisions et de ses munitions. Il possédait une centaine de cartouches toutes faites, une demi-livre de bonne poudre, des balles, du café, du sucre, et du biscuit de marin pour vivre une dizaine de jours. Passé cette date, Dieu pourvoirait à sa subsistance. Avant tout il lui fallait éviter les assassins de la Villareal et les guerriers d'Abd el-Kader qui bataillaient le long des frontières du Maroc, contre les légionnaires et les chasseur d'Orléans du général Bedeau. Galande, après avoir dissimulé son cheval à côté de lui, dans la grotte, roula une grosse pierre devant l'ouverture de celle-ci. Puis il tomba comme une masse sur sa couverture et s'endormit aussitôt sans savoir s'il se réveillerait.

Il se réveilla, cependant, à l'aube. Des bartavelles rappelaient en contrebas de la côte. Galande se leva, regarda dans l'angle du rocher et les vit qui piétaient entre les touffes d'alfa. Il ne voulut pas tirer de peur d'attirer l'attention sur son abri. Il se sentait à peu près en sécurité dans cette grotte. La provision d'avoine pour son cheval pouvait durer quatre jours. Il résolut donc d'attendre là, pendant une journée et une nuit : ce qui lui donnerait du temps pour méditer un plan. En vérité, la situation qu'il occupait pouvait être qualifiée de stratégique. Il dominait deux vallées qui se rencontraient. Sa vue portait loin. Non loin de lui, entre des rochers noirs, coulait une petite source, facile à atteindre sans se découvrir. M. de Galande posa sa carabine à côté de lui et, bien caché dans l'ombre du rocher, il commença à surveiller les deux vallées : l'une se dirigeait à peu près du nord au sud et l'autre de l'est à l'ouest. Il suivrait la première vers le sud quand il remonterait en selle, pour gagner... quoi ? Il n'essayait même pas de l'imaginer. Un grand silence planait sur le paysage. Et ce silence en rendait tous les détails mystérieux. On ne voyait rien bouger aussi loin que la vue pouvait atteindre. Au loin, quelques vautours posés sur un roc n'essayaient même pas de rompre cette immobilité qui paraissait anormale.

Tout en guettant, M. de Galande ébauchait un plan. À en juger par la direction de sa course et les huit lieues environ qu'il avait parcourues, il devait se trouver au bord des premières pentes du djebel Beguira. Comme sa caverne était orientée, l'ouverture placée devant le sud, le Maroc n'était pas éloigné de plus de soixante kilomètres à sa gauche. Mais les abords du Maroc, c'était le danger, la mort à peu près certaine. Abd el-Kader n'était pas à craindre, car il tenait toujours, à l'est de Mostaganem, la région du Chélif jusqu'à Miliana au sud d'Alger. Galande pensa qu'il avait tout intérêt à s'enfoncer davantage dans le sud où les troupes françaises n'avaient jamais poussé de reconnaissance. Le dernier poste était celui d'Aïn-Tellout qui s'appuyait sur Bel-Abbès où le poste de Biscuit-Ville était en voie d'achèvement grâce à l'énergie du général Bedeau. La descente vers le sud : c'était la fuite vers l'inconnu. Elle ne pouvait être plus dangereuse que de tenter de rejoindre les lignes françaises. Au bout d'une heure de réflexion, Armand de Galande avait choisi. Il partirait le lendemain à l'aube.

Comme rien d'insolite ne se montrait à l'horizon, il se glissa hors de sa caverne, la carabine en bandoulière, pour aller remplir à la source ses deux gourdes. Il put mener à bien cette corvée et revint avec les mêmes précautions. Son repas se composa de café sucré, de biscuits et de figues sèches.

Tout en mangeant, il ne cessait de surveiller le bled. Et soudain, son attention fut éveillée par un nuage de poussière qui s'élevait au loin. Il décelait la présence d'un parti de cavaliers. M. de Galande s'allongea sur le sol derrière son rocher, la carabine prête et sa gibecière à cartouches à portée de la main. Peu à peu les cavaliers se distinguèrent plus nettement. Une femme galopait à leur tête, une femme que M. de Galande reconnut tout de suite. Il pensa à l'ironie de cette rencontre qu'il avait tant désirée.

La Rose des Sables arrêta ses partisans, une centaine de guerriers environ, dans la vallée à deux cents mètres de la pente où se trouvait la caverne qui abritait M. de Galande. Elle faisait de grands gestes et indiquait la direction du nord à un chef qui indiquait la direction de l'est. La discussion dura une dizaine de minutes et toute la troupe reprit sa course en suivant la vallée vers l'est, selon les conseils du chef.

Toute la mehalla défila à moins de cent mètres de la caverne. Galande s'était levé et avait entouré la tête de son cheval avec sa couverture. Cette fois la Villareal chevauchait la dernière en compagnie du chef et d'un guerrier noir dont le chèche roulé autour de la tête était serré par une corde en poils de chameau.

Le cœur battant à rompre la poitrine, parlant doucement à son cheval, le flattant de la main, Armand de Galande n'entendit plus rien. Il délivra la tête de la couverture qui l'étouffait et se glissa vers l'ouverture de la caverne. Il vit disparaître au loin les derniers burnous qui heureusement le cherchaient dans une direction qui ne concordait pas avec celle de son plan.

La réaction, la tension nerveuse faillirent le terrasser. Il surmonta cet instant de faiblesse et reprit possession de son courage lucide et prudent.

Il fut alors sur le point de partir, car l'occasion lui semblait propice. Cependant, il sut calmer son impatience. Savait-il quand il pourrait se reposer de nouveau ? Son abri était sûr ; il laisserait son cheval et lui-même reprendre des forces dont ils auraient besoin les jours qui allaient suivre.

Il passa toute la journée à rêver devant sa caverne, dans le coin d'ombre d'où il pouvait, d'un coup d'œil, faire le tour du paysage. Puis il se coucha et s'endormit. À l'aube, il sella son cheval et lui fit reprendre, en le conduisant par la bride, le chemin périlleux qu'il avait déjà suivi. L'intelligent animal se laissait guider par son maître. Quand Armand de Galande fut rendu dans la vallée, il laissa la bête manger l'herbe fraîche, puis il bondit en selle et s'éloigna au petit galop dans la direction du sud.

Deux heures plus tard, la renégate et ses gens repassaient en tourbillon devant la caverne vide. Un Arabe poussa un cri, montra quelque chose sur le sol et toute la troupe s'arrêta. La Rose des Sables revint sur ses pas, sauta de sa selle et, se baissant vers le sol, ramassa un porte-mine en or.

CHAPITRE DOUZE

Cependant que M. de Galande fonçait dans l'inconnu de toute la vitesse de son cheval et que la Rose des Sables découvrait sur le porte-mine en or, sous une couronne de baron, les lettres A. et G. entrelacées, Stello se levait gaiement à la sonnerie de la diane qu'un clairon de la Légion distribuait généreusement aux quatre points cardinaux du fortin d'Aïn-Tellout.

Allongé sur un lit de camp, dans une chambre passée à la chaux et simplement meublée d'une table, de deux chaises et d'un petit lavabo en fer, M. de Maichy contemplait, à travers le fin grillage qui protégeait la fenêtre ouverte contre l'invasion des moustiques, la réconfortante rumeur du poste qui s'éveillait joyeusement dans le soleil.

Ce furent d'abord les chasseurs d'Afrique qui firent boire leurs chevaux à l'abreuvoir en pierre construit au milieu de la cour. Ils étaient coiffés du haut bonnet de police bleu clair soutaché de jaune. Quelques-uns d'entre eux avaient roulé autour de leur tête comme un chèche leur serviette de toilette. Le trompette de garde en armes, jugulaire au menton et le couvre-nuque de toile blanche sur la nuque, fit entendre une alerte sonnerie dont les paroles étaient récentes :

> *Toi qui viens de Mostaganem*
> *Prêt'-moi ta pip' que j'fume...*
> *J'ai pas d'tabaaac...*

L'odeur du café chaud embaumait l'air et les légionnaires devant leur baraque attendaient la distribution avant de prendre la pelle et la pioche, car ils construisaient une petite redoute devant la porte du fortin. Un renfort devait venir avec le prochain convoi, renfort composé d'une compagnie d'infanterie légère d'Afrique, de zéphirs, comme on disait, et de vingt-cinq artilleurs avec deux pièces de 4, du type Gribeauval. Un sous-lieutenant d'artillerie devait compléter l'état-major d'Aïn-Tellout, sous les ordres du commandant de Griois. Ce renfort, Stello le savait, était destiné à la formation d'une colonne volante dont le capitaine Dorffer, de la Légion, devait prendre le commandement.

Stello se réjouissait au milieu de cette activité saine et généreuse. Il se leva, passa ses pantalons de toile et, en bras de chemise, la tête coiffée d'une chéchia de zouave, il sortit dans la cour pour aller prendre un verre de café avec les légionnaires. Ceux-ci l'avaient adopté depuis qu'ils savaient qu'il avait fait partie du régiment en Afrique et en Espagne. C'était un des leurs et qui donnait de la qualité à leur recrutement. Un caporal à trois chevrons qui, lui aussi, avait combattu en Espagne, lui tendit son propre quart.

— On aurait donné cher, monsieur Stello, pour avoir le pareil après l'affaire de Barrastro, après le lâchage des Aragonais, fit le caporal.

— Oui, on aurait donné cher d'un croûton de pain. Je me souviens bien de toute cette misère. C'est le jour où le colonel Conrad fut tué. Je me le rappellerai toujours, dit Stello, en commençant à boire son « jus » par petites gorgées.

— Et les remparts de Pampelune ? La mouscaille, le froid et la faim. Il y en avait un de la compagnie de voltigeurs qui avait adopté une sacrée petite chula, comme ils disaient, qui était mignonne comme une poupée. Quand on a été rapatriés, il est passé avec elle en France. On m'a dit qu'il avait épousé son Espagnole à Perpignan.

— Ce n'est pas tout à fait exact, caporal. J'ai bien connu le voltigeur dont vous parlez. Je puis vous assurer qu'il n'a pas épousé la petite. Je ne sais pas ce qu'elle est devenue.

— Probablement une roulure, conclut le vieux caporal.

— Je ne sais rien, répondit Stello, qui changea le sujet de la conversation. Vous faites partie de la colonne Dorffer ?

— On ne sait pas encore. On attend les zéphirs. À ce sujet, monsieur Stello, je vous conseille d'ouvrir les deux yeux et de bien boucler vos affaires. Ce sont des « chapardeurs » hors ligne. Courageux, certes, mais voleurs comme des chacals.

— Je ferai attention, dit Stello en riant.

Le clairon de la Légion rappela les hommes à la corvée de terrassement. Le caporal rejoignit son escouade qui, elle, gardait ses armes, pour protéger les travailleurs.

Pour tuer le temps, Stello prit quelques croquis, assez bien venus. Car il n'avait pas menti en se déclarant artiste peintre. Il avait des dons et les employait avec une science certaine. Il se promettait d'offrir au commandant une pochade de la vie colorée du poste d'Aïn-Tellout.

Tout en dessinant les chasseurs qui pansaient leurs chevaux, Stello songeait toujours à la réussite de son projet, bien compromise par la capture d'Azrou. Sans cette fâcheuse intervention des troupes françaises, qu'il ne pouvait désapprouver, Angela serait à ses côtés, sur le chemin du retour, tournant résolument le dos à ces aventures qui ne pouvaient qu'aboutir à rien de bien fameux. Stello pensait prolonger son séjour dans le camp. Il attendrait ainsi l'occasion de rejoindre la Rose des Sables. Il pressentait qu'elle ne devait pas être très éloignée d'Aïn-Tellout. Il espérait qu'un prisonnier pourrait lui donner des indications sur ce sujet. Sa connaissance de la langue arabe lui permettait de l'interroger sans éveiller l'attention.

Stello dessina toute la matinée en essayant de régler l'avenir. Il finissait de ranger ses croquis dans un carton à dessins quand le médecin-major, M. Lehardois, et le lieutenant Lahitte, des chasseurs d'Afrique, vinrent le retrouver à l'ombre de l'unique chêne vert qui décorait la cour du fort.

— Peut-on voir et admirer ? demanda le médecin-major.

Stello ouvrit son carton et montra ses croquis. Les deux officiers s'esclaffèrent en reconnaissant quelques-uns de leurs soldats, à l'allure pittoresque.

— Voici Grisard, avec son nez, qui n'est pas un nez à sucer de la glace... Et là, Daubry, avec sa pipe et son chèche coupé dans les culottes d'une fatma. Et Termeur ! le vieux Termeur avec ses boucles d'oreilles en or !... Tous mes compliments, monsieur, il faudra montrer tout cela à notre commandant.

— Êtes-vous de la prochaine expédition, mon lieutenant ?

— Vous voulez parler de « la colonne mobile à longue portée » ?... Oui, je prendrai certainement le commandement de la cavalerie. C'est mon peloton qui sera désigné.

— Vous serez nombreux ?

— Une compagnie de la Légion, un peloton de chasseurs, une section de zouaves qui doivent arriver demain. Joignez à cela une centaine de chameaux sous la direction d'un maréchal des logis du train et vous aurez un aperçu de nos forces expéditionnaires.

— Quelle est votre mission ?

— Bah ! Toujours la même : disperser un tas de « Beni Ramassés », comme disent nos hommes. Depuis quelque temps, les gens du cheik, à la barbe courte, témoignent d'une activité indécente. Une bonne petite razzia les fera réfléchir. En ce moment, nous commençons à tenir le bon bout.

Stello n'avait pas été sans entendre parler du cheik à la barbe courte. Il sut ainsi que ses suppositions étaient fondées et qu'Angela, la renégate, ne devait pas être loin de lui Mais il jugea bon de ne pas insister.

Un peu avant la soupe de dix heures, le clairon sonna et la garde s'aligna devant la porte du fort. Tout le monde se pressa vers le poste pour assister à l'arrivée du convoi escorté par la compagnie d'infanterie légère d'Afrique qui devait tenir garnison à Aïn-Tellout. On les voyait venir de loin. La colonne serpentait dans le bled. Une avant-garde la précédait, composée d'une douzaine de gendarmes.

— Tiens, dit le commandant de Griois, qui observait avec sa lorgnette, voici la prévôté qui nous tombe dessus. Il se pourrait bien qu'il y eût quelque poisson sous roche.

Derrière les gendarmes marchaient les artilleurs avec leurs deux pièces de 4. Une section de chasseurs d'infanterie légère fermait la marche, tandis que l'autre section, déployée à droite et à gauche du convoi, assurait la sécurité.

La colonne fut bientôt aux portes du fort. Alors les chameaux se rangèrent le long de la muraille et les trois clairons des zéphirs se placèrent en tête de la compagnie rassemblée pour défiler. La petite troupe fit son entrée aux sons de « la Casquette ». Le capitaine qui commandait les zéphirs s'appelait M. de Puysauge. Il était jeune et romantique. Il salua de l'épée avec mélancolie et distinction.

Cependant que les chasseurs d'Afrique et légionnaires débarquaient les munitions et les vivres, les zéphirs s'installaient dans leurs baraquements de torchis passé à la chaux. Ils grognaient et protestaient contre l'ardeur du soleil, contre quoi aucun bidon, fût-il aussi vaste qu'une citerne, ne pouvait lutter.

Les officiers s'étaient réunis dans la grande salle du mess et buvaient le vermouth en l'honneur du capitaine de Puysauge.

— À votre santé, mon cher camarade !

On leva les verres, M. de Maichy leva le sien avec les autres.

Pendant tout le repas il ne fut question que de la colonne Dorffer.

— Che suis gontent de marcher avec des léchionnaires, dit le capitaine Dorffer qui était suisse. Ah ! messieurs ! la Légion !...

Ce fut un véritable tollé, les chasseurs criaient : « Et les chasseurs d'Afrique ? » M. de Puysauge affirmait que la bravoure de ses zéphirs était incomparable.

M. de Griois rétablit le silence. Et l'on but à toutes les armes, sans oublier les zouaves que l'on attendait pour le lendemain. Ils venaient de Bel-Abbès.

— Mais c'est une véritable petite armée qui est sous vos ordres, mon commandant ! Cela signifie, sans doute, que vous ne serez pas long à coudre deux trèfles d'argent sur les manches de votre dolman.

— Je pense, en effet, être nommé lieutenant-colonel à la fin de ce mois, répondit simplement le commandant de Griois.

— Je ne serai malheureusement plus là pour vous adresser mes félicitations.

— Pourquoi ? Demeurez encore un peu parmi nous, monsieur de Maichy.

— C'est, hélas ! impossible... Je partirai après le départ de la colonne Dorffer. C'est un beau spectacle que j'aime et, avec votre permission, mon commandant, je serai heureux de prendre quelques croquis de cette émouvante cérémonie.

— Mais, mon cher de Maichy, plus longtemps vous resterez, plus vous nous ferez plaisir, répondit le commandant, en donnant le signal de se lever de table.

Chacun se rendit à son service et Stello rentra dans sa chambre pour faire la sieste. Il était allongé depuis une heure sur son lit quand une grande rumeur qui provenait de la cour l'obligea à se lever et à regarder par la fenêtre.

Une patrouille de chasseurs d'Afrique rentrait en ramenant un prisonnier, un Kabyle déguenillé et hagard que le maréchal des logis de gendarmerie, venu avec le convoi, s'apprêtait à interroger, dès que le lieutenant Lahitte ou le médecin-major qui pouvaient servir d'interprètes seraient là.

— Je parle arabe, dit M. de Maichy.

— Si vous avez la bonté de l'interroger, dit le maréchal des logis, vous nous rendrez service.

Stello posa au prisonnier les questions demandées par le sous-officier de gendarmerie. Tout d'abord, l'homme fut réticent. Puis il mentit. Sous la menace du gendarme, il finit par avouer qu'il faisait partie des serviteurs du cheik à la barbe courte. Il le servait comme berger, mais par Allah ! il n'avait jamais pris les armes contre les Français. Il raconta, en somme, ce qu'il voulut, mais quand Stello lui demanda où se trouvait la renégate, il répondit qu'elle suivait dans le Sud la piste d'un roumi dont la tête était mise à prix par le cheik à la barbe courte.

Stello pensa qu'il s'agissait de M. Hermann. Il essaya de faire encore parler l'homme, mais celui-ci leva les épaules et écarta les bras en affirmant qu'il ne savait plus rien.

— Tu dis, où est-elle ? Que fait-elle ? Où a-t-elle dormi hier ? Tu dis... tu parles... tu demandes. Mais est-ce que je sais, moi, chérif. Je ne l'approche jamais, et ses regards ne sont jamais posés sur moi. Comment pourrais-je connaître ses intentions ?

— Qu'est-ce qu'il baragouine ? demanda le maréchal des logis.

— Il déclare qu'il ne sait rien des intentions de ses chefs et que le cheik à la barbe courte ne confie pas ses projets à un esclave, répondit Stello sans mentir, mais sans dire exactement la vérité. Il ne voulait pas parler de la Rose des Sables.

— Je vais toujours le boucler, dit le gendarme. *Ils* l'interrogeront eux-mêmes.

— C'est un pauvre bougre, répondit Stello.

Les gendarmes conduisirent le prisonnier dans une petite cellule accolée au baraquement des légionnaires où ils le laissèrent en méditation devant une cruche d'eau fraîche, une galette d'orge et une poignée de dattes.

L'homme mangea, puis s'étendit sur le sol et s'endormit.

Stello erra pendant une demi-heure dans la cour du fort. Il avait du mal à maîtriser son impatience. Il sentait que le dénouement approchait et que le moment où il rencontrerait Angela Perez n'était pas éloigné. Il avait tant de fois imaginé cette minute merveilleuse qu'il ne doutait pas de son destin.

Cependant, la présence de M. Armand Dupré et de Louis Hermann, pour la première fois dans sa pensée, s'associa à celle de la Rose des Sables.

Ces deux hommes avaient dit, le premier : « Je

cherche une femme pour lui reprendre mon honneur. » Et le second s'était exprimé ainsi : « Moi je cherche une femme et quand je l'aurai retrouvée, je lui trancherai la tête. »

La vision, assez vague d'ailleurs, de la Rose des Sables vint se mêler aux silhouettes précises de Dupré et d'Hermann. Stello passa plusieurs fois sa main sur son visage comme pour éclaircir ses idées confuses. Il en savait trop et pas assez. Il se posa nettement des questions pour calmer son imagination qu'il jugeait lui-même excessive. En réfléchissant avec calme, il ne saisissait pas très bien les rapports qui pouvaient exister entre ces deux hommes et cette jeune femme dont il s'était forgé une image extraordinairement fausse.

Cette longue méditation ne lui apporta pas la paix. Cependant Stello comprit, car il était sensible aux signes, qu'il ne tarderait pas à connaître la vérité. Une partie de cette vérité était enclose dans le convoi qui arriva le lendemain, conduit par le lieutenant Tiviniac faisant fonction de capitaine et commandant la compagnie de zouaves, à peine forte de cinquante hommes, avec deux tambours et quatre clairons. Le fameux convoi de deux cents chameaux chargés de couffins remplis de vivres assurait également la protection de deux civils, l'un petit et replet qui avait l'habitude du commandement et l'autre taillé en hercule, et qui avait l'habitude d'obéir au moindre geste de son patron.

Ces deux hommes étaient M. Plumet et son

compère, l'inspecteur de police Bertrand, assez à l'aise dans leurs costumes d'explorateurs.

Le convoi pénétra dans Aïn-Tellout avec le cérémonial habituel. Tambours et clairons en tête, les zouaves enturbannés défilèrent devant la Légion et les zéphirs qui présentaient les armes.

Le commandant de Griois et son état-major reçurent M. Plumet devant un vin d'honneur servi dans le mess. Stello n'était pas présent à cette cérémonie. Dès qu'il avait aperçu les deux civils dont l'arrivée n'avait pas été annoncée à l'heure de l'apéritif et des potins, il avait tout de suite reconnu le commissaire de police qui l'avait interrogé dans la souricière de la rue Saint-Honoré. Que venait-il chercher ici ? À cette question, il ne pouvait imaginer qu'une réponse : Plumet était venu à Aïn-Tellout pour s'occuper de la pseudo-marquise de Villareal. Aucun doute ne pouvait se créer à ce sujet.

Il demeura quelques minutes dans l'indécision. La meilleure conduite à tenir était de reconnaître franchement le commissaire, de le reconnaître avec bonne humeur et d'essayer, par la suite, de deviner ses desseins.

Stello se dirigea donc vers le mess d'officiers, le visage souriant. Il entra dans la grande salle bruyante.

— Je vous présente M. de Maichy, notre artiste, qui malheureusement veut nous quitter demain, dit le commandant en présentant Stello à M. Plumet qui, machinalement, extirpa sa tabatière de la poche d'une curieuse jaquette de chasse en toile verdâtre.

— Mais je connais déjà monsieur le commissaire, fit Stello.

M. Plumet tendit sa tabatière, tout en l'examinant d'un air faussement candide et intrigué. Il marmonna :

— Je ne me souviens pas... peut-être à Oran...

— Non, monsieur le commissaire ; c'était à Paris, chez Mme de Villareal.

— Ah ! mon Dieu. C'est vrai ! fit le commissaire en se frappant le front. Vous en avez une mémoire, monsieur de Maichy.

— Il m'était difficile d'oublier cette affaire qui m'affecta profondément.

— Oui, je me souviens, fit le commissaire à voix basse.

— Avez-vous arrêté la femme que vous soupçonniez ?

— Non, pas encore. La sacrée donzelle me donne de la tablature. Mais j'espère que ma patience ne tardera pas à être récompensée. Vous savez, monsieur de Maichy, quand nous autres de la police plantons les crocs dans une proie, nous ne la lâchons pas facilement. C'est le secret d'une bonne police au service du roi.

On se mit à table. Stello écoutait attentivement la conversation dont le sujet était le départ de la colonne pour le lendemain. La présence de

226

M. Plumet était-elle liée à cet événement ? C'est ce que Stello eût bien voulu savoir.

Mais les officiers, pour une fois, car l'ordre était sévère à la popote, parlaient métier. M. Tiviniac, le zouave, regrettait vivement de ne pas faire partie de la colonne Dorffer.

— Ce sera votre tour la prochaine fois. Je vous promets de vous désigner avec M. de Puysauge pour la prochaine expédition, dit le commandant.

Alors Stello dit :

— Je regrette de ne plus porter l'uniforme. Cette généreuse activité me rappelle tout mon passé. Sans doute n'emmenez-vous pas de civils avec vous, mon capitaine ? demanda-t-il en s'adressant au vieux légionnaire.

— Ce serait une trop grande responsabilité, répondit le capitaine.

— Et aussi une trop grande fatigue pour un homme qui manque d'entraînement, ajouta le commandant.

Stello voulait répondre que l'existence qu'il venait de vivre dans le bled lui assurait une résistance plus que suffisante. Mais il pensa que la réponse du commandant exprimait un refus courtois. Aussi n'insista-t-il pas.

M. Plumet ne fit aucune allusion à sa mission. Il se montra aimable convive et causeur distingué. Il discourut longuement sur la peinture. Il déclara même regretter sincèrement que les fées penchées sur son berceau, et qu'il appelait : la Ruse, la

Patience et l'Incorruptibilité, n'aient pas laissé de place pour la parente, sans doute pauvre, qui représentait les Beaux-Arts.

Stello ne se laissait pas prendre à ce verbiage. Il savait que le policier l'observait attentivement et qu'il était intrigué par sa présence à Aïn-Tellout. Peut-être était-il au courant de ses aventures dans le bled en compagnie d'Hermann et de Dupré. Mais Stello se sentait la conscience tranquille. Il craignait pour Angela qui se trouvait maintenant menacée de toutes parts.

En lui donnant son nom, en lui montrant la route de la vérité, il lui sauverait l'honneur et la vie. Quand il doutait d'Angela, il lui suffisait d'évoquer dans sa mémoire la jeune fille gémissante aux pieds des remparts de Pampelune, la nuit de garde où elle l'avait supplié de la cacher.

— Vous paraissez préoccupé, monsieur de Maichy ?

La voix pointue de M. Plumet tira le jeune homme de sa rêverie. Il tressaillit, car sa pensée l'avait entraîné loin.

— Mon Dieu, monsieur, je songe que je vais reprendre ma route solitaire et, ma foi, si l'on songe à l'insécurité de la région, bien que ma décision soit prise, ce n'est pas sans appréhension que je pense à mon voyage.

— Ce n'est pas indiscret de vous demander où vous voulez vous rendre ?

— Mon Dieu, non !... Si tout va bien, je pense

gagner la redoute de Bel-Abbès en évitant les gens de l'émir et, de là, regagner Alger en profitant d'un convoi. Je me reposerai quelques mois dans cette ville ; je dis : reposerai, plus exactement, je peindrai afin de revenir en France avec une cinquantaine de toiles que j'exposerai. Je vous avouerai que cette exposition sera l'une des clefs qui m'ouvriront... ou me fermeront les portes du succès.

— Je ne doute pas de votre succès, mais dites-moi, monsieur de Maichy, tout à l'heure, vous me parliez de votre voyage solitaire... Que sont devenus les deux compagnons qui firent une partie de la route en votre compagnie ?

Stello pensa que le policier était bien renseigné. Il jugea que le mieux, dans l'intérêt d'Angela, était de répondre franchement.

— Mes deux compagnons, dont l'un s'appelait Hermann et l'autre Dupré, comme vous le savez peut-être, m'ont abandonné pour suivre chacun leur piste. M. Dupré a pris la sienne après un court séjour chez le cheik Assour el-Rechid et M. Hermann m'a dit adieu après une étape chez un curieux homme, en vérité, un nommé Otto, personnage assez énigmatique.

— Vous pouvez le dire, interrompit M. Plumet.

— Vous le connaissez ? demanda Stello d'un air ingénu.

— J'ai des renseignements sur lui... et qui ne sont pas bons. C'est un individu très dangereux et je comprends qu'il se soit acoquiné à ce monsieur...

comment dites-vous ?... Erling ?... Hermann ?... Ah !
tous ces noms ! C'est comme ce M. Dupré. J'ai
entendu parler de lui sous un autre nom. Mais c'est
un honnête homme... Je vais vous dire franchement
ce que je pense, monsieur de Maichy. Vous êtes un
homme parfaitement honorable. Dans la bouche
d'un policier, ce mot prend une certaine valeur.
Pour tout dire, monsieur, je pense que vous marchez
à plaisir sur un terrain excessivement dangereux.
Depuis quelques jours votre vie est particulièrement
menacée. Prendre la route, pour vous, signifie que
chaque buisson de cactus, chaque rocher cachent un
ennemi en embuscade. Dans une dizaine de jours,
au plus, j'en aurai terminé avec cette affaire et je
prendrai la route d'Alger, mais sous la protection des
chasseurs d'Afrique jusqu'à Sidi-bel-Abbès. Attendez
mon retour ici, en dessinant des scènes de la vie du
soldat d'Afrique. M. de Griois sera ravi de vous retenir. Alors, nous voyagerons ensemble jusqu'à Alger,
où vous pourrez... oublier à votre aise.

— Je vous remercie de tout cœur, monsieur,
mais il ne m'est malheureusement pas possible d'accepter votre si aimable proposition.

— Je sais, je sais, ou plutôt, je devine. Vos buts
ne m'intéressent pas, monsieur de Maichy. Ils n'ap-
partiennent pas à la police. Mais je vous dis : renon-
cez à ces buts. Mais, n'est-ce pas, vous ferez ce que
vous voudrez.

Stello ne répondit pas. Il ne pouvait rien

répondre. Aussi fut-il reconnaissant à M. Plumet de faire dévier la conversation.

— En attendant, prenez une prise. Le tabac éclaircit l'entendement, monsieur de Maichy, une simple prise respirée opportunément permet de trouver le mot juste et la solution exacte. Quand j'ai oublié ma tabatière, je suis un homme à peu près fichu. Mais je n'ai jamais oublié ma tabatière... Ah ! voyons... Que voulais-je dire ?... Quelle est votre opinion sur M. Hermann ?

— C'est un homme que je n'aime guère... mais il m'est difficile de formuler les raisons pour lesquelles je ne l'aime pas. Elles sont instinctives.

— Oui, je comprends. Il ne vous a jamais parlé de son grand projet ?

— Si. Il poursuit une femme pour la tuer.

— Que Dieu lui accorde ce qu'il désire, dit M. Plumet en baissant les paupières.

Stello réagit d'un mouvement de tête assez brusque, ce qui n'empêcha pas M. Plumet de l'interroger du même ton bienveillant.

— À propos... Comment vous êtes-vous connus, tous les trois ?

— Bien fortuitement, mon Dieu ; le hasard nous conduisit par la main jusqu'à un carrefour de pistes. Nous allions dans la même direction, nous décidâmes de réunir nos forces. Nous fûmes attaqués par des soldats de l'émir et nous nous défendîmes courageusement.

— Êtes-vous certain d'avoir combattu les

hommes d'Abd el-Kader ? Je croirais plutôt à la présence des spadassins de cette fameuse Rose des Sables, dont tout le monde me rebat les oreilles depuis que je voyage dans ce patelin. Vous avez dû entendre parler de cette femme ?

— Certainement ! C'est une renégate.

— Le mot est trop faible, monsieur, et je vois, en effet, que vous la connaissez mal.

M. Plumet prit sa tabatière, la considéra curieusement comme s'il la voyait pour la première fois et finalement la replaça dans sa poche.

— Vous la connaissez mal, mais vous savez beaucoup de choses que vous avez tort de garder pour vous. Enfin je n'ai rien à dire car ces « choses », n'intéressant ni la défense du roi, ni celle de la société, ne regardent que vous. Il me déplairait fort que vous en fussiez la victime. C'est pourquoi j'ai pris la liberté amicale de vous avertir et je répète : Fichez le camp, monsieur de Maichy ; piquez vos deux éperons dans les flancs de votre Pégase et retournez d'où vous venez...

— Je vous remercie de votre sollicitude, répondit de Maichy assez sèchement.

M. Plumet eut un geste vague.

— Je vais me retirer si vous le permettez, monsieur de Maichy. J'ai du travail à terminer.

Il sortit, traversa la cour et se rendit dans le bureau du commandant.

Stello rentra lui aussi dans sa chambre. À tout hasard il prépara toutes ses affaires pour le départ. Il était plongé dans cette occupation, à vrai dire peu compliquée, quand son attention fut attirée par la voix du sous-lieutenant de Ricci, en conversation avec le lieutenant Lahitte.

— Surtout, vieux, n'oubliez pas que cette nuit, après le dîner, il y aura grand conseil de guerre chez le commandant. On mettra les derniers points sur la carte des opérations.

— Je n'oublierai pas, répondit de Ricci. En attendant je vais aller préparer mon barda. J'ai pu obtenir du capitaine une jument de l'artillerie. J'aime autant cela que de faire la route à pied. Ah ! cette sacrée bougresse...

— Chut ! fit le légionnaire Lahitte.

Le légionnaire ricana et s'éloigna dans la direction du baraquement affecté aux voltigeurs de la Légion étrangère.

Stello le vit disparaître et médita un bon moment sur ce qu'il venait d'entendre. Puis il sortit à son tour et se rendit aux écuries. Son cheval était attaché près de la porte. Il le flatta de la main tout en constatant l'impossibilité absolue de sortir du fort sans en avoir averti le commandant.

CHAPITRE TREIZE

La réunion des officiers, comme l'avait appris Stello, devait commencer tout de suite après le repas du soir. Vers dix heures probablement. À cette heure, tout le monde dormirait dans les baraquements à l'exception des hommes de garde placés à la porte et sur les quatre faces du mur qui entourait Aïn-Tellout. Stello profita des dernières heures du jour et alla reconnaître le terrain à proximité du bureau-chambre à coucher du commandant. Pour être franc, il n'était pas très fier de lui. Il n'avait pas naturellement le goût d'écouter aux portes. Mais le salut de celle qu'il voulait sauver coûte que coûte exigeait qu'il le fît. Des renseignements précis seraient sans doute échangés cette nuit entre le commandant et les officiers du groupe mobile. Bien que la fin de la phrase prononcée par le sous-lieutenant demeurât énigmatique, Stello pressentait que cette expédition concernait nettement la Rose des Sables. La présence de M. Plumet et de son acolyte parmi tous ces soldats renforçait ses appréhensions.

L'importance de l'indiscrétion qu'il allait commettre dissipait ses scrupules. Le drame allait dérouler son dernier acte et Stello estimait que, la chance aidant, il en pourrait changer la conclusion.

Le bureau de M. de Griois se trouvait à l'une des extrémités qui contenait la salle du mess et le dépôt de munitions. Devant la fenêtre unique de cette pièce assez grande se dressait un buisson de raquettes épineuses. Un maigre figuier laissait retomber quelques-unes de ses branches sur le toit. Ce détail permettait à un homme de se dissimuler entre les branchages et, la nuit aidant, de se confondre dans l'obscurité de la nuit. Stello jugea que cette position serait la meilleure. Une ouverture bouchée par un morceau de treillage fin avait été percée pour placer, à l'occasion, le tuyau d'un poêle. Ce trou devenait providentiel. Une oreille attentive pourrait y entendre tout ce qui se dirait à l'intérieur.

Quand Stello revint dans sa chambre, il était satisfait de ce qu'il avait vu. Son plan ne lui paraissait pas très clair, cependant. En possession du renseignement, il lui faudrait agir vite, devancer la colonne pour arriver le premier au lieu de l'embuscade qu'il pressentait. Il ne pouvait partir pendant la nuit. Sa décision paraîtrait suspecte. Quant à sortir sans avoir prévenu le commandant, c'était déchaîner à sa poursuite un peloton de chasseurs. Sa conduite ne lui paraissait pas odieuse car il avait perdu le sens de la vérité. L'amour qu'il portait à Angela le diminuait étrangement à tous les points de vue. Cependant, comme une blessure aiguë, une pensée commençait à le dominer. Certes, il fallait sauver Angela, et après ? Cette interrogation n'apportait plus la même réponse. L'existence extraordinaire de cette fille le troublait et ce trouble commençait à entamer sa foi sans même qu'il le soupçonnât.

Le dîner fut silencieux. Chacun pensait à sa mission. Les officiers s'interrogeaient mentalement sur les derniers préparatifs avant le départ.

— Je vous souhaiterai bonne route ce soir, monsieur de Maichy, fit le commandant de Griois, car demain matin j'accompagnerai la colonne Dorffer jusqu'à la piste de la montagne.

— J'allais moi-même vous faire mes adieux et vous remercier de toutes vos bontés car je tiens à partir de très bonne heure, afin de profiter des heures fraîches.

On prit le café. Puis Stello souhaita bonne chance à ceux qui partaient et se retira dans sa chambre. Il alluma la chandelle et disposa sur son lit de camp quelques hardes qu'il arrangea de façon à simuler le corps d'un homme étendu. Il sortit pour examiner son travail de l'extérieur. La clarté douteuse de la chandelle aidait à la confusion, Stello n'attendit pas longtemps. Bientôt un bruit confus de voix, parmi lesquelles il reconnut celle de M. Plumet, grandit dans le silence de la cour. Les officiers et le commissaire passèrent sans s'arrêter devant la porte de Stello. Le silence régna de nouveau. Alors Stello recouvert d'un burnous de couleur sombre se glissa sans bruit hors de sa chambre. La grande cour était déserte. Stello longea le mur en se confondant dans l'ombre portée. Il arriva sans encombre jusqu'au figuier qu'il escalada avec l'agilité d'un guépard. À plat ventre sur le toit du bureau, il grimpa sous les branches et approcha son oreille du trou de la cheminée. Il entendait clairement, absolument comme s'il eût assisté dans la pièce au conseil de guerre présidé par le commandant. M. de Griois parlait.

— Allons, messieurs, prenez place devant la carte. J'ai tracé au crayon bleu le thème en quelque sorte de vos opérations de la nuit prochaine. Je vous accorde quelques minutes pour prendre un croquis du terrain.

Stello connaissait bien cette grande carte dressée par les officiers et qui couvrait tout un panneau du bureau de M. de Griois. Il l'avait étudiée, et, un jour qu'il était seul, il en avait pris une réplique, réduite mais très détaillée.

— Vous connaissez le but qui vous est assigné. L'arrestation de la Rose des Sables est à peu près certaine grâce à la souricière que M. le commissaire Plumet a si habilement dressée. Demain, à minuit, si tous les ordres sont exécutés avec soin, la maréchaussée, qui vous accompagne, pourra passer les menottes à l'une des plus dangereuses ennemies de notre pays. L'histoire de cette femme est l'histoire même du crime et...

— Permettez-moi, monsieur le commandant, de

dire deux mots à ces messieurs, interrompit M. Plumet. La Rose des Sables dont votre commandant vient de vous parler, continua le commissaire en s'adressant aux officiers, est l'incarnation du Mal sous toutes ses formes. Voleuse, meurtrière, espionne, traître à son pays, l'Espagne. Tels sont les mots qui peuvent résumer la désolante activité de son génie. Génie est un mot que j'emploie à dessein, car cette criminelle de la plus vile espèce est une femme d'une intelligence supérieure et d'une séduction malheureusement indéniable. Sa grâce, son charme tendre et juvénile en font la plus rouée des coquines. Ce qu'elle mérite, c'est une balle dans la peau, sans plus de discours. Je vous demande, si elle résiste ou tente de s'échapper, de donner l'ordre à vos hommes de faire usage de leurs armes et surtout de ne pas la rater. Je vous avoue que j'ai donné des ordres semblables aux douze gendarmes qui nous accompagneront. À vrai dire, je crois que ce moyen est le seul qui puisse convenir à son cas. Je ne me sentirai débarrassé de cette immonde femelle qu'au moment où elle sera abattue. J'ai cru pendant longtemps que je pourrais atteindre à ce résultat sans être obligé d'intervenir moi-même, c'est-à-dire sans faire intervenir le gouvernement, ce qui vaut toujours mieux dans ces sortes d'affaires. Je ne crois plus maintenant à la réussite de ce plan. Sachez que la Rose des Sables est en ce moment poursuivie par trois hommes qu'elle a volés, dupés, et dont l'un vit son frère assassiné sous ses yeux par les tueurs à gage de cette femme. Cet homme a juré sa mort, mais, hélas ! il ne vaut pas mieux qu'elle et je ne donnerais pas cher de sa propre vie en ce moment. Les deux autres individus qui la poursuivent sont des gens honnêtes. Je ne vous dirai rien d'eux si ce n'est qu'ils ne peuvent ou ne veulent nous rendre aucun service.

— Si che rengontre cette bouffiasse, che la ferai vusiller sans audre forme de brocès, fit le capitaine Dorffer.

— Vous agirez comme vous l'entendrez, mais dans l'intérêt de la justice du roi qui est représentée parmi nous par M. le commissaire. Notre rôle à nous soldats est de nous emparer de cette aventurière... Si elle cherche à fuir ?... Ma foi... Je m'en lave les mains, et que Dieu la protège.

Il y eut quelques petits rires qui firent frissonner Stello, toujours allongé sur le toit. Puis la voix du commandant se fit de nouveau entendre.

— Messieurs, je vous ai réunis pour vous expliquer sur la carte le détail des opérations. Il y aura combat. Le temps que Dorffer engagera sa Légion contre les « Beni Ramassés » du Vieux-à-la-barbe-courte, M. Plumet se dirigera vers le point où la Rose des Sables doit rencontrer un nommé Erling ou Hermann.

— C'est l'homme dont le frère a été assassiné par la Spartiventi, ou, si vous le préférez, la Rose des Sables, dit M. Plumet. Son vrai nom est Erling et c'est un espion à la solde d'une puissance qui ravitaille en ce moment Abd el-Kader par l'entremise d'un certain Otto Gerling, que les indigènes appellent l'Ermite.

— C'est un Prussien ? demanda un officier.

— Probablement, mais il ne travaille pas en ce moment pour le roi de Prusse.

Quelques rires avertis se firent entendre.

M. Plumet poursuivit :

— Le nommé Erling croit avoir tendu un piège à la Rose des Sables quand, en réalité, c'est lui qui entrera dans la nasse. Quand il aura été tué par la renégate, alors nous interviendrons avec nos cavaliers et ce sera le tour de la dame. Ainsi aurons-nous fait d'une pierre deux coups.

Il y eut ensuite un bruit confus de voix. Puis celle du commandant s'éleva claire et nette comme sur le champ de manœuvre quand il faisait la critique d'un mouvement. Les officiers prenaient des notes. De sa place, Stello entendait la pointe des crayons courir sur le papier.

Les officiers se séparèrent vers minuit. Stello attendit encore une demi-heure qui lui parut longue avant de descendre du toit.

Quand il entra dans sa chambre où la chandelle consumée s'était éteinte, sa résolution était prise et toutes ses responsabilités minutieusement pesées. Il savait maintenant où rencontrer Angela. Il l'avertirait du danger... Après quoi... après quoi, il reprendrait la route du retour. Lui sauver la vie, c'est tout ce qu'il pouvait lui offrir, car, après ce qu'il avait appris, il n'était plus possible de lui donner son nom. Lentement, mais sûrement, l'image qu'il avait gardée dans son souvenir s'effaçait. Une autre apparaissait à sa place qu'il ne voulait point voir. Le dernier sacrifice qu'il s'imposait était un hommage à sa jeunesse sentimentale dont la petite jeune fille qui pleurnichait dans la nuit de Pampelune était le pur symbole.

Stello ne dormit pas de la nuit. Il cherchait en vain le sommeil quand tout à coup retentit la diane battue par les tambours de la Légion et des zouaves, sonnée à pleins poumons par tous les clairons des trois corps d'infanterie. Stello se leva d'un bond et plongea sa tête dans la cuvette d'eau. Un chasseur d'Afrique lui apporta bientôt une grande tasse de café. Chasseurs et gendarmes étaient déjà alignés dans la cour quand les fantassins sortirent de leurs baraquements. Les uns, ceux qui restaient, s'alignèrent à droite, tandis que les éléments qui composaient la colonne volante se rangeaient à gauche. Le capitaine Dorffer, raide dans son hausse-col, causait avec le lieutenant Lahitte, le sous-lieutenant de Ricci. Le lieutenant Tiviniac inspectait ses zouaves, vérifiant l'équipement et les vivres.

Stello sortit à son tour et, après avoir salué les officiers, il s'en alla vers les écuries pour faire seller son cheval par le chass' d'Af' que M. de Griois avait mis à sa disposition. Il surveilla l'installation de son bagage et boucla sa carabine le long de la haute selle arabe qui avait remplacé sa selle anglaise du début. Un « garde à vous ! » énergique retentit soudain.

Puis M. Dorffer, qui était monté à cheval, commanda de sa voix puissante :

— Bordez, armes !

— Brésentez, armes !

Des voix diverses répétèrent le commandement. Les fusils et les baïonnettes s'élevèrent, les lames des sabres scintillèrent devant les visages durcis des cavaliers.

Le commandant de Griois, suivi d'un brigadier de chasseurs qui portait son fanion, fit son apparition devant les troupes, monté sur un cheval admirable, richement harnaché. Les deux fontes, de chaque côté de la selle, étaient garnies de peau de tigre. Il passa lentement devant les légionnaires, les zouaves, les chasseurs d'Afrique et les douze gendarmes. Puis il revint sur ses pas pour passer devant les chasseurs d'infanterie légère d'Afrique et les artilleurs.

M. Plumet, suivi de M. Bertrand, fit une discrète entrée. Il était à cheval. Il vint se ranger près de la porte après avoir adressé un amical et discret salut à tous.

M. Dorffer commanda :

— Aaa mon gommantement... Bour téfiler... Aarche !

Les tambours roulèrent et les clairons sonnèrent les premières marches de l'infanterie. M. de Griois et le capitaine Dorffer, côte à côte, chevauchaient derrière la clique. M. Plumet et Bertrand, dont l'effet décoratif était moins sûr, prirent la gauche de la colonne.

Quand le dernier homme eut franchi la porte du fort, les zéphirs et les artilleurs rompirent les rangs et rentrèrent dans leur baraquement.

Stello sauta alors en selle et tendit la main au capitaine de Puysauge, pour lui faire ses adieux.

— Bonsoir, monsieur l'artiste. Que la chance soit sur vous et revenez bientôt nous voir.

Stello franchit tranquillement la porte d'Aïn-Tellout devant le garde assis sur un banc, le long du mur qui projetait son ombre sur le sol rouge. Le cavalier les salua et aperçut au loin la colonne Dorffer qui serpentait dans la plaine au milieu d'un gros nuage de poussière jaune.

Stello chevaucha paisiblement tant qu'il se sentit en vue du fort. Sitôt les murailles effacées à l'horizon, il repéra sur sa carte un point marqué qu'il retrouva dans le paysage. Et il se lança dans la direction qu'il avait choisie, sans ménager sa monture. Les pierres volaient sous les quatres fers de son cheval.

Le campement d'Omar, le cheik à la barbe courte, avait été établi dans une sorte de cuvette assez fertile. Il fallait bien connaître la montagne pour en découvrir l'accès. C'était un refuge à peu près inviolable où la Rose des Sables avait dressé sa tente. À cette heure, les femmes et les enfants s'affairaient dans la confection du couscous. Les guerriers d'Omar garnissaient les crêtes aux alentours, sauf une centaine de cavaliers accroupis aux pieds de leurs chevaux et prêts à monter en selle au premier signal. Bou Ahmane, le khalife d'Omar, les commandait. Bou Ahmane avait servi sous les ordres d'Abd el-Kader. C'était un chef valeureux qui connaissait très bien la manière de combattre contre les Français.

Soudain une certaine agitation se produisit dans un groupe de femmes qui lavaient du linge au bord de la source, à l'entrée du camp. Trois cavaliers qui entouraient un homme aux yeux bandés provoquaient cet émoi.

Bou Ahmane leva les yeux, mais ne se dérangea pas. Les cavaliers et l'homme furent bientôt devant lui.

— Que veut cet homme ? dit le khalife. Est-ce un chien de renégat ?

— Je ne suis pas ce que tu penses, ô seigneur de la plaine et de la montagne ! Je suis un pauvre berger kabyle qui a rencontré sur sa route un grand chef ennemi : un de ceux qui ne portent pas de broderies d'or sur leurs vêtements. Il m'a dit : « Si tu peux rencontrer la Rose des Sables, remets-lui cette lettre en main propre. Ainsi tu pourras lui sauver la vie. » J'ai cru bien faire, ô mon maître, en exécutant cette mission. La lettre est là dans mon burnous.

— Si tu as dit la vérité, la Rose des Sables te récompensera. Si tu as menti, elle te fera couper la tête. Suis-moi, je vais t'introduire auprès d'elle.

L'homme suivit docilement Bou Ahmane en épongeant son visage qui ruisselait de sueur. Il paraissait épuisé.

À l'entrée d'une tente plus belle que les autres et qui était surmontée d'un croissant de cuivre d'où pendait une queue de cheval, le khalife fit signe à l'homme de l'attendre.

Il demeura assez longtemps avec la Rose des Sables.

— As-tu confiance en cet homme, ô Bou Ahmane ?

— Je ne le connais pas.

— Est-il armé ?

— Mes hommes lui ont pris ses armes.

— Fais-le entrer, mais reste ici, avec moi.

Bou Ahmane écarta le tapis qui fermait l'entrée de la tente et dit :

— Entre et remets ta lettre.

L'homme se prosterna devant la Rose des Sables et lui tendit la lettre que M. Plumet lui avait fait remettre par Bertrand à l'insu de tous les occupants du fort.

La Rose des Sables déchira l'enveloppe et lut, sans pouvoir dissimuler sa surprise.

Très chère Madame,
L'homme qui vous remettra cette lettre ne me connaît pas. Vous avez peut-être entendu parler de moi par le défunt James Billingburle. Je suis le commissaire de police chargé d'instruire l'affaire Armand de

245

Galande que vous connaissez sans doute mieux que moi. Je pense que tout ceci doit vous surprendre et je peux vous avouer que mon but en venant en Algérie était de vous arrêter et de vous conduire en France pour vous remettre dans les mains des services intéressés par votre capture. Vous voyez que je vous parle sans détour. Cependant je vous écris pour vous dire qu'après-demain, au moment où vous vous rendrez à la palmeraie de Bir el-Djerâde, vous serez tuée dans une embuscade dressée par l'homme que vous pensiez assassiner vous-même le lendemain, je veux dire le nommé Ludwig Erling qui a juré de vous égorger depuis la mort de son frère Thadée, dont vous fûtes l'instigatrice, à Londres, avec la complicité d'un certain Gogbool. Ma franchise vous remplira sans doute de confusion, mais vous comprendrez bientôt le sentiment qui me pousse, malgré moi, je l'avoue, à vous sauver la vie. C'est, Madame, qu'entre deux maux il faut choisir le moindre. Si d'un côté votre capture offre un intérêt indéniable, celle de M. Erling, par suite de circonstances récentes, dépasse de beaucoup la valeur de la vôtre. Vous êtes une espionne de qualité, mais, permettez-moi de vous dire, vous êtes « brûlée ». Il n'en est pas de même pour M. Erling, qui est un espion qui nous inquiète et que nous voulons faire disparaître par tous les moyens. Je vous propose une alliance : dès que je serai en possession de la dépouille facile à identifier, j'insiste sur ce détail, de Ludwig Erling, je reprendrai le chemin du retour et je vous laisserai tranquille pour ma part. Si vous n'acceptez pas ce projet d'alliance et vous contentez de choisir, dans les renseignements que je vous donne, celui qui convient le mieux à votre humeur, comme, par exemple, d'éviter le traquenard de Bir el-Djerâde, en abandonnant votre vengeance, je vous préviens que vous n'aurez pas à vous en féliciter plus d'une semaine. Au verso de cette lettre vous trouverez tous les détails techniques de l'embuscade que M. Erling vous a tendue avec un soin que vous ne soupçonniez pas.

Votre tout dévoué,

GARDINELLI

— Bon Dieu ! jura la Rose des Sables, après avoir pris connaissance de la lettre et de son verso. Mujer ! Cet homme sait... je ne peux le nier !

Elle se ressaisit et, s'adressant à l'homme qui avait apporté la lettre :

— Peux-tu rapporter ma réponse à celui qui t'a confié ce message ?

— Non, je ne le peux pas, car l'homme, à cette heure, n'est plus à Aïn-Tellout.

— Où est-il ?

— Il ne me l'a pas dit.

La Rose des Sables demeura longtemps songeuse. Elle imaginait son ennemi devenu son allié, plongé dans la béatitude peu modeste de son succès. Et c'était vrai. À cette heure, M. Plumet, entouré de ses gendarmes, se félicitait de sa ruse qui lui permettait, tout en ne négligeant rien pour s'emparer de la Rose des Sables, de se débarrasser d'un malfaiteur non moins odieux. Et, dans sa pensée, la renégate voyait juste quand elle l'imaginait fort occupé à se frotter les mains de satisfaction.

La Rose des Sables, assise en tailleur sur des tapis, réfléchissait profondément, son pur visage crispé dans une attention soutenue.

— Renvoie cet homme, ô Bou Ahmane ; qu'il boive, qu'il mange. Tu lui donneras une pièce d'or.

Bou Ahmane se retira, suivi de la Rose des Sables, qui se dépêcha de voiler son visage pour traverser le camp afin de se rendre dans la tente d'Omar.

Omar à la barbe courte fumait son narghilé, quand la Rose des Sables pénétra chez lui d'un pas décidé, sans se faire annoncer.

— Qu'y a-t-il, ô ma fille ?

— Lis ceci, ô sage, et apporte-moi la lumière d'Allah, pour qu'il modifie encore une fois le plan que j'avais conçu avec ton aide.

Le cheik lut la lettre et la rendit à la jeune femme.

— Cet homme est habile, fit le cheik en cessant de fumer. Il est plus dangereux que le plus rusé des soldats. Ce qu'il écrit, cependant, n'est pas exempt de sagesse. Pourquoi ne suivrais-tu pas son conseil ? Son choix me paraît juste. À sa place j'agirais comme lui... Montre-moi encore le plan de l'embuscade. Peut-être, si Allah le veut, pourrait-il tomber lui-même dans la fosse qu'il a creusée ?

— Je ne pense pas. Le démon ne dit rien de lui-même. En ce moment, il rôde autour de nous comme un loup entouré d'une armée de loups.

— Fais voir, ma fille.

L'aventurière tendit la lettre au cheik qui la relut lentement, à mi-voix, étudiant en détail le plan de l'embuscade que M. Plumet décrivait en homme parfaitement renseigné.

— En vérité, dit le cheik, il nous reste vingt-quatre heures pour agir. Je passerai la nuit sous la tente, ma fille, et le protecteur nous apportera sa volonté avant qu'il ne soit trop tard. Car nous ne pouvons toujours fuir. Le cercle des soldats d'Aïn-Tellout se resserre chaque jour plus étroitement autour de nous.

— Je suis lasse, fit la Rose des Sables, en se retirant.

À l'aube, elle fut la première à cheval, toute seule dans le campement encore enseveli dans la brume. Elle était enveloppée dans un burnous de laine blanche. Un turban de soie jonquille s'associait merveilleusement à la couleur dorée de son visage lisse. Sa carabine était pendue sur le côté gauche de sa haute selle de cuir vert, brodé d'argent et de soie rose.

Pour faire patienter son cheval qui s'ébrouait et piaffait, l'aventurière allait et venait à travers les groupes de dormeurs. Soudain, à une centaine de mètres, sur une crête, une longue trompette jeta un long appel. À ce signal, les chevaux hennirent ; les hommes tout vêtus et presque équipés se dressèrent çà et là dans l'ombre. Des enfants pleurèrent que leurs mères consolaient.

Bou Ahmane, son long fusil au canon damasquiné posé en travers de sa selle, apparut le premier devant la Rose des Sables.

— Salut, ô toi, perle lumineuse, la plus belle entre toutes.

— Que la paix soit avec toi, ô Bou Ahmane.

Le cheik, escorté de ses Soudanais aux turbans d'une blancheur éblouissante, se présenta à son tour.

— Que la paix soit sur toi, ô fille de mes yeux.

— Que la paix soit sur toi.

Le khalife distribuait des ordres. L'enceinte du camp était pleine d'une foule en armes de cavaliers sévères et silencieux.

— Nous allons un peu rire, dit la cavalière. À minuit, mon Roméo m'attend à la palmeraie de Bir el-Djerade. Nous allons lui réserver une surprise qui sera la dernière de son existence... Bou Ahmane !

Le khalife fit avancer son cheval à côté de celui de la Reine des Sables. Il interrogea du regard le joli chef aux bottes rouges.

— Bou Ahmane, as-tu préparé une corde comme je te l'ai ordonné ? Cette nuit, sous la lune pâle, nous pendrons ce coquin d'Erling à la plus haute branche d'un chêne vert. Si Ghorab, le corbeau, lui rongera les yeux, et moi, ô vaillants, je lui mangerai le cœur. Et ma force sera désormais celle de la lionne qui conduit ses fils à la source.

Elle s'exalta :

— Nous chasserons les Nsaras (Européens) de ce territoire. Bientôt, le drapeau vert de l'émir flottera sur toutes ces cimes. Et les soldats en pantalons rouges fuiront vers la mer comme des chacals devant le feu qui dévore les forêts et la brousse. Ô guerriers, la nuit prochaine sera ma nuit. Je vous conduirai vers la victoire et quand mes ennemis seront terrassés, vous connaîtrez la paix du Livre Saint. Je compte sur ta bravoure, Bou Ahmane, ô Abd Allah, serviteur de Dieu, ô Abd en Nebi, ô serviteur du Prophète.

— Ô Lalla ! (sainte) crièrent les cavaliers debout sur leurs grands étriers.

— Levez bien haut vos étendards verts, hurla la jeune louve, plus haut encore, afin qu'Allah puisse les toucher du doigt, ô mes fidèles !

— Lalla ! Lalla !

Le cri des guerriers gronda comme un roulement de tonnerre. Alors la Rose des Sables indiqua d'un grand geste un point de l'horizon :

— L'étape sera longue, mais la nuit viendra vite.

Elle prit la tête de la colonne des cavaliers, entre le cheik et Bou Ahmane.

Derrière ce groupe, les guerriers chantaient, improvisant les strophes de leur chant de guerre, comme il se doit.

> *Ô Lalla, tu es la lumière de la nuit,*
> *Et ton cœur engendre la vaillance.*

D'autres voix rauques répondaient :

Ton cœur est celui du lion quand il rugit.

La poussière de la piste montait autour des chevaux comme un encens. Une odeur barbare de cuir et de sueur de bêtes enveloppait la mehalla fanatisée.

CHAPITRE QUATORZE

La troupe des partisans de M. Hermann, redevenu Erling, ne manquait certes pas de pittoresque.
Elle avait été recrutée par les soins d'Otto, l'ermite,
dans les bas cabarets de Malte, d'Oran et de Séville.
Quelques Arabes séduits par l'appât du gain se
mêlaient à cette bande de « desperados » particulièrement aptes aux besognes les plus sanglantes. Ces
hommes vêtus de nippes, mi-européennes et mi-
orientales, rassemblés au bord d'un oued et tenant
leurs chevaux par la bride, offraient un ensemble
repoussant. Il y avait là Pablo le Portugais, Antonio
Gardena, Zingarelli le Sicilien, Puma, dit le
Conquérant, Amouche le Cruel, Pietro le Balafré et
d'autres dont le nom était aussi célèbre dans le peu
fortuné pays où leur activité s'était manifestée.

Otto, qui était un homme à relations, avait su les
réunir depuis longtemps. Ils vivaient à Oran, à
Tlemcen, à Alger, exerçant la profession vague de
soukiers à la suite des armées en campagne. À un
signal du chef, ils étaient accourus pour se mettre à

ses ordres, selon leur convention. L'ermitage d'Otto dans les roches avait servi de lieu de rassemblement. Après une randonnée prudente et silencieuse qui avait duré toute la nuit, la trentaine de bandits qui composaient les forces de M. Erling avaient mis pied à terre dans ce terrain chaotique parfaitement adapté à l'usage qu'ils en voulaient faire.

Erling et Otto, après leur avoir compté la moitié du prix de leur collaboration, leur donnèrent les détails du coup de main qu'ils devaient tenter et réussir pour toucher la seconde moitié de leur salaire.

— Elle est coiffée d'un turban jaune clair et chaussée de bottes rouges à broderies d'argent. Elle monte un cheval blanc, facile à reconnaître dans la nuit. De loin, elle ressemble à un svelte adolescent. Dès qu'elle s'engagera avec sa troupe pour suivre le lit desséché de la rivière, vous tirerez en ayant soin de bien la viser. Ne vous occupez pas des autres. Ils décamperont, car je sais de source sûre qu'ils ne seront pas plus d'une dizaine. Vous voyez que c'est facile, que je ne mentais pas quand je vous affirmais que ce serait du travail d'enfant.

— Mais surtout, fit Otto en interrompant Erling, visez bien la donzelle. Nous ne voulons pas la prendre vivante.

— Teufel ! Je le pense bien, répondit Erling. Elle serait encore capable de s'enfuir, car elle est plus rusée qu'une fouine.

Erling et Otto s'occupèrent alors de placer leurs

hommes qu'ils avaient divisés en trois groupes : dix avec Erling, dix avec Otto et neuf sous la conduite de Pablo le Portugais, qui était leur homme de confiance. La Rose des Sables devait d'abord essuyer le feu d'Otto, si elle fonçait en avant, le feu des hommes de Pablo et si elle tournait bride pour revenir sur ses pas, ce qui était probable, elle devait fatalement tomber sous le tir des fusils du groupe d'Erling. La tactique de ceux-ci consistait tout d'abord à la laisser s'engager profondément dans le piège. Erling, qui était donc le plus avancé sur le chemin que devait suivre la Rose des Sables, plaça deux hommes bien dissimulés sur une crête. Dès que la renégate serait en vue, ils se replieraient furtivement pour joindre leurs fusils à ceux de leurs camarades. Il était impossible que la fille échappât à son destin.

Quand les hommes furent en place, comme il restait encore trois grandes heures à passer afin d'atteindre celle du rendez-vous, Erling leur donna l'ordre de prendre leur repas, sans faire de feu. Lui-même se retira avec Otto derrière un rocher d'où il pouvait surveiller tout autour de soi à sept cents mètres à la ronde.

— Mangeons un peu, dit-il à Otto. Nous pouvons avoir besoin de toutes nos forces.

— On ne sait jamais avec cette gaupe-là, répondit l'ermite.

— C'est exact, mais cela m'étonnerait, mon cher Otto. L'homme qui lui a porté mon message est sûr. Elle croit maintenant que je suis traqué par ce cochon de Gardinelli. La proposition que je lui adresse de lui revendre le document lui paraîtra toute naturelle. Elle me connaît et elle pense aussi que, dégoûté par les difficultés, j'ai abandonné mes idées de vengeance. À sa place, je le croirais. Car si elle me connaît bien, je me connais encore mieux qu'elle.

— C'est logique.

— Non, ce n'est pas si logique qu'on le croit. Bien des gens se connaissent mal et c'est la principale source de leur faiblesse. Ainsi la Spartiventi, ou mieux Angela Perez, périra parce qu'elle se connaît mal. Il est impossible de se faire une idée de l'orgueil de cette femme. En ce moment, elle me croit vaincu par Gardinelli. Elle estime que je dois renoncer à la lutte. Comme elle me sait cupide, elle a reçu ma proposition de vendre le document sans aucune surprise. Ce qu'elle ne sait pas, c'est que mon envie de venger Thadée est encore plus forte que ma cupidité.

— Pourquoi ne vous êtes-vous pas débarrassé plus tôt de ce papier dont vous pouviez tirer une grosse somme d'argent ?

— Parce que si les événements vont en France comme je le pressens et que le roi Louis-Philippe soit renversé, je pourrai en tirer une somme beaucoup plus considérable. Je peux attendre : mes comptes en banque à Amsterdam et à Munich me le permettent.

— Dans ces conditions, c'est évidemment le parti le plus avantageux.

— Parbleu ! répondit Erling en tendant l'oreille dans la direction du vent.

« Il n'est pas encore l'heure », fit-il.

— Quand nous en aurons terminé avec cette sotte, dit l'ermite, je rentrerai en Europe. Vous pensez bien que l'activité dont j'ai fait preuve ne facilitera pas mon séjour ici quand les Français seront maîtres du pays.

— Ce qui ne saurait tarder.

— Oui, la résistance de l'émir faiblit à vue d'œil. Mes derniers renseignements sont décourageants. Dans quelques mois, il sera contraint de guerroyer sur les frontières du Maroc pour y chercher protection en cas de besoin.

— Nous avons nettement perdu cette partie, dit Erling. Espérons que nous serons plus heureux au cours de cette nuit.

— Que ferez-vous quand vous aurez abattu votre ennemie ?

— Je ne vous dirai pas que j'essayerai de vendre sa peau. Qui en voudrait ? fit Erling en riant de son gros rire irritant. Non. Je retournerai en Europe... Peut-être pourrai-je monter une affaire d'armes. La Russie me paraît sur le point de devenir un bon client.

— J'y pensais, ainsi qu'à ce que vous a dit Mac Law à ce sujet. Oh ! rien de bien précis. Il se méfie et il n'a pas tort. En bon Écossais il se montre aussi économe de ses paroles que de ses sous. J'ai pu comprendre que la guerre pourrait s'allumer de ce côté. Voilà tout. Quand ? Dans cinq ans, dans dix ans, dans quinze ans peut-être. Il faut voir d'assez loin dans le commerce des armes et des munitions.

— J'ai dix mille fusils de munition à vous vendre et vingt canons de 4 et dix de 8 du modèle Gribeauval. En voulez-vous ? Je les destinais à l'émir. Mais je crains bien, si j'en juge par les événements, que ce petit stock ne me reste sur les bras.

— Je ne dis pas non, répondit Erling. Mais... écoutez... cette fois je pense que je ne me trompe pas. J'entends des chevaux : ce ne sont pas les nôtres...

— Vous avez raison. C'est très éloigné. (Otto tira sa montre.) Ils sont en avance d'une heure... Nous ferions bien de regagner nos places.

Les deux hommes se glissèrent dans la nuit.

— Alors, dit Otto en tombant au milieu des siens, on veille ? J'entends venir la bande. Nous n'aurons peut-être pas besoin de tirer. Quand je crierai : « En avant ! » suivez-moi tous en vous déployant en demi-cercle.

Erling, de son côté, avait rejoint son groupe.

— Quand je crierai : « Feu ! » la première moitié tirera en visant la femme. La seconde moitié ne tirera pas avant mon commandement. Il faut les laisser s'engager profondément dans la pince formée par nos trois postes.

Erling, agenouillé, la carabine prête à tirer, écoutait, toute son attention tendue, les rumeurs de la

nuit. Au loin, très loin, des chacals effarouchés gla-
pissaient.

— Ils ont dû s'arrêter pour se concerter et
attendre l'heure, dit Erling à son voisin qui était
Puma le Conquérant.

— On ne les ratera pas, capitaine, répondit celui-
ci en ricanant. Si j'attrape la chula au bout de mon
fusil, je la descendrai comme une palombe.

— Écoutez, dit Erling à voix basse.

Quelques arbousiers inclinèrent leurs branches.
Une forme courbée apparut. C'était Otto, qui se
laissa tomber sur le sable à côté d'Erling.

— C'est moi, fit-il d'une voix haletante. Il se
passe quelque chose d'inquiétant, je crois, à deux ou
trois cents mètres devant nous. Tout d'abord, nous
avons entendu la rumeur assourdie d'un grand
nombre de cavaliers.

— Une douzaine ?

— Beaucoup plus certainement. Et cela ne me
plaît guère.

— Peut-on envoyer un homme en reconnaissance ?

— Non, au bout d'une centaine de mètres, il
serait obligé d'avancer en terrain découvert.

— Que pensez-vous de tout ceci ?

— Rien de bon... C'est mon avis. La garce est
terriblement méfiante. Elle est venue en force... ce
qui ne veut pas dire qu'elle n'a pas l'intention de
traiter avec vous...

À ce moment un buisson bougea à une dizaine de

mètres à la droite des deux amis qui s'étaient un peu éloignés de leurs troupes.

— C'est vous, monsieur Erling ? Ah ! bon !... C'est moi Antonio Gardena... Je viens vous prévenir qu'il y a des gens à cheval qui cherchent à s'infiltrer derrière le groupe de Pablo. Ils sont nombreux...

— Teufel ! rejoins ton poste et dis à tes camarades de se replier sur mon groupe face à l'oued dans les rochers. Tirez sur tout ce qui avancera.

Erling regarda Otto, d'un air assez étrange.

— Je vais faire replier mon groupe dans les rochers pour épauler le vôtre. Il faut que tous nos hommes se tiennent prêts à sauter en selle au premier signal. D'où vous étiez, tout à l'heure, vous pouvez découvrir le terrain tout autour de nous. Quand vous jugerez que le moment de fuir est arrivé vous sonnerez de cette petite trompe. (Il lui tendit une petite trompe de chasse en corne.) Jusqu'à ce signal nous tiendrons.

— Je rejoins tout de suite les miens, fit Erling.

Il tourna les talons et se heurta dans un homme de sa petite bande : c'était Zingarelli.

— Que veux-tu ? demanda Erling brutalement.

— Monsieur Erling, il y a des abris partout dans les roches devant nous. Je n'ai pas osé tirer, il faut que tu viennes.

Erling regarda encore une fois Otto.

— Hé oui ! mon cher. Ça va mal. Je crains fort que nous ne soyons encerclés... Je regagne mon

260

poste... bonne chance... et sonnez de la trompe le plus tôt possible... s'il en est encore temps.

Pendant une dizaine de minutes il se fit un silence extraordinairement tragique. Et soudain la fusillade éclata. Elle courait çà et là comme un feu de brousse. Aux détonations puissantes des moukallas répondirent les détonations plus sèches des carabines des aventuriers d'Erling.

Au milieu des cris et des coups de fusil on entendit enfin la petite trompe de chasse. Otto ne put en reconnaître l'accent impérieux et désespéré car il venait de s'abattre le nez sur une pierre, tué d'une balle en pleine face.

Il mourut sans jeter un cri.

Maintenant la bataille faisait rage. Les assaillants vociféraient et promettaient mille morts odieuses à leurs adversaires. Au bord de l'oued, Puma et trois de ses hommes se battaient en tenant leurs carabines par le canon comme des massues. À quelques centaines de pas plus loin, Erling faisait feu de ses deux pistolets sur un cavalier qui le chargeait en brandissant son cimeterre. L'homme se coucha sur l'encolure de son cheval qui s'enfuit dans la nuit. Ainsi mourut le khalife Bou Ahmane.

Au milieu des cris de rage, on entendit parfaitement les glapissements de la Rose des Sables qui encourageait ses guerriers.

— Allah est avec nous... ne laissez pas partir le grand aux cheveux roux... Tue ! tue !

Erling, hagard, demeurait presque seul de sa

bande. Amouche, sans doute mortellement blessé, gémissait en se tenant le ventre de ses deux mains. Quelques desperados, sachant ce qui les attendait s'ils étaient pris, se défendaient avec une énergie surhumaine. Erling se sentit perdu. Il chercha autour de lui un secours improbable et c'est alors que l'occasion miraculeuse se présenta.

Un cheval emballé fonçait sur lui. Le cavalier blessé n'était plus maître de sa monture.

À ce moment, la lune entra dans les nuages et l'obscurité fut complète. Erling n'était plus que réflexes. D'un coup de pistolet, il abattit l'homme, qui perdit l'équilibre et roula sous les sabots du cheval qui fit un écart et s'arrêta. Erling le saisit par la bride et le calma. Puis il déroula le turban du mort et tant bien que mal se l'enroula autour de la tête. Il dégrafa le burnous et se le passa sur les épaules. Tout ceci s'était déroulé rapidement, mais avec une précision tragique. Alors Erling sauta en selle et se lança en avant sans avoir eu le temps de recharger sa carabine. Il en tenait la baguette à la main dont il se servait comme d'une cravache.

Le turban et le burnous du mort lui sauvèrent la vie. Erling traversa comme une trombe un groupe de cinq ou six cavaliers qui lui crièrent quelque chose en arabe qu'il ne comprit pas. Son cheval avait ralenti sa course car de gros quartiers de roche barraient la route. Il fut obligé de mettre pied à terre pour le conduire vers l'oued tari dont il voulait suivre le cours dans la direction de l'ouest jusqu'au moment où la plaine lui permettrait de reprendre le galop.

Toutes les crêtes autour de lui étaient garnies de burnous blancs. Les coups de feu s'espaçaient. Erling, tirant toujours son cheval derrière soi, enjamba des morts parmi lesquels il reconnut beaucoup de ses « desperados ». Le Puma, qu'il reconnut à sa veste de cuir brodée de laine orange et noire, gisait contre un rocher, la tête tranchée ; ses mains exsangues se crispaient dans le sable.

Erling ne s'arrêta pas devant ce détail affreux. Il lui fallait rompre le barrage d'une vingtaine de guerriers qui avaient mis pied à terre et barraient le lit de l'oued dans la seule direction dont Erling pût espérer le salut.

Encore une fois, il sut rapidement ce qu'il fallait faire. Il remonta à cheval et, piquant sa bête de la pointe de son couteau, il lui fit exécuter des voltes et des bonds désordonnés. Tout en criant comme un homme en colère, il simulait de son mieux l'attitude d'un cavalier qui n'est plus maître de sa monture. Il criait d'une voix rauque le seul mot d'arabe qu'il connaissait : « Allah ! Allah ! » Soudain il entra plus profondément la pointe de son coutelas dans le flanc de son cheval. La bête, affolée de douleur, exécuta un bond prodigieux et chargea à fond de train le groupe démonté des guerriers de la Rose des Sables. Ceux-ci, croyant voir un des leurs en difficulté, s'écartèrent prudemment tout en l'accablant de leurs brocards. Tout en activant la course éperdue de son cheval, Erling, renversé sur le tournequin de la haute selle maure, faisait semblant de le retenir. Il passa comme une flèche, au milieu des visages sombres qui riaient. Il galopa ainsi pendant une demi-heure, à se rompre le cou, dans un terrain fâcheusement accidenté. Et ce à quoi il s'attendait avec angoisse se produisit : le cheval broncha sur un roc glissant et roula sur le sable en entraînant son cavalier dans sa chute.

Erling eut l'adresse de se dégager à temps. Autour de lui régnait un silence absolu qui contrastait avec le tumulte de la bataille. Il tenta de relever son cheval. Ce fut impossible, car la bête s'était brisé la cuisse en tombant. Erling ne se laissa pas abattre par cette catastrophe. Il rechargea sa carabine et ses deux pistolets et se hâta de s'éloigner de l'oued. Une ligne d'un jaune vif barrait l'horizon. Le jour n'allait pas tarder à poindre. Il fallait gagner un abri avant que le soleil vînt éclairer la poursuite de ses ennemis. Il trouva dans un sac pendu à la selle quelques provisions : des dattes, des figues sèches, du café et du sucre. Il s'empara du tout et en remplit sa gibecière de cuir qui ne contenait plus qu'une vingtaine de charges pour sa carabine, et à peu près autant pour ses pistolets. Ceci fait, il se glissa comme une ombre entre les rochers.

À cinq ou six kilomètres de l'endroit où s'était abattu le cheval de Ludwig Erling, la bataille s'était calmée. Tous les partisans d'Erling et d'Otto, l'ermite, étaient morts ou grièvement blessés.

La renégate, accompagnée d'Omar, parcourait le

champ de bataille, allant d'un blessé à un mort, s'attendant devant chaque corps étendu à reconnaître l'homme qu'elle cherchait.

— En voici un, et des meilleurs, fit-elle en apercevant Otto. Tu pourras lui couper la tête, Mohamed. Il n'est pas de ceux qui doivent entrer au paradis...

Elle continua sa route. Près d'un buisson d'agaves, quatre ou cinq corps s'alignaient sur le sol.

— Retourne celui-là, Mohamed. Bon... Et celui-ci... Ce n'est pas encore lui. Le sale chien a dû aller crever dans un coin... Cherche, Mohamed... je veux voir sa tête fichée au bout d'une lance... Tiens... là-bas...

Elle avança un peu et découvrit le cadavre de Pablo le Portugais. Elle eut une moue méprisante et poussa son cheval en avant.

Le cheik à la barbe courte la suivait à une cinquantaine de mètres, au milieu d'une troupe de fanatiques, qui achevait les blessés dès que la renégate les avait examinés. La Rose des Sables s'arrêta devant un homme, un Kabyle, qui se lamentait et ne cessait ses gémissements que pour injurier Erling.

— Que le seul Dieu le laisse dans l'huile bouillante pendant l'éternité, le chien de roumi qui m'a trompé en me conduisant ici !

Il aperçut la Rose des Sables et tendit sa main sanglante vers elle.

— Ô perle des femmes ! Je mérite mille fois la mort, mais ne juge pas ton esclave avant de l'avoir entendu. La mort me sera douce, si je peux me venger.

— Qui es-tu, ô toi, à la langue si habile ?

— Je suis Amouche le Cruel, de la tribu des Beni-Assour, ainsi appelé par mes frères pour le mérite que je me suis acquis en combattant les infidèles.

— Pourquoi es-tu venu combattre, traître à la langue perfide, contre les tiens ?

— J'ai été trompé, perle de l'Orient. Erling le roux m'a dit que l'on devait combattre contre deux Européens. Je l'ai cru, hélas ! car si ma langue est habile, mon jugement ne vaut pas celui d'un enfant. Mais, cependant, un des lieutenants de l'ermite et les deux chefs blancs me mettaient dans leurs confidences.

— Ce que tu me dis m'intéresse. Où est ton chef perfide ?

— Ah ! je me meurs... Un peu d'eau, ô toi la plus miséricordieuse !

La Rose des Sables lui fit donner de l'eau. Des cavaliers s'arrêtaient devant elle.

— Nous n'avons rien trouvé... Peut-être s'en est-il allé crever le long de l'oued... Son cheval est tué.

— Vous l'avez laissé fuir, chiens que vous êtes. Chiens ! fils de chiennes ! Maintenant, le malheur va fondre sur nous tous comme l'aigle invisible !...

Angela écumait de rage, les bras croisés, les narines palpitantes.

— Tout n'est pas perdu, ô reine de nos yeux !

Le blessé élevait la voix ; il avait vu et se tenait droit, montrant de son bras valide la direction du lit de la rivière sans eau.

— Il est parti par là... sur le cheval d'un de tes guerriers... Je l'ai vu... J'ai bien vu, et je me suis réjoui car je savais que la vengeance me serait facile. Allah ne veut point m'abandonner malgré ma faute. C'était écrit !

La renégate cessa tout d'un coup d'injurier les hommes et les choses, elle se pencha sur l'encolure de son cheval et, regardant l'Arabe, droit dans les yeux, elle dit :

— Allons, parle. Tu auras la vie sauve si je retrouve l'homme que tu servais.

Et Amouche, se souvenant mot pour mot des recommandations de M. Gardinelli, raconta ce qui avait été convenu entre lui et son seul maître : le commissaire.

— L'homme qui m'a trompé a pu franchir le barrage de tes amis. Il avait coiffé le turban et revêtu le burnous d'un des tiens. Ainsi, Allah lui a permis de déjouer leur surveillance. En ce moment, il est à pied, car son cheval s'est abattu près du buisson que tu vois dans la direction de mon doigt...

— Nous l'aurons, cria Angela... En selle !

— Attends. En ce moment, l'homme se cache jusqu'à la nuit. Alors, il fuira pour se rendre à un point que je connais, car, je te l'ai dit, le roumi me faisait des confidences. Son plan de retraite était prévu dans le cas — et c'est arrivé — où la fortune des armes lui serait contraire. Il doit rencontrer dans ce lieu où je devais moi-même le rejoindre un Européen à qui il doit vendre un papier précieux.

— Armand de Galande ! murmura la Rose des Sables.

Amouche fit une grimace de douleur et poursuivit :

— Je te conduirai à cette place, ô toute-puissante, et là tu pourras le tuer. Je ne te demande qu'une faveur...

— Quoi ?

— Que tu ne confies pas à d'autres qu'à moi le plaisir de lui couper la tête.

— Je te le promets si tu me mènes à ce rendez-vous.

— Laisse-moi faire, ô servante de Dieu, et je te livrerai l'homme, il sera épuisé.

Les cavaliers d'Omar, las de battre la brousse et n'ayant rien trouvé, s'étaient regroupés autour d'Omar. Ils formaient une troupe imposante et silencieuse. On entendait seulement hennir les chevaux qui frappaient du pied contre le sol et qui secouaient leurs gourmettes d'argent.

Et Amouche, après s'être bandé la main, expliqua avec de grands gestes le plan astucieusement combiné par M. Gardinelli. Amouche était un des plus fins limiers de la police indigène créée un peu partout dans le territoire occupé pour les besoins de la cause. Il jouait son rôle à merveille.

Ce fut donc lui, sur les conseils d'Omar, qui servit de guide à la mehalla.

— Tu comprends, il ne faut pas donner l'éveil au gibier qui, peut-être, en ce moment, nous écoute et nous épie. Une partie de tes guerriers prendra ostensiblement le chemin du retour. Le plus jeune parmi nous mettra le turban et le burnous de la toute-puissante Rose des Sables... ou elle-même rentrera avec cette troupe, si elle le préfère.

La renégate ricana :

— Il serait beau de me voir revenir à la tête d'une bande de guerriers vaincus. Omar conduira cette troupe. Quant à moi je poursuivrai ma route jusqu'à ce que ma soif de vengeance soit apaisée.

Amouche se prosterna.

— Tu es invincible et je te conduirai jusqu'à la source où tu pourras boire.

La Rose des Sables changea de cheval et revêtit de son burnous un jeune Arabe qui prit la tête de la colonne de ceux qui rentraient au camp avec le cheik à la barbe courte. Il faisait grand jour et cette cavalerie traversa la brousse avec bruit et ostentation, comme l'avait recommandé Amouche.

La Rose des Sables, Amouche et une cinquantaine de cavaliers se dissimulèrent parfaitement dans les rochers afin d'attendre la complicité de la nuit.

La jeune femme, la tête appuyée entre ses bras, s'endormit bientôt. Elle aussi était épuisée. Autour d'elle, rigides comme des statues, veillaient quatre cavaliers noirs. Amouche, geignant toujours, était

adossé à un roc. Un Soudanais gigantesque le surveillait. Un rayon de lune faisait scintiller le fourreau
de cuivre niellé de son yatagan.

— Ah ! gémit Amouche, j'ai soif, ô frère !

— Je n'ai pas d'eau. Et tais-toi ou tu boiras ton
sang !

Amouche se tut. Il s'accagnarda et chercha le
moyen de faire savoir à un complice qui devait rôder
autour du campement que le plan avait réussi avec
la volonté d'Allah, associé, il est vrai, avec celle de
M. Gardinelli.

La nuit était claire et le ciel scintillait d'étoiles.

Amouche monta sur le rocher contre lequel il
s'appuyait et se tint tout droit, les bras levés vers le
ciel.

— Que fais-tu, ô homme sans cervelle ! dit le
Soudanais.

— Je prie pour que la nuit de demain soit celle
de notre victoire !

Au jugé, il se prosterna dans la direction de La
Mecque et commença à prier à voix aiguë.

— Descends ! ordonna le Soudanais.

— J'ai fini, ô frère miséricordieux.

Amouche leva encore une fois ses mains implo-
rantes vers les étoiles. Alors il entendit au loin le cri
trois fois répété du chacal.

— Descends ! répéta le Soudanais.

Amouche descendit, le visage illuminé d'un suave
sourire, certain qu'il était, maintenant, de la réussite
de son message. Le complice avait vu ses gestes et

répondu. Amouche s'enroula dans son manteau et, malgré la douleur lancinante de la blessure, qu'il s'était donnée lui-même, il s'endormit, comme Goha, le simple et le juste.

CHAPITRE QUINZE

Au loin, sur une crête, apparaissaient et disparaissaient les silhouettes des chasseurs d'Afrique, qui précédaient la colonne Dorffer en éclairant le terrain. D'autres cavaliers galopaient sur les flancs. Le gros de la troupe et les vivres, portés sur des chameaux de bât, suivaient les bords d'un oued desséché, comme la plupart des rivières à cette époque de l'année.

Entre les zouaves et les légionnaires, un petit groupe chevauchait. On pouvait reconnaître le capitaine Dorffer, la tunique ouverte, montrant une superbe écharpe de soie à raies rouges, jaunes et vertes qui lui tenait lieu de ceinture. À ses côtés, trottait allégrement le cheval de M. Gardinelli. Celui-ci, coiffé de son grand panama, offrait un visage très satisfait.

— Mon cher capitaine, dans une semaine, nous serons de retour et victorieux. Nous aurons débarrassé la terre d'une remarquable coquine et d'un non moins remarquable coquin. Pour vous, ce sera une paire d'épaulettes en « graine d'épinard » dans vos bottes à la Noël. N'oubliez pas de les placer dans la cheminée.

— Ne fendons bas la beau de l'ours...

— Ta ta ta... On ne dérange pas impunément le commissaire Gardinelli, monsieur le capitaine, et de monter cette affaire m'a coûté un mal inouï et beaucoup d'argent au ministre de l'Intérieur. Je dois réussir. Il faut que je réussisse. En ce moment, le nommé Amouche travaille pour moi. C'est un homme intelligent et sûr que, depuis un an, j'ai rompu à nos méthodes. Il me coûte cher. Mais c'est de l'argent bien placé. Figurez-vous qu'il combat en ce moment à côté du sinistre couple : Erling-l'Ermite.

— Bas bossiple ?

— Mais si. Otto et Erling l'ont choisi et incorporé parmi les cinquante spadassins dont je possède la liste, ce sont eux qui, par mes soins, vont tomber sur une déception. Je vous dirai que la Villareal est prévenue de ce guet-apens et que je ne suis pas étranger à cette révélation !

— Ah tiaple !

— Mon Dieu ! oui. J'espère bien que, dans le courant de la nuit prochaine, Erling et son compère, entourés par des forces imposantes, toute la smala du cheik à la barbe courte, rendront leurs belles âmes au ciel comme on rend un poison ! Mais il faut penser à tout. Admettons que l'un des deux gredins, voire les deux, échappent au massacre. Ce ne sera pas pour longtemps. Amouche, qui fait partie de leurs hommes de confiance, leur jouera une petite pièce de mon invention qui, cette fois — et ce sera la bonne —, les conduira raides comme balles dans la gueule du loup. Et ce sera la fin !

— Fous êtes un homme brécieux, mon cher commissaire !

— C'est le métier, répondit philosophiquement M. Gardinelli. Il en est de même pour vous, mon cher capitaine, car bientôt vous aurez à jouer votre partie en rossant Omar et sa bande de turbulents d'une façon qui les calmera pour bon nombre d'années. La Rose des Sables va tomber dans le piège dont vous êtes la pince. Pas de sensiblerie ! Donnez des ordres, afin qu'elle ne puisse en réchapper. Le contraire serait un grand malheur pour nos armes.

— Fous pouvez être certain que mes hommes achieront bour le mieux. Fous bouvez avoir gonfiance dans mes léchionnaires.

— Ah ! vos légionnaires, capitaine ! Je ne sais comment exprimer l'admiration que je leur porte. C'est parce qu'ils sont là, avec vous, que j'ai foi dans le succès de mon entreprise. La réussite est, en quelque sorte, fatale. Ce soir, quand nous aurons dressé le camp à l'endroit prévu, je recevrai la visite d'un émissaire d'Amouche. Il me confirmera ce que je pense, c'est-à-dire la réussite de la première partie de mon stratagème. Alors, selon notre accord, nous nous diviserons en deux bandes : le gros, commandé par vous, attaquera la renégate et les siens. Pendant ce temps, avec Bertrand, le maréchal des logis Maillard et ses douze gendarmes, j'irai, par prudence, attendre les événements où vous savez.

— Afez-vous assez de fos touze bandores ?

— C'est plus que suffisant, car n'oubliez pas que nous sommes obligés de nous dissimuler. À la réflexion, je laisserai même Bertrand coiffé de mon panama avec vous. Il est nécessaire qu'on croie que je n'ai pas abandonné la colonne. De loin, Bertrand, coiffé de mon élégant chapeau, offrira l'aspect d'un Gardinelli suffisant, ou tout bonnement d'un civil. Ce détail peut avoir son importance, car cette femme possède des yeux de lynx.

À ce moment, un officier s'avança au galop de son cheval : c'était le lieutenant Lahitte, des chasseurs d'Afrique. Il s'arrêta net devant le capitaine Dorffer :

— Mon capitaine, la sécurité est parfaite autour de nous. Nous sommes arrivés à l'emplacement choisi. Je crois également que notre marche n'est pas passée inaperçue des observateurs des « Beni Ramassés ».

— Barfait, monsieur Lahitte. Che fais établir le gamp ici... Occubez-vous de blacer les crands-cardes.

Le capitaine Dorffer prit sa petite trompe en corne, la porta à sa bouche et fit entendre un son lugubre. La colonne s'arrêta.

Dorffer passa au galop jusqu'à l'arrière-garde et donna l'ordre de former les faisceaux. Puis un clairon de la Légion sonna « aux officiers ».

Le lieutenant Lahitte, le lieutenant Tiviniac, les

sous-lieutenants de Ricci et Gonnec vinrent se mettre à la disposition de leur chef.

— Messieurs, on fa gamper ici : c'est-à-tire mancher la soupe et faire semplant de tormir. À minuit, tans le blus crand silence, on lèfera le gamp, et nous refiendrons sur nos bas. Tout à l'heure, tans mon courbi, che fous exbliquerai les moufements. Exécution !

Les officiers revinrent vers leur compagnie, et, tout aussitôt, ce fut l'agitation caractéristique d'une troupe de vieux soldats d'Afrique qui se préparent à bivouaquer. Les uns s'en furent à l'eau, les autres au bois. On égorgea quelques moutons, les feux furent allumés et bientôt l'eau chanta dans toutes les marmites. Les troupiers s'activaient avec bonne humeur.

Les tentes dressées, le capitaine Dorffer se retira sous la sienne en compagnie de M. Gardinelli, qui devait partager son repas.

— Ouf ! che redire mes bottes bour une betite heure.

M. Dorffer tendit les jambes à une ordonnance et chaussa de superbes babouches en cuir jaune citron. Puis il alluma sa pipe.

À ce moment les officiers se glissèrent sous le marabout et saluèrent.

— Asseyez-vous, messieurs, gomme fous bourrez.

Les officiers s'assirent à l'arabe et allumèrent pipes et cigares.

— Messieurs, dit le commissaire, notre chef à

tous, le capitaine Dorffer, vous a expliqué le plan de notre opération. L'ennemi pense que nous allons continuer notre route pour fondre sur la mehalla du cheik Omar. En ce moment, il nous observe, et Omar, déjà prévenu, doit fuir dans la direction de l'ouest. Un peloton de chasseurs d'Afrique, commandé par son lieutenant Lahitte, donnera la charge et simulera la protection d'une colonne inexistante, et pour cause, puisque tout le gros des forces revenues sur ses pas aura pris la direction contraire. Les chasseurs n'engageront pas de combat. Ils simuleront, la nuit prochaine, un bivouac avec de nombreux feux, et, à l'aube, ils regagneront le fort d'Aïn-Tellout, où nous les rejoindrons dans la même journée. Tout le détail de ce mouvement, il appartient à votre chef de vous l'indiquer. Pour ma part, ce que je vous demande à vous tous, messieurs, qui commanderez dans la colonne qui doit lever le camp cette nuit pendant que les chasseurs attendront l'aube, c'est d'opérer dans le plus grand silence, dans le plus grand secret. La réussite de notre projet dépend de cette retraite, qui doit demeurer invisible. L'ennemi continuera à surveiller les feux nombreux de ce bivouac que les chasseurs de M. Lahitte entretiendront avec soin. M'avez-vous bien compris ?

Tous les officiers approuvèrent et l'on but le café servi par l'ordonnance du capitaine Dorffer. Celui-ci ajouta quelques indications précises et l'heure exacte à laquelle chacune de ces opérations devait être exécutée.

— De la brécision, de la brécision et ce sera pien. C'est simblement tu travail d'horlocher.

On but encore du café et chacun s'en fut sous sa tente afin de prendre un peu de repos. La deuxième partie de la nuit et la journée du lendemain promettaient, en effet, des distractions violentes et variées.

Le capitaine Dorffer s'allongea sur le sol dans une couverture dépliée. M. Gardinelli, après avoir usé de sa tabatière, sortit de la tente et s'en fut se promener à travers le bivouac.

Une cinquantaine de feux répandaient une lumière rouge au ras du sol. Par moments, sous l'effet d'une petite brise rafraîchissante venue de la montagne, une flamme s'avivait, montait et se convulsait en découpant sur la toile d'une tente des ombres dansantes et fantastiques.

Tout le monde reposait, sauf le service de garde, car un trompette des chasseurs d'Afrique venait de sonner la retraite. M. Gardinelli errait comme une ombre courte et trapue entre les tentes derrière les faisceaux gardés par une sentinelle qui veillait baïonnette au canon. Il passa derrière les chevaux attachés à la corde et qui raclaient le sol de leurs sabots. Le sien hennit en le sentant derrière lui. M. Gardinelli l'appela et le flatta de la main le long du garrot. Un chasseur, coiffé de son bonnet de police à gland jaune, veillait en fumant sa pipe assis sur une pile de sacs d'avoine.

— Il fera chaud demain, monsieur. On se croirait dans un four.

Le commissaire bavarda un peu avec l'homme de garde et tira sa montre. Tout en fredonnant un air de sa jeunesse il se dirigea vers une sorte de plateforme où veillait un caporal de la Légion.

— Halte-là ! Qui vive ?

M. Gardinelli donna le mot et vint s'asseoir à côté du soldat qui ne perdait pas de vue la campagne environnante.

— Je ne vous dérange pas, mon ami ?

— Non, monsieur Gardinelli... On sait qui vous êtes.

— Et vous n'avez rien vu de suspect, ni rien entendu ?

— Non, tout est calme.

— Bon. Je vais demeurer quelques instants auprès de vous, car j'attends quelqu'un.

— Police ?

— Oui, police... un de mes agents indigènes. Pour nous prévenir, il imitera par trois fois le cri du chacal. Il faudra le laisser avancer, car je le connais. Si, par hasard, c'était un autre... vous appelleriez aux armes.

— Compris. On entendrait voler une mouche.

Les deux hommes guettèrent. Le commissaire assis et le soldat debout.

Soudain le cri du chacal retentit trois fois.

— Je vais prévenir la sentinelle qui est devant nous, fit le caporal.

M. Gardinelli se leva. Pour maîtriser son impatience, il prit sa tabatière et respira un peu de tabac. Il pencha la tête et entendit des pas.

Le caporal revenait, accompagné d'un grand Arabe maigre, à la barbe clairsemée. C'était bien l'homme dont M. Gardinelli espérait la venue.

— Que la paix soit sur toi, chef !

— Que la paix soit sur toi, Ahmed ben Ahmed ! Tes nouvelles sont bonnes ?

— Oui, chef. Tout a réussi comme tu le voulais. J'ai aperçu le signal d'Amouche.

— Dieu soit loué ! fit M. Gardinelli. Je respire.

— Voici ce qui s'est passé, ô chef. Amouche m'avait dit : « Si je ne peux imiter le cri du chacal, je me placerai dans la direction de La Mecque de telle façon que tu puisses m'apercevoir. Je lèverai les bras vers le ciel. Cela voudra dire : "Tout va bien, j'ai réussi." Pour me prouver que tu m'as vu, tu feras entendre trois fois le cri du chacal. » Je l'ai vu, j'ai poussé le cri convenu par trois fois et le corps d'Amouche est rentré dans l'ombre.

— C'est bien, Ahmed. Tu as sans doute faim, sans doute soif ? Suis-moi.

M. Gardinelli, suivi d'Ahmed, rentra dans le camp, qui déjà s'éveillait dans le plus grand silence. Légionnaires et zouaves s'activaient à démonter leurs tentes qu'ils montaient sur leur sac. On distribuait le café chaud par escouade. Ahmed en prit sa part. Il trempa un morceau de pain dans le liquide réconfortant. M. Gardinelli, infatigable — sa résistance

280

physique était légendaire —, se dirigea vers la tente du capitaine Dorffer.

— Ah ! fous foilà, pampocheur ! Fous n'êtes bas honteux, à fôtre ache, de gourir abrès les bédites moukères !

— Mon cheval est sellé ? Bon. J'ai vu mon homme. Jusqu'à présent tout marche comme sur des roulettes.

— Fous êtes le tiaple !

Dans l'ombre de la nuit, les compagnies formaient des masses sombres. Par un signal discret, elles s'ébranlèrent sans bruit. Légionnaires et zouaves avançaient en files, courbés contre le sol. Puis ce furent les gendarmes, accompagnés de M. Gardinelli et du capitaine Dorffer. Un peloton de chass' d'Af' fermait la marche. Tous les cavaliers étaient à pied et conduisaient leurs chevaux par la bride.

Il ne resta plus dans le camp abandonné que le lieutenant Lahitte et ses vingt-cinq chasseurs qui entretenaient soigneusement les petits feux de bivouac pour donner le change aux cavaliers de la Rose des Sables.

La marche de la colonne Dorffer était assez lente. Les hommes avançaient avec précaution, soucieux de ne point révéler leur manœuvre. Légionnaires et zouaves étaient des troupiers aguerris. Parmi les zouaves, la moitié de l'effectif, soit cent cinquante hommes, était composée de Kabyles de la Haute-Kabylie ; des soldats braves et rusés. Quant aux trois cents légionnaires de la compagnie Dorffer, leur éloge n'était plus à faire. En réalité, il n'y avait qu'une plaine de trois ou quatre kilomètres à traverser avant que la colonne pût pénétrer dans le couvert d'une forêt de chênes verts. Entrée sous le bois, la colonne pourrait adopter une allure de marche moins exténuante. Le capitaine Dorffer avait décidé de faire la grand-halte près d'une source que ses éclaireurs avaient déjà repérée depuis longtemps. Le vieux légionnaire allait livrer bataille à l'heure qu'il avait choisie sur un terrain dont il connaissait tous les aspects : sentiers, défilés, propres à ses desseins.

Les soldats se faufilaient de roche en roche dans une brousse difficile. Les premières lueurs de l'aube apparaissaient déjà à l'horizon quand la colonne Dorffer atteignit les premiers arbres de la forêt protectrice. Les hommes se hâtèrent de se dissimuler derrière les arbres aux frondaisons basses et touffues et mirent sac à terre.

— Je pense que nous sommes passés sans être aperçus, dit M. Gardinelli.

— Fous boufez en être certain. Ça fa, ça fa...

Le capitaine s'assit dans l'herbe et consulta sa carte. Le lieutenant Tiviniac, debout, suivait les explications brèves de son chef.

— Fous foyez ? Là, là, là... Ricci se dientra à la lisière afec ses cafaliers... tites bien à Gonnec de faire sonner la charche par toute sa « glique »... La Léchion sordira à la païonnette afec toute sa « glique » pour lui f... le feu au fentre. Allez, mon fieux, tans cinq minutes, on bart. Enfoyez téjà fos éclaireurs...

La colonne reprit sa marche et parvint sans incident dans la clairière où se trouvait la source. Le soleil était déjà haut dans le ciel quand les hommes du capitaine Dorffer s'installèrent pour la grand-halte. On prit un repas froid car il ne pouvait être question d'allumer des feux. Les soldats burent du café mélangé à l'eau fraîche dont chacun renouvela sa provision.

— Fous poirez du fin en refenant. Ch'en ai gommandé teux tonneaux. Si che suis gontemps de fous, fous aurez la bermission de fous biquer le nez.

Les légionnaires se montrèrent particulièrement enchantés par cette promesse et ils se promirent bien de « contenter » leur capitaine dont ils imitaient l'accent.

— Alors, monsieur le capitaine, l'attaque sera commencée à deux heures de l'après-midi ?

— À teux heures juste.

— Bien, je partirai donc d'ici avec Maillard et ses douze gendarmes afin de prendre moi aussi mes positions de combat.

— Foulez-fous un guide ?

— Pas la peine. Ahmed ben Ahmed, qui connaît la région comme sa poche, me conduira très bien dans les fourrés qui entourent le carrefour d'Aïn el-Kebche. De là je suivrai votre manœuvre et si la renégate passe entre les mailles de votre filet, Maillard et ses hommes seront là pour la cueillir. Je vais faire venir Maillard, car notre chemin étant le plus long, nous partirons dans une heure afin d'être en place au moment de l'attaque.

Un légionnaire courut chercher le maréchal des logis Maillard. Le vieux soldat claqua ses talons et salua.

— Vos hommes sont prêts, Maillard ?

— Fin prêts, monsieur le commissaire. Ils sont tous au courant de leur mission et vous pouvez être certain que le gibier ne regagnera pas son terrier.

Trois quarts d'heure plus tard, les gendarmes de Maillard, le commissaire en tête, se dirigeaient en surveillant soigneusement les bords de l'oued qu'ils avaient rejoint vers le lieu désigné par M. Gardinelli.

La renégate, dès qu'elle fut de nouveau sur la piste de guerre, sentit sa colère se calmer et son sang-froid renaître. Elle suivait en tête d'une centaine de cavaliers une sorte de piste caillouteuse qui conduisait au fameux carrefour d'Aïn el-Kebche. Cette femme possédait le génie de la guérilla et savait mener son monde comme un chef de bande prudent, astucieux et brave.

Tout en suivant la piste d'Aïn el-Kebche, elle avait su assurer sa liaison avec le gros de la mehalla conduite par Omar, le cheik à la barbe courte. C'est ce dernier qui lui expédia un émissaire pour lui signaler qu'une colonne de troupes françaises dans laquelle se trouvaient deux civils avait établi son bivouac dans la plaine, non loin de Bir el-Djerâde, c'est-à-dire dans une direction opposée au carrefour d'Aïn el-Kebche. Cette nouvelle était importante et rassurante. La Rose des Sables en prit connaissance avec satisfaction. Elle se félicita d'avoir détourné l'attention des Français. Elle avait déjà identifié un des civils qui ne pouvait être que le policier qui la recherchait. Tandis qu'elle réglerait le compte de Ludwig Erling, Omar réglerait celui de M. Gardinelli. D'après le nombre de feux, la troupe française ne devait pas dépasser l'effectif d'une compagnie d'infanterie et d'une peloton de cavaliers. Les mille fusils d'Omar en auraient facilement raison.

Elle renvoya l'émissaire d'Omar avec des instructions écrites. Elle demandait à son ami de tenir les Français en haleine. Dès qu'elle-même en aurait terminé avec Erling, elle se hâterait de joindre ses forces aux siennes.

La fille aux yeux bridés s'apprêtait à jouer serré. Elle ne pouvait plus courir le risque d'un échec. Sa réputation parmi les Arabes se trouvait en jeu. Elle avait pu constater que l'influence des Français grandissait chaque jour et cette constatation lui donnait de l'inquiétude.

Elle tira de son sac en cuir vert une petite carte qu'elle avait dessinée elle-même. Elle la déplia sur l'encolure de sa jument et l'examina attentivement. Elle s'adressa à Milad le Marocain.

— *Faïn h'na daba ?* (Où sommes-nous ?)

Milad le Marocain se pencha sur la carte et posa son doigt sur un point.

La renégate hocha la tête en signe d'assentiment. Puis elle mit pied à terre, tendit la bride à Milad. Les cavaliers qui l'accompagnaient en firent autant.

Angela demanda alors une tasse de café. Cette boisson lui procurait une grande lucidité d'esprit. Cependant qu'on allumait des feux pour préparer le breuvage pour tous, la fille essayait de lire dans l'avenir et dans le présent caché à ses yeux. Elle suivait pas à pas, dans son imagination ardente, la fuite d'Erling traqué. Dès qu'elle avait eu connaissance de sa fuite, elle avait dépêché sur ses traces une demi-douzaine de cavaliers dont elle attendait le retour. Ces hommes n'avaient pas pour mission de tuer le fugitif. Ils devaient simplement ne pas le perdre de vue, l'épier et le fixer dans son suprême refuge. Angela tenait à sa vengeance. Elle voulait la savourer en détail et que l'homme reconnût, avant d'expirer son dernier souffle, celle qui était venue lui apporter la mort.

Un grand vent de plaine qui chassait le sable l'obligea à chercher un abri. Elle se couvrit le visage d'une écharpe de soie et se mit à l'abri derrière un amoncellement de rocs. Il lui fallait bien attendre, à l'emplacement qu'elle avait choisi, le retour de ses espions. L'impatience lui mettait un peu de rose sur ses joues dorées. Elle tira un petit miroir de sa sacoche de filali vert et se mira. Elle eut un sourire de contentement, car elle se jugeait belle. Sa beauté n'était-elle pas le plus puissant atout de son jeu infernal ?

Elle passa ainsi dans une attente fiévreuse toute une matinée ardente et lourde de lumière. À cette heure, les soldats du capitaine Dorffer s'approchaient déjà de leurs positions de combat.

Le galop d'un cheval la fit sursauter. Un cavalier s'arrêta devant elle. Ce n'était point celui auquel elle pensait. L'émissaire venait de la part du cheik pour signaler que les troupes françaises campaient toujours au même endroit. On avait vu leurs feux jusqu'à l'aurore, et le bivouac, bien dissimulé dans la brousse, était gardé par des sentinelles à cheval et à pied. Comme on voit, les vingt-cinq chasseurs de M. Lahitte se multipliaient.

Naturellement la Rose des Sables apprit avec un vif plaisir que ses ennemis n'avaient pas bougé. Elle renvoya le cavalier.

Ce ne fut que vers dix heures du matin qu'Amouche, accompagné de deux Soudanais géants qui devaient à la fois l'aider et le surveiller, rentra de sa mission.

La Rose des Sables interrompit ses salamalecs d'un geste impatienté.

— Allons... parle !

— Voici donc où nous en sommes, ô rose de Tlemcen ! Quand tu m'as dit de rejoindre l'homme et de l'épier jusqu'au lieu que je t'ai dit, à la fin de cette bataille où tu fus la protégée d'Allah, je savais que je le retrouverais aux environs du carrefour d'Aïn el-Kebche. Je l'ai rattrapé cette nuit, comme il se glissait, comme un chacal qu'il est, le long de la vallée sans eau. Il n'avançait pas vite, car il inspectait scrupuleusement sa route. Ce n'était pas difficile de le suivre. Et ces deux guerriers auxquels tu as sans doute confié ma vie peuvent témoigner de la vérité de ce que je rapporte. À l'aube, Erling le Maudit était en vue du carrefour des pistes. Il regarda tout autour de soi, mangea quelques dattes et s'apprêta à dormir dans une petite caverne à un quart d'heure de cheval du carrefour Aïn el-Kebche.

« En ce moment il dort... »

— Bien, Amouche. Si tu as dit vrai, tu auras ta récompense.

Amouche découvrit ses dents dans un vilain sourire.

— Je crois qu'il ne sera pas seul, fit-il.

— Que veux-tu dire ?

— Je dis qu'il se rencontrera là avec un autre Européen, solitaire et comme traqué, lui aussi. C'est un grand homme triste qui porte un chapeau entouré d'un chèche vert. Lui aussi est à pied et il traîne la jambe comme un lièvre blessé.

— Armand de Galande ! s'exclama la renégate.

Elle rit et dit à voix haute :

— Ce serait amusant que ce niais profitât de ma générosité !

Et elle ajouta pour Amouche qui l'écoutait :

— Celui-là n'est pas dangereux... si c'est celui à qui je pense...

— Alors, ô lumière de la foi, il est temps de partir, répondit Amouche.

Angela, sans dire un mot, la tête baissée, revint vers Milad le Marocain. Il lui tendit le large étrier d'argent damasquiné, et la jeune femme monta lestement en selle, en homme, selon son habitude.

Elle leva son bras vers le ciel et l'abaissa dans la direction du soleil, et tous ses guerriers la suivirent.

— Passe le premier, dit-elle à Amouche.

L'homme prit la tête de la troupe des burnous blancs.

— Et guide-moi vers la réussite ! ajouta la cavalière.

Elle acheva sa pensée en montrant sa carabine accrochée le long des magnifiques étriers en cuir brodé d'or et d'argent.

C'était — et Angela en avait le pressentiment — la dernière étape avant la rapide escarmouche qui mettrait fin à toutes les aventures d'un passé qui encombrait sa vie. Angela ne doutait pas de la réussite. Comme toutes les chevalières de fortune, elle avait confiance en son étoile, qu'elle portait comme un symbole, en or, au chanfrein de son cheval. Le soleil jouait en ce moment sur ce bijou et la renégate, en clignant des yeux, pouvait en apercevoir les reflets flamboyants.

Derrière elle, elle entendait le roulement réconfortant des sabots de sa cavalerie. À cent contre un, peut-être contre deux, la partie était gagnée. Elle pensa alors à M. de Galande, mais avec plus d'ironie que de haine. Elle résolut de l'épargner si les circonstances le permettaient. Mais cette idée ne s'imposa pas longtemps à son esprit. Non, en vérité, épargner ce témoin de l'existence de la marquise de Villareal serait une sottise. Elle chérissait des projets pour l'avenir. En les estimant, il lui sembla bien que la présence de M. de Galande n'était plus nécessaire. Elle le condamna en souriant à cette décision. Pour l'instant, la perspective de se venger et de reprendre le fameux document sur le cadavre de l'espion suffisait à la combler de satisfaction. Elle fut tout d'un coup immensément heureuse. Et c'est d'une fraîche voix de toute jeune fille qu'elle demanda à Amouche :

— Alors, Amouche, on arrive ?

— Nous y sommes bientôt. Que tes gens mettent pied à terre et ne fassent point de bruit. L'homme doit être là-bas, dans ce buisson. Il va falloir l'encercler.

CHAPITRE SEIZE

Pendant tout ce temps, pendant que se manifestait cette activité fiévreuse dans les troupes de la colonne Dorffer et les partisans de la Rose des Sables, Stello galopait de toute la vitesse de son cheval vers le but qu'il lui fallait atteindre. Sa course, cependant, était souvent ralentie, et par les accidents du terrain, et par le souci de tomber sur un parti de cavaliers du cheik à la barbe courte. Après avoir parcouru une assez grande distance, ce qui le mettait à l'abri des chasseurs du commandant de Griois, Stello fut bien obligé de s'arrêter pour laisser paître son cheval dans une prairie. Il en profita pour se restaurer.

Maintenant qu'il était en possession du plan de M. Gardinelli pour en avoir entendu tous les détails quand il était couché sur le toit du bureau du commandant d'Aïn-Tellout, il se sentait affermi dans sa résolution de sauver Angela, car il estimait que le hasard avait mis toutes les chances de son côté.

Plusieurs fois, il regarda l'heure à sa montre. Il n'était pas en retard et pouvait réfléchir à son aise sur les événements passés et sur ceux qui allaient se dérouler. Il ne souhaitait qu'une chose : ne pas subir les supplications d'Angela lui demandant de l'emmener avec lui. Il tentait de se raffermir, de se durcir le cœur pour ne pas céder à l'envoûtement de cette coquine. En toute évidence, de Maichy connaissait mal l'objet de son culte.

La conduite à tenir était assez simple. Il lui fallait, en se dissimulant, avertir Angela avant qu'elle n'eût quitté le carrefour d'Aïn el-Kebche que Stello appelait toujours le carrefour des Trois Couteaux. Le plan Dorffer la ferait tomber dans le piège au moment que les forces d'Omar, attirées par les vingt-cinq chasseurs du lieutenant Lahitte, ne laisseraient en présence du capitaine que la centaine de guerriers qui accompagnaient Angela. Celle-ci, prévenue, pourrait retourner sur ses pas. Ceci fait, Stello se hâterait de regagner Tlemcen et Oran pour s'embarquer sans perdre de temps vers la France.

Il pensa à son retour avec mélancolie. Prématurément vieilli, comblé de souvenirs amers et tenaces, il s'en irait vivre la vie d'un gentleman-farmer dans la gentilhommière normande que lui avait laissée son oncle en mourant. Il chasserait et rentrerait fourbu dans la grande salle à manger pour sécher ses bottes devant la flamme du feu de bois dans la grande cheminée. Stello se complut dans cette image. De grands chiens de chasse gémissaient en rêvant devant l'âtre. Un parfum de soupe délectable s'échappait de la cuisine où une accorte servante rangeait des assiettes. Stello pensa avec plaisir aux toiles qu'il peindrait. Il voulait maintenant devenir un grand peintre. L'art le sauverait des erreurs mélancoliques de sa jeunesse, de son passé de légionnaire et d'amoureux de la petite Angela Perez. Il s'étira pour s'éveiller de ce songe presque le cœur en joie. Il regarda encore une fois l'heure à sa montre. Il avait devant soi toute une demi-journée et toute une nuit avant de rejoindre au petit matin le carrefour des Trois Couteaux afin de prendre les mesures qui s'imposaient pour prévenir Angela.

Ayant bien médité la situation, Stello résolut de se reposer jusqu'à la fin du jour et de parcourir de nuit la distance qui le séparait de son but. Il n'était pas pressé. Personne ne l'avait suivi depuis la sortie du fort. Aucun danger ne pouvait le menacer dans cette plaine facile à surveiller qu'il avait déjà traversée en se rendant chez le cheik Assour el-Rechid en compagnie de M. Dupré et de Louis Hermann.

Stello savait dormir quand l'occasion se présentait. Il laissa son cheval entravé manger à sa fantaisie, confiant dans la vigilance de ce dernier pour l'avertir en hennissant si quelque chose d'insolite survenait pendant son sommeil. Il s'allongea alors dans l'ombre d'un rocher et sombra dans le repos.

Il se réveilla quelques heures plus tard, à la fin de l'après-midi. Il était dispos et presque joyeusement lucide. L'aventure touchait à sa fin et l'existence paisible d'un artiste peintre bien pourvu de bonnes rentes, pour la première fois, le pénétrait par anticipation d'une confortable béatitude.

Tout en chantonnant un alerte refrain de cavalerie, il sella son cheval, vérifia ses armes, carabine et pistolets. Tout était en bon état. Il se prépara alors deux grandes tasses de l'indispensable café. Ainsi repu, il sauta gaiement en selle et prit à travers la brousse, en évitant soigneusement de longer l'une des pistes qui accédait au carrefour des Trois Couteaux.

Le trajet dura toute la nuit car Stello ne négligea aucune précaution pour assurer sa route. Au petit jour, il arriva pas à pas, arrêtant son cheval à chaque minute, devant les fameux buissons qui lui dérobaient encore la vue du carrefour où, quelques mois auparavant, les trois compagnons de hasard avaient failli se battre au couteau.

Stello, avant d'entrer dans les buissons qui couvraient bien une vingtaine d'hectares, mit pied à terre, car le terrain était à peu près impraticable pour un cheval. Il attacha celui-ci dans un endroit bien dissimulé et se mit en devoir d'explorer les alentours, la carabine prête à tirer, comme un patrouilleur.

Il avançait l'attention tendue, écartant doucement de la crosse de sa carabine les raquettes de cactus dont les piquants le menaçaient. Il marcha ainsi dans les fourrés pendant plus d'une heure. Il ne vit rien qui pût l'inquiéter. Alors il revint vers son cheval. Le jour se levait. Stello se dirigea au petit trot vers le carrefour des Trois Couteaux, dont il apercevait, à moins de mille mètres, les hautes roches caractéristiques qui bordaient les pistes entrecroisées. Quand il parvint au centre du carrefour, avant de descendre de cheval, il examina soigneusement le bled. Rien ne remuait. Un silence merveilleux accompagnait le lever du soleil traînant dans le ciel une écharpe aux couleurs féeriques. C'était l'été africain, et la journée promettait une chaleur intolérable. Stello, pour être plus à l'aise, boucla sa jaquette de chasse dans les courroies de son portemanteau et resta en corps de chemise, les manches de ce vêtement retroussées jusqu'aux coudes.

Il explora méthodiquement tous les rochers en dirigeant habilement son cheval entre les obstacles. Tout allait bien. Aucune présence humaine ne venait troubler ce paysage farouche et brûlé dont la vue n'était pas sans influencer désagréablement le jeune homme car elle lui rappelait des souvenirs qu'il n'aimait pas. Il sortit, de l'une de ses sacoches, le plan qu'il avait dessiné et, pour la dixième fois, le consulta, cherchant à lire son destin sur cette carte. L'embuscade dressée par Gardinelli se trouvait là-bas, sur la piste de Gsar el-Oued. Mais ce n'était pas encore l'instant du tragique rendez-vous. Il était sept heures de la matinée et le commissaire avait tendu sa souricière pour deux heures de l'après-midi... Il restait sept heures d'attente, de guet où, peut-être ? l'imprévu jouerait son rôle.

Immobile sur son cheval, M. de Maichy guettait

la piste de Bir el-Djerâde, à l'horizon de laquelle les cavaliers de la Rose des Sables apparaîtraient peu après que le soleil aurait atteint le zénith. Pour l'instant, cette piste était vide, comme était vide ce paysage cruel assoupi dans une atmosphère de fournaise. Stello poussa sa bête en bordure de la piste de Bir el-Djerâde afin de se dissimuler dans les arbousiers qui croissaient tout le long. Soudain, il arrêta sa monture, mit la main devant ses yeux et regarda une crête qui formait l'horizon à droite à côté de la piste.

Il ne pouvait en douter, une silhouette humaine avait franchi d'un bond cette dune. Maintenant, Stello ne voyait plus rien, car l'homme s'était sans doute aplati derrière une roche, surveillant lui-même le paysage avant de tenter un nouveau bond en avant.

Stello prit sa longue-vue et l'ajusta sur le point inquiétant. Il attendit quelques minutes sans rien observer de suspect. Il se demandait s'il n'avait pas été le jouet d'une hallucination quand une tête prudente se montra au-dessus du roc. L'homme était coiffé d'un turban mal enroulé. « Un maraudeur, pensa Stello, ou peut-être encore un éclaireur envoyé par Angela pour explorer le terrain. »

Il continua de regarder. L'homme sortit lentement de l'ombre du rocher et, à sa grande stupeur, Stello vit que c'était un Européen coiffé d'un turban, vêtu simplement d'une chemise et de pantalons de toile blanche enfoncés dans des bottes de cuir noir. L'homme se servit également d'une longue-vue de poche, et, rassuré, sans doute, reprit sa marche en avant dans la direction de Stello. Tous les vingt-cinq pas, il s'arrêtait, regardait tout autour de soi et écoutait. Enfin il entra résolument sur la piste. Il était armé d'une carabine qu'il tenait sous son bras, le canon pointé vers la terre. Il n'était plus maintenant qu'à une centaine de mètres, et Stello vit que son visage était couvert de sang.

Stello remit sa longue-vue dans sa poche et examina l'homme qui s'était assis sur une pierre en geignant sourdement. Il faillit jeter un cri de surprise, car il venait de reconnaître, à n'en pas douter, l'ancien compagnon du carrefour des Trois Couteaux, le fameux Erling, dont il connaissait le passé grâce à M. Gardinelli.

Encore une fois ce misérable se trouvait sur sa route. Pendant quelques secondes, Stello eut envie de l'abattre d'un coup de carabine comme une bête malfaisante. Mais ce geste lui répugnait. Erling était blessé. Sa présence en ce lieu contrariait les projets de Stello. Ne valait-il pas mieux se dérober ? Ce n'était guère possible. Au moindre mouvement qu'il tenterait pour fuir, il serait aperçu par son adversaire. Mieux valait donc ne pas esquiver la rencontre, chercher une explication, peut-être fructueuse. Il serait toujours temps d'avoir recours aux armes si la discussion tournait au tragique. Sans plus hésiter, il poussa son cheval au milieu de la piste.

— Bonjour, monsieur Erling !

L'homme eut un sursaut terrible. Hagard, la

figure pleine de sang, il était vraiment hideux. D'un geste brusque il épaula sa carabine.

— Calmez-vous, monsieur Erling. J'aurais pu vous abattre à mon aise si je l'eusse voulu. Ceci doit vous rassurer provisoirement sur mes intentions. Je ne suis pas un assassin.

— Que faites-vous ici ? balbutia Erling.

— Tenez, dit Stello, tendez-moi votre écuelle. J'ai de l'eau. Vous pourrez laver votre blessure qui n'est pas belle à voir, monsieur Erling.

Stello descendit de cheval et versa de l'eau dans la timbale que Ludwig Erling lui tendit sans prononcer une parole. Quand il eut lavé le sang qui séchait déjà sur sa plaie — un coup de yatagan au front — il déchira la manche de sa chemise et se fit un pansement sommaire que Stello l'aida à fermer. Toujours sans dire un mot, Erling porta à ses lèvres une gourde qui devait contenir du rhum. Il en but une longue gorgée.

— Voici l'homme encore une fois d'aplomb, fit-il sans regarder Stello.

— Alors vous vous sentez mieux ? demanda celui-ci.

— Ma foi, oui, mon jeune monsieur. Je me sens tout à fait assez solide pour vous demander, sans me croire indiscret, ce que vous venez encore chercher par ici.

— Vous n'avez guère changé de caractère, monsieur Erling !

— Je ne pourrai donc faire un pas sans vous trouver dans mes jambes ?

Stello considéra sans s'émouvoir le visage de son interlocuteur. Il haussa les épaules.

— Vous me cherchez querelle, Erling, et vous avez tort. Votre situation n'est cependant pas brillante... la mienne non plus d'ailleurs...

— Comment avez-vous su que je viendrais ici, espion ? Est-ce la Rose des Sables qui vous envoie pour me prévenir ?

Le visage de Stello devint livide, mais il eut la force de se contenir. Ce n'était pas le moment de se quereller et de se battre avec ce sinistre bandit. Son but était d'atteindre la Rose des Sables et de l'avertir que sa vie serait en danger si elle continuait son chemin pour aller au rendez-vous fixé par Amouche. Il sentit tout de suite, en présence de ce nouveau danger créé par la venue intempestive d'Erling, qu'il fallait ruser. Il ne connaissait pas ce détail du plan combiné par le commissaire Gardinelli.

Erling, sans se soucier de lui, avait porté sa gourde à ses lèvres et buvait l'alcool à longs traits. À travers son pansement, une large tache rouge apparaissait. Le rhum lui redonna des forces.

— Oui, mon petit monsieur, je sais qui vous êtes et je connais maintenant tous les détails de votre hypocrite activité. Ce n'est pas la Rose des Sables qui vous paie. C'est une ordure, certes, mais qui, à tout peser, vaut mieux que vous. Au moins, elle joue franchement son rôle !

Stello s'assit tranquillement tout en ne perdant pas de vue l'orateur.

— Votre sang-froid affecté ne me trouble pas, continua l'énergumène. J'ai vu clair dans votre jeu dès que je vous ai rencontré. C'était ici... (il ricana). Nous avons même, sur votre proposition, je crois, jeté nos poignards sur le sol... Monsieur ne voulait pas que nous nous battions... Monsieur jugeait cette attitude indigne d'un gentleman. C'est sans doute votre honorable patron qui vous avait dicté cette conduite distinguée mais prudente.

— Je ne comprends pas, dit Stello, en regardant l'heure à sa montre.

— Vous ne comprenez pas, naturellement ! On ne comprend jamais ce genre d'insinuation. Dois-je vous mettre les points sur les *i* en donnant le nom de Gardinelli à ce bon géomètre de Plumet ?

— Je connais M. Plumet comme vous le connaissez vous-même et j'ignore s'il se fait appeler Gardinelli. C'est probablement un pseudonyme !

— Littéraire, ricana Erling.

— Vous me cherchez une querelle, Erling, je vous le répète. Pourquoi, je l'ignore. Je sais cependant que vous êtes un coquin, mais je ne veux pas me battre avec vous. Je pense que je suis assez clair. Évitez donc de vous monter le sang à la tête. Avec votre blessure, cela ne vaut rien. Écoutez-moi : je dois vous laisser ici à votre destin. Vous vous en tirerez comme bon vous semblera.

— Non, monsieur, vous ne partirez pas.

— Et pourquoi ?

— Parce que je ne suis pas assez sot pour vous laisser revenir près de Gardinelli. Vous êtes envoyé en éclaireur. Je suis peut-être fichu, mais, si vous bougez, mon bon petit monsieur, je ne donnerai pas cher de votre peau.

— Des menaces, des menaces...

Stello fit un geste évasif. Il s'approcha de son cheval et mit la main sur le pommeau de la selle. À ce moment, Erling, plus rouge que jamais, épaula sa carabine.

Stello haussa les épaules et laissa aller son cheval.

— Vous êtes coléreux et bête, fit-il. Ne comprenez-vous pas qu'un triste destin nous a réunis ici, vous, Dupré et moi ? Ce destin porte un nom de femme. Vous savez ce que je veux dire. Laissez-moi partir sans provoquer l'usage des armes. Vous êtes venu ici pour un motif que j'ignore. Moi, je dois poursuivre ma route pour un motif qui ne vous concerne pas. Soyez raisonnable et laissez votre carabine en repos. Vous aurez sans doute besoin de vos munitions pour des raisons plus logiques. Réfléchissez un peu.

— Vous resterez ici et vous m'expliquerez le motif de votre présence.

— Vous n'avez rien à savoir. Vous devriez vous rendre compte que vos menaces ne me font pas peur. Moi aussi, monsieur Erling, je possède une carabine et des pistolets chargés. Qu'il vous suffise de savoir qu'avant ce soir je dois avoir atteint la route de Tlemcen à Gsar el-Oued. En d'autres temps, j'eusse accepté la lutte avec un certain plaisir, car vous me dégoûtez, monsieur Erling ! Mais, pour l'instant, ma vie ne m'appartient pas. J'ai une existence à sauver, monsieur, et ce n'est pas la vôtre, ah ! fichtre non ! Suis-je assez franc ?

Erling se contenta de grogner. Encore une fois, il eut recours à sa gourde pour y puiser l'inspiration.

Mais Stello ne prêtait guère attention à son adversaire, en vérité assez indécis. Tout en surveillant Erling, il ne perdait pas de vue les alentours de ce sinistre carrefour. À chaque seconde, il s'attendait à voir l'immobilité des choses disparaître pour révéler les signes précurseurs d'une agitation sournoise.

Il fallait en finir. Au moment où il s'apprêtait à bondir en selle en abattant au besoin Erling d'un coup de pistolet — il en serrait la crosse dans la poche de sa jaquette de chasse — il eut la sensation très nette qu'au loin une ombre humaine s'était déplacée sur le sol.

— Trop tard, bon Dieu !... fit-il à voix haute.

Erling abaissa le canon de sa carabine et tourna la tête instinctivement. Il dut apercevoir, lui aussi, quelque chose, car il se dissimula derrière un buisson qui se trouvait un peu derrière lui.

— Il faut pourtant que je passe, gémit Stello.

Devant ses yeux, un homme s'était caché derrière une roche, à trois cents mètres au moins, hors de la portée d'un fusil. Il ne bougeait plus. Sans doute avait-il aperçu les deux hommes. Et de son côté, il observait leurs mouvements. Était-ce un partisan de la Rose des Sables, ou l'extrême pointe d'avant-garde de la colonne Dorffer ? Il fallait savoir coûte que coûte. Les aiguilles de la montre tournaient, et Stello comprenait qu'il avait perdu trop de temps. Il en était encore à se demander quel parti il allait prendre, quand une détonation retentit à ses oreilles, Erling ouvrait le feu sur l'homme qui venait d'apparaître en pleine lumière.

— Bougre d'imbécile... ne tirez pas. Vous voulez probablement ameuter contre nous toutes les forces qui rôdent en ces parages !

En disant ces mots, Stello sauta en selle et piqua sa bête au flanc. D'une main, il agitait un mouchoir noué au canon de sa carabine.

Dès qu'il fut à portée de voix de l'inconnu, il cria :
— Ne tirez pas !

L'homme abaissa son fusil en se tenant, toutefois, sur la défensive. Stello arriva sur lui comme une trombe. Il arrêta brusquement son cheval qui fléchit sur les jarrets. Stello poussa un cri de surprise.

— Monsieur Dupré !

— Ou M. Armand de Galande, si vous le préférez. Est-ce vous, monsieur, qui m'avez fait l'honneur de me prendre pour cible ? J'ai peine à le croire. Il faut avouer que je vous le pardonne volontiers. En ce lieu et à cette époque, on ne sait pas très bien ce que l'on rencontre sur son chemin.

— Ce n'est pas moi qui ai tiré... mais un compa-

gnon que vous connaissez et qui n'est guère recommandable.

— Serait-ce ce bon M. Hermann ou plus exactement Ludwig Erling ?

— C'est lui. Il a bu. C'est un coquin et une
brute.

— Ma foi, oui, répondit M. de Galande ; mais
voyez, monsieur Stello.

— Ou de Maichy, fit Stello.

— Mais voyez, monsieur de Maichy, comme la
Providence conduit bien les événements. C'est précisément ce personnage que je recherche.

— Méfiez-vous de lui, fit Stello. Il est armé et
l'alcool paraît le rendre encore plus irritable qu'il ne
l'est à jeun. Je voudrais bien vous assister dans cette
entrevue, malheureusement je dois poursuivre une
tâche et je n'ai que trop tardé par la faute de ce
sinistre drôle.

— Je suis navré que vous ne puissiez me servir de
second dans cette affaire où l'un de nous, Erling ou
moi, restera sans doute sur le terrain.

— Écoutez, fit Stello avant de s'élancer en avant,
il est dix heures, il se peut que je sois de retour dans
deux heures. Si vous avez quelque chose d'un peu...
spécial à confier à cet homme, retardez ce moment
le plus longtemps que vous pourrez. Dans quelques
heures, je serai libre... tout à fait libre.

M. de Galande hocha la tête et tendit la main à
Stello.

— Allez, ami... et que la chance soit avec vous !

Stello ajusta son chapeau et fonça droit devant lui dans la direction de Bir el-Djerâde.

M. de Galande le regarda longtemps. Quand le cavalier eut disparu, il examina soigneusement les platines de sa carabine et, tout en utilisant les accidents du sol pour s'abriter, il s'avança résolument dans la direction de l'énergumène que l'on voyait au loin, assis sur une grosse pierre en plein soleil.

Tout en avançant avec la plus grande circonspection, M. de Galande pensait à ce que Stello lui avait dit avant de partir. Sa présence simplifierait sans doute l'opération qu'il méditait depuis de longs jours. Erling hésiterait peut-être à entreprendre une lutte contre deux hommes courageux. M. de Galande répugnait à se servir de ses armes. Il voulait offrir de l'or pour rentrer en possession de ce papier dont le vol avait mis son honneur en jeu. Il ne tenait pas à se venger de ses malheurs en tuant l'homme qui les avait provoqués indirectement.

Erling, sur son roc ardent, buvait du rhum et ne voyait pas le nouveau venu qui, à moins de cent mètres de lui, l'observait attentivement.

— Cet homme est fou, pensa M. de Galande qui s'agenouilla dans les hautes herbes et ne bougea plus.

CHAPITRE DIX-SEPT

Depuis son départ du douar d'Assour el-Rechid, M. de Galande avait connu des jours mouvementés. Il avait cependant appris quelque chose, malgré la traîtrise d'Ali, son envoyé auprès de la renégate, c'est que la lettre volée était toujours en la possession de cet Hermann dont le nom véritable était Erling. M. de Galande, grâce aux révélations de Julia, à Londres, en savait assez sur cet homme pour comprendre qu'il représentait son ennemi le plus dangereux.

De tout ceci, M. de Galande en avait eu confirmation, non pas tant par un effet du hasard que par cet extraordinaire besoin de ragots qui domine les femmes arabes quand leurs grands silencieux époux parlent trop de leurs affaires. C'était presque tout de suite après avoir abandonné la terre hospitalière d'Assour el-Rechid que M. de Galande devait fortuitement renouer les deux tronçons de sa piste coupée par la collaboration Hermann-Ali.

M. de Galande chevauchait, tête baissée, d'assez

mélancolique humeur, quand un léger bruit un peu à sa droite, dans le joli chemin de la palmeraie qu'il traversait, lui fit lever les yeux vers cette direction.

Un spectacle ravissant, d'une pureté biblique, s'offrit à ses regards charmés. Une jeune femme vêtue d'une foutah de couleurs sombres, le visage dévoilé, puisait de l'eau à une source dont le trop-plein se répandait dans l'herbe en petits ruisseaux d'argent. De beaux arbres formaient au-dessus de la silhouette élégante de cette jeune personne une voûte d'ombre et de fraîcheur délicieuse.

La jeune femme ou la jeune fille, qui n'avait pas entendu venir le cavalier, car l'herbe, comme un tapis, feutrait les pas du cheval, chantait pour elle-même, tout en remplissant sa guerba, une sorte de mélopée, plaintive, mais curieusement évocatrice. Elle mimait sa chanson et pour cela s'arrêtait de remplir son outre de peau. Elle enroulait un collier imaginaire autour de son cou délicat quand M. de Galande, ému par ce gracieux tableau de genre, la salua de quelques paroles fleuries, de celles que les femmes arabes aiment à entendre.

La jeune beauté surprise fit un bond de gazelle et se voila tout de suite le visage jusqu'à la hauteur de ses beaux yeux malicieux.

— Ô Meryem, tu es belle comme la rose au soleil levant et ton sourire éclaire le jour à son aurore. Je sais que tu es une jeune fille décente, ô Meryem, et ton voile sur ton visage est un nuage qui cache une étoile.

La jeune femme se mit à rire et, peu farouche, s'assit à côté de la source en simulant un grand geste de confusion agréable.

— Ô seigneur, je te reconnais bien. Tu es l'hôte de mon maître, le généreux Assour. À la fin du repas, j'ai souvent versé l'eau de cette source sur tes mains...

M. de Galande avait tout de suite reconnu cette gentille petite servante qui, à chaque repas, lui offrait l'eau pour ses ablutions. Il avait été généreux avec la petite et elle lui en gardait reconnaissance.

M. de Galande n'était pas pressé. Et bien lui en prit. Il descendit de cheval et s'approcha de l'enfant :

— Comment se fait-il, Meryem, que tu sois seule si loin de ton douar ?

— Les femmes sont à l'oued pour laver le linge. Alors, je suis venue seule à la source pour me promener et peut-être pour...

— Ah ! petite Meryem, ne me cache rien !

La jeune fille se mit à rire et rajusta son voile qui s'était déplacé.

— Je ne le dirai pas...

M. de Galande regarda longuement l'enfant qui minaudait. Il ne voulut pas comprendre et haussa les épaules en souriant.

Mais la gamine était fine et rusée. Elle devina la pensée de l'homme et dit :

— Tu te méprends, ô seigneur ! Meryem est

reconnaissante parce que tu fus bon pour elle. Elle peut te donner une grande preuve de son amitié. Si je suis venue, aujourd'hui, seule, à la fontaine, c'est parce que je connaissais ton départ et que je voulais te rencontrer pour te dire ce que je sais. Tu en feras ton profit.

M. de Galande s'assit à son tour sur l'herbe à côté de Meryem.

— J'ai entendu, il y a quelques jours, la veille de son départ pour le douar du cheik à la barbe courte, Ali, le Soudanais, qui parlait à voix basse avec le grand rouge qui est venu avec toi et l'autre roumi. Ce gros homme aux cheveux ardents n'est pas ton ami, tu peux m'en croire...

— Qui te fait dire cela ?

— Je peux le dire sans me tromper car j'ai vu et j'ai entendu. Tout d'abord tu as écrit une lettre à une femme. Bien. Cette lettre, Ali devait la lui remettre. Est-ce vrai ? Eh bien, moi, Meryem, j'ai vu, vu de mes propres yeux, Ali faire lire ta lettre à l'homme rouge qui a paru très intéressé. Après avoir décacheté ta lettre et l'avoir refermée soigneusement, il l'a rendue au Soudanais en lui promettant une grosse somme d'or pour qu'il lui fasse lire la réponse.

— As-tu vu l'homme rouge lire la réponse ?

— Oui. J'ai guetté son retour. C'était dans l'oasis. L'homme aux cheveux rouges s'appelle Erling. J'ai bien retenu son nom. Ali a touché le prix de sa trahison et moi, Meryem, je te dis : prends garde à cet homme car il médite ta mort.

M. de Galande demeura plongé dans une profonde méditation. Il ouvrit enfin sa bourse et prit une pièce d'or qu'il voulut passer dans la main de Meryem.

— Tiens, petite, prends cela pour toi. Tu t'achèteras un collier.

La gamine se redressa et repoussa le bras de M. de Galande.

— Je ne m'appelle pas Ali ! fit-elle.

M. de Galande regarda la jeune fille et remit l'or dans sa bourse.

— Il faut m'excuser, petite. Je ne me pardonnerai jamais ce geste.

— Bien, seigneur, dit Meryem, redevenue souriante. Mais ce n'est pas tout. Si je suis venue à la source sans mes compagnes, c'est qu'un étranger qui voyage avec les soldats français m'a fait parvenir par l'un de ses hommes la lettre que voici. Je l'avais rencontré hier. Il apprit, ce jour-là, que j'étais ton amie et il me dit : « Meryem, la vie du Français est en danger. Guette-le. Et quand il sera seul, tu lui remettras une lettre que je te ferai porter demain. » Il y a une heure que j'ai cette lettre. Je savais que tu passerais par ici.

Elle tendit la lettre à M. de Galande qui commença à en déchirer l'enveloppe.

— Je te dis adieu, seigneur, et je prie Allah et le Prophète qu'ils t'accordent longue vie, un cœur de lion et le souvenir de Meryem.

Aussi légère qu'une gazelle, elle disparut dans le

feuillage touffu avant même que M. de Galande ait pu esquisser un geste pour la retenir. Il décacheta la lettre, en vérité très brève, quelques lignes d'une petite écriture volontaire.

Monsieur,

En m'occupant d'une affaire qui vous intéresse indirectement, j'ai eu l'occasion d'apprendre qu'un certain document secret auquel vous paraissez tenir se trouve en ce moment dans la poche d'un certain Ludwig Erling qui se fait appeler Louis Hermann. Je pense que vous ferez bon usage de ce renseignement dont les sources sont sérieuses.

C'était tout : il n'y avait point de signature pour terminer.

M. de Galande regarda la lettre et, finalement, la déchira en menus morceaux qu'il sema à droite et à gauche.

— Ma foi, se dit M. de Galande, cet avis mystérieux s'accorde avec ce que je pensais. À cette heure, il me faut prendre la piste de Bir el-Djerâde. Je rencontrerai sans doute, dans ses parages, la fin de cette aventure.

Il se mit en selle et hésita un moment sur la direction qu'il voulait prendre. Il s'orienta ensuite à la boussole et mit son cheval au pas dans un sentier à peine tracé qui pouvait cependant indiquer un passage pour traverser l'oasis dans la direction du puits des Sauterelles.

Tout en se rendant vers son but, M. de Galande mesurait les difficultés de son entreprise. Il était seul et son adversaire ne l'était point. Il savait qu'un mystérieux ermite était l'ami d'Erling. M. de Galande parlait peu, mais il se renseignait bien. Il avait appris beaucoup durant son séjour chez le cheik Assour el-Rechid. À cette heure, il eût donné beaucoup pour chevaucher à côté de cet artiste peintre qui se faisait appeler Stello et qui, lui, cherchait la femme de son amour. Mais le jeune homme battait la brousse et M. de Galande ne savait dans quelle direction. Il avait confiance en Stello. Il ne savait pas à ce moment que Stello et Erling avaient suivi cette même route ensemble, quinze jours plus tôt.

Les indications qu'il avait pu recueillir dans le douar sur la caverne de cet étrange anachorète lui paraissaient maintenant assez vagues. Par là... par là... des mains brunes indiquaient toujours la même direction. M. de Galande espérait rencontrer, sur son chemin, un nomade paisible qui pourrait le renseigner avec plus de précision. Il espérait également ne point rencontrer les cavaliers de l'émir ou ceux, tout aussi malfaisants, du cheik à la barbe courte. Ces pensées l'encourageaient à surveiller son chemin. Il se confiait, d'ailleurs, à la vigilance de son cheval. Un peu avant la tombée de la nuit, il rencontra un vieux Bédouin à califourchon sur un âne minuscule. L'homme, desséché comme un cep de vigne, était coiffé d'un immense chapeau garni de pompons de laine multicolore.

— *Sbah'el Kheir, ya, sidi.*

Le salut du vieux était courtois. M. de Galande y répondit et demanda en montrant l'horizon :

— *Bir el-Djerâde ?*

— Yéh... yéh, fit le vieux en montrant la même direction.

— Le seigneur européen qui vit seul est-il toujours dans sa caverne ?

Le vieux fit un signe d'assentiment. M. de Galande lui remit une pièce de monnaie et poursuivit sa route dans la direction indiquée. Au bout de cent mètres, il se trouva en face de deux pistes qui formaient une fourche. Il hésita un instant et eut la bonne inspiration de se retourner. Il vit, alors, à cent mètres de lui le vieillard toujours monté sur son petit bourricot et qui lui faisait signe de prendre la piste de droite. M. de Galande mit son cheval au trot et s'engagea sur ce chemin de sable, fin, doux et fauve.

En avançant maintenant au pas, M. de Galande examinait le sol avec la plus grande attention. Pour mieux observer des traces qui apparaissaient nettement sur le sable, il mit pied à terre, et continua d'avancer, son cheval le suivant comme un chien son maître. De temps en temps il se baissait pour mieux voir. Une troupe de cavaliers avait dû passer par là il n'y avait pas longtemps. Les empreintes des fers demeuraient fraîches. M. de Galande trouva un lambeau de papier qui provenait de l'enveloppe d'un paquet de tabac espagnol. Ce détail le laissa songeur. Les Arabes, pour l'ordinaire, fumaient le kif. Fallait-il conclure de cette trouvaille qu'une troupe de soldats français venait de suivre ce chemin ? M. de Galande le crut parce que cette explication en valait bien une autre. Mais, au fond, ce n'était pas une certitude et son esprit, toujours tendu vers une agression possible, exigeait une certitude même provisoire. Il parcourut encore, toujours à pied, deux ou trois cents mètres et, cette fois, en se baissant vers le sol trouva cette certitude que sa raison exigeait. C'était une enveloppe froissée en boule qu'il déplia aussitôt. Elle portait ces mots tracés avec un gros crayon bleu : *Signor Pablo*. M. de Galande se mordit les lèvres et regarda l'enveloppe que les circonstances rendaient mystérieuse.

Quel personnage était ce Pablo ? Et que cherchait-il sur cette piste ? M. de Galande se posait ces questions sans pouvoir les résoudre. Mais il était incontestable et tout de même surprenant qu'un Européen, accompagné d'une bande de cavaliers, était passé en cet endroit. M. de Galande glissa machinalement l'enveloppe dans une poche et poursuivit sa route méthodiquement, essayant d'interroger le paysage qui l'entourait.

Les conditions dans lesquelles il voyageait dans ce pays dangereux maintenaient son inquiétude dans un état de vigilance assez épuisant. N'ayant rencontré aucun indice nouveau, il résolut de s'arrêter dans un endroit favorable pour y prendre son repos.

Peu sûr de son chemin, il préférait voyager pendant le jour. Il rencontra un terrain favorable, comme il était facile d'en rencontrer aux bords de la montagne. C'était une petite grotte où un homme avait la place de s'étendre, derrière un figuier rabougri où l'on pouvait attacher un cheval.

M. de Galande prit un peu de nourriture et s'allongea, la carabine près de lui. Malgré sa fatigue, il tarda à s'endormir. La solitude pesait sur sa poitrine, et, comme il arrive quand un homme vit depuis longtemps en état d'alarme, il pressentait un danger vague, subtil et décourageant.

Il s'endormit enfin, et fut tout surpris de se réveiller sain et sauf au petit jour. Il se passa un peu d'alcool sur le visage et alla voir son cheval qu'il détacha pour le laisser manger. Autour de lui tout semblait calme. M. de Galande scruta longtemps l'horizon autour de son gîte. Rasséréné, il se risqua à allumer un petit feu pour l'eau de son café. Il n'y avait pas un souffle d'air et la fumée montait toute droite dans le ciel. Quand l'eau fut chaude, M. de Galande se hâta de détruire le feu. Le café bouillant lui rendit toute son énergie. Les mauvais pressentiments se dispersèrent.

Il bouchonna son cheval, lui donna une poignée d'avoine qu'il prit dans son bissac et remonta en selle, le regard vif et le cœur solide.

Pendant les premières heures du jour il ne se passa rien d'anormal. Ce ne fut que vers neuf heures du

315

matin que M. de Galande rencontra sur sa route l'aventure qui le bouleversa.

Il cheminait, se laissant presque guider par son cheval, quand soudain celui-ci fit un écart. Un vieil Arabe recouvert d'un lambeau d'étoffe qui lui ceignait les reins se mit en travers de la piste en levant les bras vers le ciel.

— Hé là ! l'ami, fit M. de Galande en flattant son cheval qui tremblait.

Le vieil homme s'avança et, sans dire un mot, montra ses deux yeux ou plus exactement ses deux orbites sanguinolentes et pleines de pus.

— *Aâma ?* (aveugle ?) fit M. de Galande.

— Oui... sidi. Moi, ancien zouave. Voir z'ermite, à Bir el-Djerâde.

— Je peux te conduire, connais-tu le chemin ?

L'homme fit un signe d'assentiment.

— Prends la queue de mon cheval et quand j'hésiterai je te demanderai ma route.

L'étrange couple se mit en marche. Tout en modérant l'allure de son cheval, M. de Galande interrogeait l'aveugle. Ce n'était pas facile, car il ne savait que quelques mots de français appris au régiment. Il répétait souvent : « Capitan Cavaignac, capitan Cavaignac... » comme un perroquet qui chante son couplet. À la longue, M. de Galande crut comprendre que l'ancien zouave se rendait chez le fameux ermite pour le consulter au sujet de ses yeux. L'ermite jouissait d'une réputation de toubib habile.

Ce fait expliquait la sécurité dont il bénéficiait, car les indigènes semblaient recourir à ses services.

Tout en essayant d'obtenir ces renseignements, bribe par bribe, M. de Galande s'informait de la route à suivre. L'aveugle la connaissait dans tous ses détails.

— Là, disait-il, près de trois cactus, il faut aller vers le nord jusqu'à l'oued. Le suivre en amont pendant une portée de fusil. Le traverser à la haute pierre pointue. Aller tout droit vers l'orient. C'est là.

Émerveillé, M. de Galande lui demanda :

— Et si tu ne m'avais pas rencontré, comment aurais-tu reconnu ta route ?

— Je serais arrivé, dit le vieux, car Allah conduit ceux qui ne voient plus.

Les indications du bonhomme furent exactes. Galande et son compagnon traversèrent l'oued desséché devant un rocher qui ressemblait à un gigantesque pain de sucre.

— Devant toi, dit le vieil aveugle, tu dois apercevoir, à deux portées de fusil, trois palmiers et un gros buisson de cactus.

— Je les vois, répondit M. de Galande.

— C'est là, dit le vieux. Maintenant, laisse-moi me tourner vers La Mecque et remercier Dieu et le Prophète.

Il s'agenouilla la tête sur le sable, les bras écartés du corps, et commença à psalmodier ses interminables prières.

Puisqu'il était rendu au but, M. de Galande ne

jugea pas nécessaire de l'attendre. Bien au contraire, il donna de l'éperon légèrement et avança au galop dans la direction des trois palmiers. C'est alors qu'il aperçut, au pied d'une petite dune, l'entrée de la demeure de l'ermite, nommé Otto.

— Ohé ! Ohé !

M. de Galande appela sans descendre de cheval. Par civilité, il voulait prévenir le propriétaire de cette demeure sauvage de l'arrivée d'un visiteur.

Il attendit vainement une réponse. Nul ne se montra. Il se retourna dans la direction de l'aveugle. Celui-ci n'avait pas changé de place, mais il semblait fouiller le sol de la lame de son poignard courbe.

— Il cherche un trésor ? se demanda M. de Galande, sans plus prêter d'attention à l'attitude du vieil infirme.

Il appela encore une fois. Sa voix résonna désagréablement dans le silence. Alors il descendit de cheval et s'avança vers l'entrée de la caverne qui était fermée par un lourd tapis en peaux de chèvres.

Il écarta ce rideau d'une main et pénétra dans la grotte. Le rideau se referma derrière son dos. M. de Galande écarquillait vainement les yeux pour essayer d'apercevoir quelque chose. Il releva la portière qu'il accrocha à un clou. La lumière du soleil entra comme un flot et M. de Galande aperçut un pendu. Il était déjà noir, la langue tuméfiée pendait de côté, hors de la bouche. Le visage du supplicié était terrifiant. Galande recula vers la porte. Son cœur se souleva.

Il revint vers le corps immobile au bout de la corde droite comme un fil à plomb. En faisant effort sur lui-même il coupa la corde et le cadavre s'écroula sur le sable fin qui tapissait le sol. Il ressemblait maintenant à une grande marionnette détraquée et raide. Une pancarte de carton sur laquelle quelques mots étaient tracés au crayon était suspendue à son cou par une ficelle. Galande se pencha sur cette pancarte et lut : « Mé compliment à ton f... comisair de polisse. Carlo. »

M. de Galande se passa la main sur le menton et fit quelques pas dans la grotte. Il paraissait évident que son propriétaire l'avait abandonnée définitivement. Il ne restait plus rien que ce cadavre difficile à identifier. L'homme pendu était un Arabe coiffé d'un petit fez rouge, rond comme un bol. Il était simplement vêtu d'une veste usagée et d'un saroual de coton.

M. de Galande demeura un bon moment à méditer sur ce crime mystérieux qui ne pouvait avoir été commis que par des Européens. Des musulmans eussent coupé la tête à leur victime afin de lui interdire l'entrée du Paradis. L'enveloppe trouvée sur la piste était la carte de visite de celui qui avait signé ce meurtre. Quel était ce Pablo ? Quel était ce commissaire de police ? Bien que M. de Galande associât dans sa pensée l'étrange avertissement que lui avait donné Meryem au lugubre spectacle qu'il avait sous les yeux, il ne pouvait imaginer le lien logique qui reliait ces deux faits.

Il sortit de la grotte pour retrouver l'aveugle dont il avait oublié la présence. L'homme aux yeux morts qui connaissait si bien le chemin de Bir el-Djerâde pourrait peut-être lui donner un avis intéressant.

Dans la lumière du soleil, Galande respira à pleins poumons. Il regarda tout autour de lui pour retrouver la présence de l'aveugle. L'homme avait disparu. M. de Galande eut le pressentiment très net qu'un grand danger le menaçait. L'horrible vision avait frappé son imagination et sa nervosité était extrême. Il arma sa carabine et marcha vers son cheval qui, tout en mangeant l'herbe assez rare, s'était éloigné d'une centaine de mètres. Arrivé à mi-chemin, une détonation l'arrêta net. Son cheval jeta un hennissement de douleur et roula sur le sol. Un petit nuage de fumée s'élevait au-dessus d'un bloc de granit.

Instinctivement, M. de Galande s'était agenouillé derrière quelques grosses pierres posées l'une sur l'autre. Il s'apprêta à épauler. Au bout de deux ou trois minutes d'attente, il aperçut un visage qui se découvrait prudemment au-dessus du quartier de roc encore enveloppé d'une légère écharpe de fumée. Il reconnut l'aveugle. L'homme ne le vit sans doute pas car il abandonna son abri pour essayer de contourner la dune afin de prendre sous son tir l'entrée de la caverne. Galande essaya, par deux fois, de le mettre en joue, mais au moment même qu'il allait appuyer sur la gâchette le vieux disparaissait. Il l'entendit recharger son arme, un fusil de munition volé.

La baguette rebondissait dans le canon avec un bruit argentin.

M. de Galande se déplaça à son tour pour couper la route à son adversaire. Celui-ci l'aperçut. Il poussa un cri sauvage et lâcha son coup de fusil. La balle passa en bourdonnant à quelques centimètres du but.

Alors M. de Galande marcha résolument sur l'homme en ne lui laissant pas le temps de recharger son fusil. L'assassin poussait des cris d'épouvante. En brandissant son poignard il se rua comme une brute fanatique contre M. de Galande. Une balle l'arrêta. Il fit un bond terrible et roula sur le sol. Pistolets en main, deux balles à tirer, le vainqueur s'approcha. L'homme était mort. M. de Galande rechargea sa carabine, s'abrita et attendit. Pendant deux heures, il veilla deux morts sans pouvoir s'expliquer les raisons de cette aventure. La perte de son cheval le désespérait.

CHAPITRE DIX-HUIT

Au petit jour, M. de Galande, qui s'était assoupi, sortit de sa torpeur. Il pensa tout de suite à son cheval mort. Il se rendit auprès de son compagnon d'armes et mit dans sa gibecière de cuir une partie des munitions et les provisions contenues dans les sacoches et dans le portemanteau. Ayant enfin rempli d'eau sa gourde de peau, il tourna le dos aux lugubres images que le soleil allait rendre plus horribles. En vérité, la route était longue pour atteindre le carrefour des Trois Couteaux où il savait retrouver la piste de Tlemcen. Armand de Galande avait, maintenant, perdu tout espoir de retrouver l'ermite et, par conséquent, Erling. Le hasard lui avait permis de constater qu'un drame inexplicable avait bouleversé ses plans. Il ne pouvait mieux agir qu'en essayant de regagner les lignes françaises et d'atteindre la côte méditerranéenne pour revenir en France. Il se sentait infiniment las et dégoûté de l'aventure dans laquelle il s'était engagé avec toutes ses forces. Mais son échec l'écœurait. Une grande amertume le possédait devant tant d'efforts accomplis en pure perte.

Tout en se livrant à ces pensées débilitantes, Galande avançait d'un pas régulier. Il connaissait la route. Elle n'était point sûre. Il lui fallait bien vingt-quatre heures pour atteindre le carrefour. Après quoi il se serait rendu dans la zone de sécurité, à peu près contrôlée par les patrouilles françaises. Le soleil pesait lourdement sur les épaules du piéton. M. de Galande mâchait une tige d'herbe qui lui paraissait singulièrement âcre. La silhouette de l'aveugle, roulé en boule, sur le sable, comme un lapin fusillé, ne parvenait pas à s'effacer dans son souvenir. C'était le premier homme qu'il avait tué. Il avait accompli son geste homicide pour sauver sa vie. Il pouvait s'absoudre. Mais cette absolution raisonnable ne le calmait pas.

Le chemin paraissait semé d'embûches. Souvent, Galande pensait voir une ombre se glisser pour l'attendre derrière un roc. Les oasis semblaient saturées de mystères alarmants. Il hésitait avant de pénétrer dans leur fraîcheur qu'il pressentait perfide. Le murmure des sources lui faisait l'effet d'une chanson mortuaire, d'une faible pointe d'agonie. Une colombe qui s'envolait d'une touffe de lauriers-roses lui arrêtait les battements du cœur et le suffoquait. Il avançait le doigt sur la détente de la carabine.

M. de Galande passa les heures les plus chaudes de la journée sous les ombrages frais d'une jolie petite oasis qui sentait l'orange et l'eau pure. Un ruisselet fredonnait gaiement entre les fenouils sauvages. Le voyageur y baigna son visage brillant et s'endormit ensuite dans une cachette de feuillage dru. Il s'éveilla, en quelque sorte remis à neuf. Il avait dormi longtemps et le jour déclinait déjà. Il lui faudrait marcher presque toute la nuit sans arrêt s'il voulait arriver dans la matinée au carrefour de la piste de Tlemcen. À cette heure, Stello galopait dans cette direction ainsi que la renégate, tandis qu'Erling vaincu était sur le point d'arriver. À cette heure la colonne Dorffer levait le camp et M. Gardinelli s'offrait une prise de satisfaction. Mais tout cela, naturellement, M. de Galande l'ignorait.

Après l'obligatoire tasse de café, M. de Galande reprit sa route dans les ténèbres. Il reconnaissait bien son chemin. À sa droite, il apercevait la kouba blanche où il s'était défendu avec Erling et Stello contre les guerriers d'Omar à la barbe courte. Il suivait de loin, en la longeant, la longue piste qui accédait à Aïn el-Kebche, le carrefour baptisé par ses compagnons : le carrefour des Trois Couteaux.

Galande ne pouvait s'empêcher de sourire avec amertume aux caprices de la destinée qui avait réuni dans une alliance impromptu deux mortels ennemis. À vrai dire, M. de Galande ne pensait pas que sa rencontre avec Erling, si elle se fût produite, eût été meurtrière. Il avait compté, et il comptait encore sur la vénalité du personnage pour régler cette affaire avec de l'or. Tout en marchant, la pensée lui venait parfois qu'il rencontrerait Erling, que cette rencontre était fatale. Puis il souriait à ses pensées et il haussait les épaules, car il jugeait ce pressentiment peu vraisemblable.

Erling, en ce moment, était au diable vauvert. Et Galande savait fort bien qu'il n'était guère possible de trouver ce lieu sur la meilleure carte de la terre.

Ce dont il était certain, c'est que sa modeste silhouette isolée, dans ce paysage énorme, devenait le centre d'une conspiration de toutes les forces du mal. Il lui fallait, malgré tout, avant de désespérer, vaincre Erling ; échapper aux soldats de l'émir, à ceux de son ancienne félonne amie. Il lui fallait se méfier de ceux qui avaient pendu l'homme dans la grotte de Bir el-Djerâde. Son instinct le prévenait que d'autres forces, tout aussi maléfiques, le guettaient, le cernaient sans qu'il pût leur donner un nom. Un seul homme pouvait l'aider, celui qui se faisait appeler familièrement Stello. Galande se reprochait sincèrement de n'avoir pas su se faire un ami de cet homme loyal et brave. À cette heure, avec Stello comme allié, il n'eût pas douté de la réussite.

La réalité était contraire : Armand de Galande rentrerait en France avec les indélébiles souvenirs d'un échec compliqué mais absolu.

Vers le milieu de la nuit la fatigue se fit sentir. Galande s'arrêta au bord de la route et s'allongea à demi sur le sol. Il sentit que s'il retirait ses bottes, il ne les remettrait jamais. Il put résister à la tentation de ce soulagement vers quoi tendaient ses désirs, il but un peu d'alcool et mangea une poignée de figues sèches. Depuis huit jours il n'avait pas mangé de viande et sa pensée revint en arrière dans les salons blanc et or de Tortoni. Les parfums délicats d'un dîner fin lui montèrent aux narines. Il mangea une figue et dit : « Je te baptise homard à la crème. » Puis une autre à qui il attribua la qualité d'un gigot de pré-salé. Il but une rasade d'eau tiède qu'il compara à du chambertin chambré à point. Mais rien ne pouvait remplacer l'excellent cigare dont il avait envie car il n'en avait pas.

Au bout d'une heure il reprit son harnachement pour continuer sa route. La nuit était orageuse et de gros nuages livides roulaient dans le ciel. Cela ressemblait à une chevauchée fantastique sous le regard narquois de la pleine lune.

Un peu avant la fin de sa randonnée, il eut une alerte. Il aperçut, au loin, dans la clarté crue d'un rayon lunaire une longue file de cavaliers blancs qui se dérobèrent devant lui sans l'apercevoir. Ils appartenaient à la mehalla d'Omar en marche pour surveiller le camp français.

Bientôt le paysage fut débarrassé de ces indésirables et M. de Galande reprit sa route. Comme la nuit changeait tous les repères d'un paysage qu'il n'avait traversé que pendant le jour, il se servait souvent de sa boussole. C'était l'aube, quand enfin il aperçut, au bout de la plaine, le fourré de cactus dont la forme caractéristique lui fit reconnaître que le fameux carrefour était là.

Alors Galande s'arrêta et se reposa. Il se réconforta d'une gorgée d'alcool et guetta tout autour de lui. Il ne savait pas ce qui l'attendait à ce carrefour un peu trop prédestiné et il désirait être en possession de ses forces physiques et morales pour résister à toutes les faveurs d'un hasard dont il se méfiait. Il demeura plusieurs heures en embuscade jusqu'au moment où il aperçut deux hommes, deux Européens qui paraissaient discuter avec animation. L'un des deux était à cheval.

M. de Galande n'hésita pas. Il s'élança hors de sa cachette et s'avança résolument. Les deux hommes l'aperçurent. C'est alors que celui qui était à pied épaula sa carabine et tira dans sa direction.

Nos lecteurs savent le reste. M. de Galande, après s'être dissimulé de son mieux, accueillit avec surprise et plaisir Stello qui galopait vers lui en se faisant reconnaître.

Après le départ de Stello, Galande demeura agenouillé plus d'une heure, surveillant Erling au visage sanglant. Celui-ci grognait tout en buvant fréquemment une gorgée de rhum. Il était assis le dos contre une dune. M. de Galande s'impatientait ; plus de vingt fois, il consulta sa montre. Stello lui avait juré d'être de retour dans deux heures. La sagesse était d'attendre son retour pour affronter Erling et lui faire des propositions, onéreuses, pour M. de Galande certes, mais préférables à une agression. Stello pouvait être de bon conseil à ce moment délicat.

Erling, sa gourde de rhum accrochée à son cou,

grommelait d'effroyables injures. À la fin, il se calma et parut s'assoupir. De sa place, Galande l'entendait gémir et prononcer en allemand des phrases décousues. L'idée vint au gentilhomme de profiter de son sommeil pour s'emparer du document. La jaquette d'Erling, grande ouverte, laissait entrevoir l'extrémité d'un portefeuille de cuir rouge. Galande fit un mouvement pour se relever en s'appuyant sur sa carabine. Un caillou roula sur le sol. À ce bruit, pourtant menu, Erling ouvrit les yeux et saisit son fusil.

— Ach ! Wer da ! Teufel !

Il se redressa et aperçut un homme qui venait vers lui. Il mit sa main en visière devant ses yeux et reconnut Stello.

— Ah ! vous voilà, vous ! Vous êtes gentiment astiqué... Êtes-vous tombé dans une mare de vase ou dans une cuve de goudron ?

Il ricana.

Stello avança vers lui. Il était couvert de boue. Ses habits étaient en loques, mais il avait gardé toutes ses armes. Il regarda Erling, puis il tourna la tête dans toutes les directions.

— Vous êtes seul ? demanda-t-il.

— Hé ! vous me la donnez belle !... Avec qui voulez-vous que je sois, depuis que vous m'avez lâché en courant comme un rat qui a l'amour au corps !

— Qu'avez-vous fait de M. de Galande ?

Erling donna franchement l'impression d'un homme surpris.

— M. de Galande ?

— Oui, l'homme sur qui vous avez tiré ce matin.

Erling fit un effort sincère pour se souvenir et se frappa le front de la main. Il jeta un cri, car il avait oublié sa blessure.

— Ma foi... Vous avez dû rêver... vous ou moi...

— Non, monsieur Erling, vous n'avez pas rêvé, fit Galande en apparaissant à son tour. C'est bien sur ma personne que vous avez tiré. Je vous excuse, car j'ose croire que vous ne m'aviez pas reconnu, et je sais que vous avez le fusil chaud.

— Ah bien... Vous voilà revenu... vous ?

— Je constate que ma présence ne vous fait pas plaisir, dit M. de Galande en s'appuyant sur le canon de sa carabine. Elle est cependant nécessaire. J'ai parcouru des kilomètres et des kilomètres dans des conditions décourageantes pour avoir le plaisir de vous rencontrer. Ce que j'ai à vous dire est sérieux.

— Vous venez, sans doute, de la part de Gardinelli ?

— Je ne sais ce que cache cette allusion. Je viens simplement vous demander de me revendre le document que vous avez acheté à Londres. Vous savez ce que je veux dire ?

— Que le diable m'emporte si je sais...

— Je suis au courant de tout, continua M. de Galande en lui coupant la parole. Oui, je suis au courant de bien des choses. Oh ! pas depuis long-temps, pour être vrai. Mais, maintenant, j'ai acquis la certitude, et c'est quelque chose, monsieur Erling. Le plus raisonnable pour vous serait de régler avec moi cette affaire à l'amiable.

— D'autant plus, fit Stello, en se mêlant à la conversation, que notre situation me paraît désespérée, pour les uns comme pour les autres. Les troupes ont dû se replier : celles d'Omar sont invisibles. Il se passe quelque chose qui m'inquiète. J'ai été salué il y a moins d'une heure par une rafale de coups de fusil. Il me semble bien que nous sommes tombés sur les hommes de l'émir. Il va falloir vendre sa peau et le plus cher possible. Nos intérêts font piètre figure en ce moment.

— Votre ami Gardinelli vous a donc trahi, vous aussi ?

M. Erling ricana. Sa face ensanglantée était épouvantable à voir. Il s'adressa à de Galande :

— Je commence à croire que monsieur dit vrai. Nous sommes dans la mélasse jusqu'au bout. Que voulez-vous que je fasse de vos propositions ? En ce moment, un cheval ferait bien mieux mon affaire qu'une traite tirée sur votre honorée signature... Si vous voulez la lettre, il faudra me la prendre de force. Mourir pour mourir, j'éprouverai alors l'ultime plaisir de vous avoir envoyé à chacun de vous deux balles dans la peau. Laissez-moi seul !

Il épongea son visage gonflé de haine et de fureur décuplées par l'alcool.

330

— Nous vous devons peut-être des explications ?
dit M. de Galande.

— Je n'ai pas besoin d'explication, f... ! hurla
Erling. Je sais depuis belle lurette que vous vous
appelez Armand de Galande et que j'ai dans ma
poche le document que la Spartiventi ou la Villareal,
ou la Rose des Sables, comme vous voudrez, vous a
volé à Paris. En ce moment, voici la valeur que j'at-
tribue à ce papier. (Il fouilla dans sa poche et sortit
une enveloppe fermée de son portefeuille.) Tenez, le
reconnaissez-vous ?

Il brandit la lettre au-dessus de sa tête et prit de
sa main libre, car il portait son fusil à la bretelle, une
boîte d'allumettes. Il en craqua une et allait l'approcher de la feuille de papier, quand M. de Galande
bondit sur lui pour la lui arracher.

La bagarre commença, silencieuse et violente,
sous l'œil à peu près indifférent de Stello. Le spectacle auquel il assistait lui paraissait une image de
cauchemar. En galopant au-devant de la Rose des
Sables, pour tenter de l'avertir de la terrible embuscade, minutieusement dressée contre elle, il avait
failli périr sous le feu d'un groupe d'ennemis parfaitement dissimulés. Il avait agité un mouchoir blanc,
sans aucun résultat. Son cheval avait été tué sous lui.
Couvert de sang, il avait dû ramper pour atteindre le
carrefour afin de lutter jusqu'à la dernière balle avec
Erling et Galande. Il était épuisé, anéanti par l'échec
de sa tentative, il espérait encore se faire reconnaître

d'Angela quand elle passerait avec ses hommes au carrefour des Trois Couteaux. La scène abominable qui se déroulait devant ses yeux lui semblait irréelle. Pendant que Galande et Erling tâchaient de se prendre à la gorge en piétinant le document tombé sur le sol, il guettait l'horizon dans l'attente de l'apparition du burnous blanc d'Angela en tête de ses cavaliers cruels et circonspects.

Erling et Galande luttaient furieusement, sans dire un mot. Le bandeau qui couvrait la blessure du premier avait glissé et le sang coulait le long de son nez. Pour ne pas être aveuglé, Erling, en reprenant haleine, s'essuyait d'un revers de main. Son masque empourpré était hideux.

Livide de fureur mieux disciplinée, M. de Galande harcelait le géant en évitant adroitement un corps à corps préjudiciable.

Les deux hommes, ayant rompu le contact, se surveillaient en haletant, à un mètre l'un de l'autre. Erling soufflait comme un bœuf. Soudain, il se baissa, ramassa le papier déchiré qui traînait à ses pieds et le déchira en menus morceaux.

Il fit mine de jeter au vent pour les disperser les fragments de la lettre et soudain, d'un geste sauvage, il s'en remplit la bouche, les mangea. Il ricana, but le rhum qui restait dans sa gourde et s'élança de nouveau sur son adversaire. Galande sut éviter la brute, qui trébucha et alla s'étaler sur les cailloux. À ce moment précis, Galande fit une faute. Pendant vingt secondes, il demeura indécis. La perte du document rendait la lutte sans profit. Il laissa Erling se relever. Cette indécision fut fatale. Trop tard, il aperçut devant ses yeux le canon d'un pistolet braqué sur son visage. Il y eut une flamme jaillissante, une détonation inconcevable et M. de Galande s'écroula lourdement sur le côté. Pendant quelques secondes ses mains égratignèrent le sable, puis s'immobilisèrent dans la mort.

Au bruit de la détonation, Stello était sorti de sa torpeur. Il ne comprit pas tout de suite qu'Erling venait de tuer son adversaire. Écrasé par la fatigue, pendant que les deux hommes se battaient comme des bêtes féroces, il tâchait de résister au sommeil qui l'envahissait. Rien n'avait plus d'importance. Il se réveilla en apercevant le cadavre allongé sur le sol. Il se tourna vers Erling et ne put que crier :

— Assassin ! Assassin !

Il courut vers Galande et se pencha sur sa poitrine ensanglantée. Le cœur ne battait plus. Alors, M. de Maichy se releva lentement, à petits pas prudents, s'avança vers Erling. Il répétait, tout en subissant la formidable colère qui pénétrait en lui :

— Vous avez fait cela... Vous avez fait cela !...

Erling lui montra sa carabine en disant :

— À cinquante pas l'un de l'autre. On jouera à pile ou face pour savoir qui appuiera le premier sur la détente.

— Assassin ! Assassin ! répétait Stello.

— Un pas de plus et je vous abats... espion, sale petite crapule que vous êtes ! hurla Erling. Voilà votre ouvrage. C'est sans doute vous qui avez réglé les détails de cette partie de campagne. Gardinelli sera content... Hé! Hé! On vous donnera sans doute la croix, légionnaire en peau de lapin... Mais à titre posthume, mon petit monsieur.

Stello releva le chien de sa carabine.

— À cinquante pas, monsieur! hurla l'énergumène.

Machinalement Stello recula de quelques mètres.

Alors Erling lança en l'air une pièce de monnaie entre Stello et lui.

— Posons nos fusils, monsieur, et allons voir qui tirera le premier.

— Je dis face, fit Stello. Si c'est pile, ce sera pour vous l'honneur.

— Hé! c'est face, dit Erling, en ramassant la pièce.

Les deux hommes, sans cesser de se regarder, reculèrent jusqu'à la limite fixée. Stello leva sa carabine et visa soigneusement. Deux coups de feu éclatèrent ensemble. Erling touché à la main jeta sa carabine. Il déchira ce qui lui restait de sa chemise et se banda la main étroitement.

— Attachez-moi ce bandage, monsieur, serrez fort, n'ayez pas peur. Là, c'est bien. Je vous remercie. Maintenant nous allons entamer le chapitre deux.

Il s'arma de son couteau et se jeta sur Stello qui, n'ayant pas encore eu le temps de prendre le sien, esquiva, cependant, l'attaque avec une aisance de torero dans une « véronique ». Erling emporté par son élan le dépassa de quelques mètres, ce qui permit à M. de Maichy de sortir son couteau. Il s'entoura le bras gauche de sa veste de toile et tout aussitôt attaqua. Les deux lames s'entrechoquèrent, glissèrent l'une contre l'autre. Celle d'Erling entailla profondément la main gauche de Stello. Les deux hommes sautaient, virevoltaient, s'évitaient. Le couteau de Stello entailla la cuisse d'Erling qui riposta en plongeant sa lame dans l'épaule de son ennemi. Stello plia sous le choc. Il eut un éblouissement et une courte défaillance qui permit à Erling de le toucher au flanc. Il parvint cependant à se libérer de l'Allemand. Celui-ci perdait beaucoup de sang par sa blessure à la cuisse, qui était profonde. Il se tenait à genoux, tête nue au soleil, sans parvenir à se relever. De son côté, Stello sentait que le cœur allait lui manquer. Des mouches noires dansaient devant ses yeux. Dans un grand effort, il marcha dans la direction d'un gros roc, contre lequel il s'adossa. À dix mètres de lui, Erling était toujours à genoux. Il grimaçait et grognait comme un sanglier acculé.

Stello se laissa glisser le long de son rocher. La blessure qu'il avait reçue à la main le faisait souffrir plus que celle de son flanc. La fièvre lui desséchait la bouche. Il respirait vite et concentrait toute son énergie pour échapper à la lente disparition de ses forces. Boire. Il eut comme une hallucination. Il ferma les paupières et les rouvrit tout aussitôt pour apercevoir Erling qui portait sa petite gourde de rhum à ses lèvres tuméfiées par les poings du mort.

Il ne devait guère rester du précieux liquide, car Erling jeta tout de suite dans un geste rageur la fiole loin de lui. Le peu qu'il avait bu lui avait communiqué un feu nouveau. Il se traîna sur les mains et les genoux dans la direction de son fusil qui était allongé sur le sable à une dizaine de mètres.

Il ne fallait pas lui laisser recharger son arme. Stello, dans un effort difficile, parvint à se mettre debout. Le fusil était à sa droite. Couper la route à Erling, tel était son but. Il ne pensait plus qu'à s'interposer entre Erling et le fusil. Il reprit courage quand il vit son adversaire s'aplatir contre la terre, comme épuisé par le mal qu'il s'était donné pour progresser de trois mètres. Erling se releva et continua de ramper. Stello droit et raide avançait toujours comme un automate. Il atteignit le fusil un peu avant Erling. Et comme celui-ci étendait le bras pour essayer de se saisir de l'arme, il lui donna un violent coup de pied sur la main. L'effort qu'il produisit le terrassa. Il tomba sur Erling sans pouvoir se relever. Il perçut comme un coup de poing dans la poitrine et, confusément, comprit que l'autre venait de le poignarder. Le couteau où le sang formait encore des taches huileuses était tombé à portée de sa main. M. de Maichy le ramassa à tâtons et l'appuya sur la gorge d'Erling qui râlait. Et lui-même roula sur le sol à quelques pas du bandit qu'il venait d'achever.

Maichy entrait dans les brumes de l'agonie. Il ne pensait qu'à cette gourde de rhum qui avait été jetée, pas loin de lui, sur le sable. Peut-être restait-il quelques gouttes du précieux liquide. Peut-être en se déplaçant doucement arriverait-il à s'en saisir. Il pensa que la Rose des Sables ne tarderait pas à le secourir et il se traîna jusqu'au bord de la piste qu'elle devait suivre.

CHAPITRE DIX-NEUF

M. de Maichy, allongé sur le sol du carrefour, perdant son sang par toutes ses blessures, entrait peu à
peu dans les brouillards de la mort. Il avait à peu
près perdu la conscience des choses. Il ne souffrait
pas. Il ne savait plus rien des péripéties de la lutte
qu'il avait soutenue. Trois idées, trois images lui-
saient dans sa pensée comme trois points lumineux ·
premièrement il reverrait Angela Perez avant de
mourir ; deuxièmement, Galande était mort ; troi-
sièmement, Erling l'était aussi. Maichy plongeait
dans une sorte de béatitude qui lui donnait la sensation d'un bain tiède. Ses mains, devenues déjà inha-
biles, égratignaient le sable doux. Stello pensa à son
cheval. Il ne parvenait pas à se rappeler son nom. Et
cette impuissance l'énervait jusqu'à la souffrance. Il
tenta de changer de position. Il parvint à redresser
son buste et à appuyer son dos contre un petit mon-
ticule de sable. Il lui sembla, tant l'effort qu'il fit
acheva de l'épuiser, que ses deux jambes étaient
prises dans la poix. Quand il se fut accagnardé dans

cette posture, la sensation d'étouffement diminua ; il respira mieux. Ses yeux perçurent avec plus de netteté les détails du paysage qui l'environnait. Stello pensa : « Où suis-je ? » Il reconnut lentement un buisson de figuiers de Barbarie et se crut sous les remparts de Pampelune. Il dit à voix claire et haute :

— Mon capitaine. Elle s'appelle Angela Perez : c'est ma cousine. Je lui trouverai une capote et une boïna... Merci, mon capitaine... Légionnaire Stello, mon capitaine...

Le moribond fit entendre une sorte de gargouillement dans sa gorge.

— Angela... petite poupée... ne tiens pas ton fusil comme ça... sacré conscrit !

Stello se mit à ronronner. Il murmura encore quelques paroles confuses et devint silencieux. Son nez se pinça.

Il devait souffrir, mais il ne percevait plus la souffrance. Les choses extérieures s'effaçaient définitivement. Il ne devait plus rien voir. Il n'existait plus d'arbres, de dunes, de soleil. Le buisson de figuiers, devant ses yeux, disparut à son tour, comme fondu dans l'ardeur du soleil dont il ne subissait plus la chaleur. Il n'entendait plus le silence du bled troublé par les pas légers d'une troupe de chevaux montés par des Arabes qui pénétraient dans le carrefour. Ils étaient une dizaine en guenilles recouvertes d'un burnous blanc. Ils venaient de la direction de Bir el-Djerâde.

Celui qui chevauchait en tête jeta un cri bref et

guttural. Il venait d'apercevoir le corps d'Erling, et, un peu plus loin, celui de M. de Galande.

Les cavaliers se penchèrent sur le cou de leurs chevaux pour mieux voir les deux victimes de cette tuerie. C'est alors que l'un d'eux, qui examinait la place minutieusement, vit M. de Maichy allongé sur le sol : il respirait encore. Le cavalier tira son yatagan et s'apprêtait à lui couper la tête, quand celui qui devait être le chef de la bande l'arrêta d'un mot énergique.

Le cavalier laissa de Maichy et revint vers son groupe. Tous les hommes discutaient avec de grands gestes. Soudain, ils tournèrent bride, piquèrent leurs chevaux et disparurent comme une volée de pigeons dans la direction d'où ils étaient venus. M. de Maichy demeura seul pour mourir. Quand une demi-heure plus tard une harka, forte d'une centaine de guerriers, arriva au petit galop sur le lieu du massacre, Stello avait cessé de vivre.

Les éclaireurs de la Rose des Sables étaient retournés sur leurs pas pour la prévenir que trois Européens morts gisaient au carrefour d'Aïn el-Kebche. Extrêmement intriguée par leur récit, la Rose des Sables, qui chevauchait en tête de ses hommes pour aller au rendez-vous d'Amouche, se hâta d'accourir afin de juger de cette étrange situation.

Quand elle fut arrivée au carrefour, elle mit pied à terre. La jeune femme avait changé. Son visage fatigué par la lutte et l'insomnie reflétait une volonté farouche. Elle ressemblait à une chatte sauvage. Elle tendit la bride de son cheval à un cavalier et parcourut la distance qui la séparait d'Erling qu'elle avait reconnu tout de suite dans le mort aux cheveux rouges.

Pendant ce temps, une vingtaine de ses hommes avaient gagné la crête des dunes pour surveiller le bled.

Angela Perez se tint longtemps en contemplation devant son ennemi mort. Puis elle se pencha vers lui et fouilla ses poches. Le portefeuille contenait quelques billets de banque, mais le papier qu'elle voulait ne s'y trouvait plus, puisque Ludwig Erling, dans un accès de fureur et de démence, l'avait détruit en l'avalant. La Rose des Sables haussa les épaules avec indifférence et comme le corps déplacé roulait dans sa direction, elle le repoussa d'un coup de botte. Elle alla ensuite vers M. de Galande qui était couché le nez dans le sable. Elle retourna le corps. Un essaim de mouches bleues l'entoura. Angela fit une grimace et recula de quelques pas.

Alors le cavalier qui l'accompagnait en lui tenant son cheval demanda :

— Faut-il leur couper la tête ?

Angela Perez secoua la tête négativement.

— Non, Yousouf. Laisse-leur la chance qui leur reste. Allah saura bien choisir les siens.

— Il y a encore un mort, fit Yousouf.

— C'est vrai... ils sont trois... m'as-tu dit. Et

répondant à une fugitive pensée, elle ajouta pour elle-même : « Ce serait vraiment trop drôle... »

Elle reprit sa marche vers une tache grise qui marquait le sol à une centaine de mètres de là. Quand elle fut devant le corps de M. de Maichy, dit Stello, Angela Perez eut un petit sourire, comme celui d'une personne qui voit se confirmer une supposition. Pour la deuxième fois, elle haussa les épaules. Se tournant vers Yousouf, elle dit en désignant le corps étendu :

— Tu feras enterrer ce corps proprement, pour que les bêtes ne le tourmentent pas. Tu mettras des pierres sur la tombe...

— Ce sera fait.

Et la Rose des Sables ajouta :

— Cet imbécile m'a bien débarrassée de deux de mes plus fidèles ennemis, mais il a laissé courir Gardinelli, le meilleur... Enfin, je lui dois bien cela.

La Rose des Sables sauta en selle et vint se remettre en tête de ses partisans arrêtés le long de la piste d'Aïn el-Djerâde.

Elle tenait sa carabine à la main. Elle l'éleva au-dessus de sa tête pour donner le signal du départ et toute la cavalerie s'ébranla.

Bientôt la harka disparut derrière une crête dans la direction de Gsar el-Oued.

Après la disparition du dernier cavalier, un silence énorme plana sur le carrefour des Trois Couteaux. Une grande demi-heure s'écoula ainsi. Deux charognards au cou nu, immobiles, sur un roc surveillaient le champ de mort. Subitement, ayant sans doute pressenti un danger, ils s'envolèrent lourdement et prirent de la hauteur. Pendant quelques minutes encore, le paysage resta figé dans son immobilité funèbre. Puis deux silhouettes apparurent en haut d'une dune : celles de deux soldats à pied, coiffés du haut képi à cocarde, couvre-nuque sur le cou. Un peu plus loin, deux autres silhouettes semblables se montrèrent. Elles étudièrent le terrain puis, sur un coup de sifflet prolongé, s'avancèrent vers le carrefour, bientôt suivies par un autre groupe d'une vingtaine d'hommes. C'était M. Gardinelli qui, avec les gendarmes du maréchal des logis-chef Maillard, venait occuper l'emplacement qu'il avait choisi pour finir la partie en la gagnant.

M. Gardinelli était armé d'une carabine de gendarme. Il aperçut le premier le cadavre de Stello que les partisans de la Rose des Sables n'avaient pas eu le temps d'enfouir.

— Mon Dieu ! que s'est-il passé ?

Il vit alors plus loin deux autres cadavres, il courut dans leur direction, se pencha sur Erling et le fouilla soigneusement. Il revint vers Maillard.

— C'est abominable. Je ne sais ce qui a pu se dérouler ici. Ces trois hommes ont été tués probablement par les bandits de la Villareal. Elle a volé le document. Cette fille est vraiment capable de tout. Enfin, espérons que tout à l'heure nous aurons notre revanche... et je lui ferai payer cher la dernière manche.

M. Gardinelli consulta son chronomètre.

— Il est une heure et demie. Il est temps de placer vos hommes, monsieur Maillard. Vous savez que cette sale créature, si elle échappe aux fusils et aux sabres de la colonne Dorffer, ne doit pas, sous aucun prétexte, échapper aux nôtres.

— Tous les hommes que j'ai choisis sont des tireurs hors ligne, monsieur le commissaire.

— Surtout qu'ils ne la ratent pas, Maillard. N'oubliez pas que le galon d'adjudant récompensera votre réussite.

— Elle ne sortira pas vivante de ce carrefour... si elle y revient, répondit le maréchal des logis-chef Maillard, en serrant les poings sur la carabine dont il s'était muni.

Il s'occupa immédiatement de placer ses hommes. En moins de dix minutes, la petite troupe fut invisible et rien ne parut changé dans le paysage.

M. Gardinelli et le maréchal des logis-chef étaient installés au sommet d'une dune, dans un trou de sable, recouvert de branches de cactus. De cet observatoire, ils découvraient toute la plaine et l'embuscade dressée par les gendarmes. Grâce à un fanion blanc qui ne pouvait être aperçu que de ceux-ci, il était facile aux deux guetteurs de signaler leurs ordres. Tout en surveillant l'horizon avec sa longue-vue, le commissaire disait :

— Ces trois morts, monsieur Maillard, n'entraient pas dans mon plan. Cependant, à quelque chose malheur est bon. Si deux de ces hommes :

M. de Maichy et M. de Galande, étaient d'authentiques gentilshommes d'une honorabilité respectable, le troisième compagnon était un bandit de la plus sombre espèce. Peut-être a-t-il tué les deux autres ? Un point demeure pour moi mystérieux. Je n'ai pas trouvé sur lui un précieux document que j'étais venu chercher, il faut l'avouer. A-t-il été volé par la renégate, qui, en ce cas, aurait assassiné les trois hommes ? A-t-il été anéanti par Erling ? Nous le saurons tout à l'heure. Car si la renégate — ce nom lui va bien — a volé la lettre en question nous finirons bien par la retrouver sur elle.

M. Gardinelli offrit une prise au gendarme et en respira une lui-même.

— Nous avons encore le temps d'éternuer et... atch !

Il plongea le nez dans son mouchoir, Maillard en fit autant.

— Voilà qui éclaircit la raison, hein ! monsieur Maillard ?

— Ma foi oui, monsieur le commissaire, comme trente-six chandelles.

M. Gardinelli ajusta sa longue-vue pour examiner un petit nuage de poussière qui s'élevait à l'horizon, à deux kilomètres de leur trou.

— Regardez, Maillard, ne dirait-on pas que ce sont eux ?

Maillard regarda dans sa lunette :

— Je ne pense pas, monsieur le commissaire.

C'est peut-être une saute de vent. Je vais, en tout cas, alerter mes gendarmes.

Il tira sur une ficelle et le petit fanion blanc se leva et s'abaissa par trois fois, ce qui voulait dire : « Attention ! »

Machinalement, le vieux soldat vérifia la batterie de sa carabine et glissa sa giberne sur sa poitrine.

M. Gardinelli observait toujours l'horizon formé par cette dune lointaine qui dissimulait la cause de ce petit nuage qui traînait et s'étirait comme une fumée grise.

— Du sable ? Peut-être bien, fit le commissaire, mais... attendez... Ce sont des Arabes... à cheval... Ils mettent pied à terre et s'éparpillent sur le versant de la crête... c'est-à-dire de notre côté... Maillard, nous y sommes, le coup a réussi. Ces bougres-là viennent d'apercevoir la colonne Dorffer.

Maillard, sans répondre, agita son petit fanion afin de prévenir ses hommes que l'ennemi était en vue et que, d'un moment à l'autre, les cavaliers de la renégate pourraient déboucher sur l'une des pistes du carrefour.

— Voyez-vous, monsieur le commissaire, dit le maréchal des logis-chef en appuyant sa carabine au ras du sol, si cette bougresse infernale passe devant nous, je peux vous donner ma parole qu'elle n'ira pas plus loin.

Il n'avait pas terminé sa phrase que des flocons blancs garnirent l'horizon au ras de la dune. Peu après, on entendit le bruit des détonations.

— La bataille est commencée, fit le commissaire, l'œil toujours rivé à l'oculaire de sa longue-vue. Les forces d'Omar sont loin. Lahitte se chargera de les retenir une bonne heure, après quoi, il rompra dans cette direction. À ce moment, le sort de la Rose des Sables sera réglé et Dorffer lui réglera le sien à la mode des légionnaires et des zouaves.

La fusillade faisait rage sur le front de bandière. Les Arabes avaient mis pied à terre et tiraient à plat ventre derrière la dune. Un seul cavalier restait en selle à côté des chevaux. M. Gardinelli pensa tout de suite que c'était la Villareal. Il passa sa lorgnette à Maillard.

— Regardez le cavalier devant les chevaux ! C'est elle ! Voyez bien comment elle est habillée pour la reconnaître, et vous irez prévenir vos hommes de son signalement exact. Avec ces damnés burnous, tout le monde se ressemble.

Maillard regarda attentivement et rendit la longue-vue à son propriétaire :

— Parfait. C'est elle. Son cheval est blanc avec une riche selle verte. Elle est coiffée d'une petite chéchia ronde. Elle a des bottes vertes et tient une carabine européenne, probablement anglaise. J'en sais assez pour que mes hommes ne la ratent pas.

Le maréchal des logis-chef se glissa prudemment hors de son trou et franchit la petite dune qui bordait la route de Gsar el-Oued, le long de laquelle le peloton de gendarmes était embusqué.

Il demeura absent pendant une dizaine de

minutes et revint rejoindre M. Gardinelli dans le petit observatoire.

Celui-ci observait toujours la bataille avec sa lunette.

— Oh ! Oh ! fit-il. Ils se replient... La renégate donne des ordres... Elle montre le sud... parfait... Vous pouvez voir à l'œil nu, Maillard, de petites silhouettes qui se déplacent sur la gauche et tournent la crête... Oui... Ce sont les nôtres. Je reconnais nettement les larges culottes rouges des zouaves du lieutenant Tiviniac... Oh ! écoutez... Vous entendez ?... la charge...

On entendit, en effet, les notes claires de deux ou trois clairons qui sonnaient la charge, la nouvelle charge réglementaire de l'infanterie française. Des clairons lointains répondirent dans une autre direction.

— Ce sont les légionnaires du capitaine Dorffer, dit Maillard. Ça barde...

Une grande confusion régnait maintenant dans la ligne des tirailleurs ennemis. La cavalière agitait les bras et tous ses partisans bondissaient vers leurs chevaux qui piaffaient et ruaient sous les balles qui commençaient à pleuvoir dans trois directions. Les hommes de la renégate, affolés, allaient et venaient dans une grande confusion. On eût dit, à cause de leurs burnous blancs, qu'un édredon de plumes venait de crever.

Le son aigre d'une trompette de cavalerie acheva de semer la panique. Les baïonnettes des légionnaires apparurent au-dessus de la crête, puis les képis rouges et les pantalons blancs. Les légionnaires avançaient en tirant. Ils ne s'arrêtaient que pour recharger. On les voyait tasser la cartouche avec les baguettes de fusils.

Les zouaves de leur côté bondissaient comme des jaguars pour couper la retraite à l'ennemi.

Soudain, M. Gardinelli, qui avait abandonné sa longue-vue, car maintenant l'action se déroulait à moins de cinquante mètres, s'écria :

— Touchée, Maillard, elle est touchée !

En effet, la Rose des Sables et son cheval venaient de s'abattre. Seul, le cheval ne se releva pas. Angela se dégagea avec agilité et, sans aide, sauta sur le premier cheval à sa portée. Quand elle fut en selle, elle se détourna et lâcha son coup de fusil sur un légionnaire qui la menaçait de sa baïonnette. C'était un grand caporal de voltigeurs, dont on voyait bien les épaulettes jonquille. L'homme s'écroula avant d'avoir pu faire usage de ses armes. Angela se pencha sur l'encolure de son cheval et des éperons lui fit exécuter un bond prodigieux. Autour d'elle, les cavaliers s'écroulaient comme des quilles. Les chevaux piqués aux naseaux par la pointe des baïonnettes se cabraient. La moitié au moins de la harka se trouvait hors de combat. Ce qui restait des cavaliers de la Rose des Sables, une cinquantaine environ, se scinda en deux groupes. L'un d'eux, commandé par Angela, suivit Amouche qui indiquait du bras la direction du carrefour d'Aïn el-Kebche. Les autres, en s'enfuyant vers le nord, tentèrent d'entraîner à la suite le peloton des chasseurs d'Afrique qui accompagnait les deux compagnies d'infanterie.

Angela Perez, à la tête de ses vingt-cinq partisans, pénétra comme une trombe dans le carrefour des Trois Couteaux. Les yeux lui sortaient de la tête. Elle avait peur, car la révélation de la déroute lui apparaissait nettement. Amouche qui chevauchait à ses côtés avait disparu. Il ne tenait pas à se trouver sous le feu des gendarmes. Celui-ci éclata soudainement : douze carabines partirent ensemble qui visaient le même but. Angela Perez se renversa sur son cheval qui fit encore quelques pas et s'abattit après une détonation isolée. Un deuxième feu de salve sema la déroute dans le petit groupe des cavaliers qui restaient. Ils s'éparpillèrent dans toutes les directions. La plupart furent sabrés par les trente chasseurs d'Afrique du capitaine Dorffer qui parcouraient la plaine en fourrageurs.

La renégate était étendue sur le dos, la bouche déclose et les yeux grands ouverts, le visage intact. Elle avait été tuée par plusieurs balles qui l'avaient atteinte au cœur. Une autre balle l'avait atteinte au genou.

Un à un les gendarmes sortaient de leur cachette en rechargeant leurs armes. Ils entourèrent le cadavre de la Rose des Sables qui, morte sur l'herbe, ressemblait à une toute jeune fille.

Les hommes étaient silencieux.

— Vous l'avez ?

C'était la voix de Maillard. Il s'approcha à grands pas, suivi de M. Gardinelli. Celui-ci se pencha sur l'élégante dépouille et fouilla le sac de cuir vert brodé d'argent. Il promena ses mains adroites partout. Il se releva enfin, le visage soucieux.

— Ce n'est pas elle qui détient le papier, fit-il.

Les mains dans les poches, il regarda longuement le corps inanimé d'Angela Perez. Il haussa les épaules et dit :

— Elle a l'air d'une enfant.

Il prit sa tabatière et huma une prise en se tournant vers Maillard.

— Il faudra l'enterrer décemment... elle et les autres...

Il désigna les corps de M. de Galande, de Stello et de Ludwig Erling.

— Vous mettrez une petite croix sur chaque tombe... hein, Maillard ? Vous trouverez bien assez de bois pour fabriquer quatre petites croix ?... Ce sera plus correct.

Ce fut l'oraison funèbre d'Angela Perez et de Stello. Sans dire un mot, M. Gardinelli contemplait le travail des gendarmes qui creusaient les tombes.

Au loin, la fusillade éclata de nouveau très violente. Puis les clairons sonnèrent encore une fois la charge.

M. Gardinelli s'était assis sur une pierre et méditait les termes de son rapport. Les gendarmes en avaient terminé avec leur besogne funèbre, quand un

peloton de chasseurs d'Afrique conduits par le lieutenant Lahitte déboucha dans le carrefour. Les chasseurs riaient en essuyant leurs sabres teintés de
pourpre.

— Eh bien ! monsieur le commissaire, êtes-vous
débarrassé de votre bête noire ?

— Oui. Elle est là, fit M. Gardinelli, en désignant un tumulus de sable et de pierres surmonté
d'une petite croix de bois. Elle est là et je suis bien
débarrassé. Maintenant, je vais pouvoir rentrer en
France.

— Alors, venez avec nous. Le camp sera établi ici,
à quelques centaines de mètres. Nous allons pouvoir
faire cuire la soupe et boire à nos succès.

— Ma foi, oui, répondit M. Gardinelli, non sans
une discrète mélancolie.

Un mois plus tard, jour pour jour, après les événements que nous venons de raconter, la frégate *La
Méduse* levait l'ancre dans le port d'Oran. On entendait le piétinement des matelots qui poussaient le
cabestan au son d'un tambour et d'un fifre.

Sur le pont, dédaignant l'agitation des gens de
mer, deux hommes allaient et venaient, les mains
derrière le dos. Tous les deux étaient vêtus d'une
longue redingote grise dont le col leur montait jusqu'au menton. Ils étaient coiffés l'un et l'autre d'un
chapeau de haute forme à larges ailes.

— Alors, monsieur le commissaire Bertrand, content de rentrer en France.

— Comme vous y allez, patron, je ne suis pas encore commissaire...

— Peuh, fit M. Gardinelli. Je tiens là, dans mon portefeuille, un rapport qui équivaut à votre nomination.

À ce moment, la frégate, libérée, se laissa aller au mouvement de la mer et la rive, avec son haut rocher crêté d'un fort, se mit à fuir rapidement.

M. Gardinelli regarda pendant longtemps Oran et les palmeraies avoisinantes qui s'estompaient dans une brume de chaleur.

— Nous avons bon vent arrière, patron. Et, si cela continue, nous ne tarderons pas à faire notre entrée dans le port de Cette.

— Hé ! mon cher Bertrand, me croirez-vous si je vous dis qu'en ce moment, je regrette presque l'existence que nous avons menée en Afrique ?

— C'est curieux, répondit Bertrand. Pour ma part, je ne regrette rien. Je vous avoue que j'ai souvent eu la moresque (peur) de belle force.

— Monsieur Bertrand ?

— Quoi, patron ?

— Quand vous serez commissaire de police, évitez autant que possible d'employer des expressions qui sentent par trop notre clientèle.

— Je vous le promets, monsieur le préfet de police.

M. Gardinelli arrêta sa phrase d'un geste de la

main. Il regarda la mer, puis sa tabatière qu'il avait sortie machinalement des basques de sa redingote. Il eut alors un léger sourire, un peu amer, qui en disait long sur la gratitude des hommes en général et des grands en particulier.

Janvier 1940

DU MÊME AUTEUR

Aux Éditions Gallimard

LA MAISON DU RETOUR ÉCŒURANT, *roman.*

LE RIRE JAUNE *suivi de* LA BÊTE CONQUÉRANTE, *roman.*

LE CHANT DE L'ÉQUIPAGE, *roman.* (Folio n° 1083)

LA CLIQUE DU CAFÉ BREBIS, *roman, suivi de* PETIT MANUEL DU PARFAIT AVENTURIER, *essai.*

LE BATAILLONNAIRE, *roman.*

À BORD DE L'ÉTOILE MATUTINE, *roman.* (Folio n° 1483)

LE NÈGRE LÉONARD ET MAÎTRE JEAN MULLIN, *roman.*

LA CAVALIÈRE ELSA, *roman.* (Folio n° 1220)

MALICE, *roman.*

LA VÉNUS INTERNATIONALE *suivi de* DINAH MIAMI (édition définitive, 1996), *roman.* (Folio n° 1329)

CHRONIQUE DES JOURS DÉSESPÉRÉS, *nouvelles.* (Folio n° 1691)

SOUS LA LUMIÈRE FROIDE, *nouvelles.* (Folio n° 1153)

LE QUAI DES BRUMES, *roman.* (Folio n° 154)

VILLES (édition définitive, 1966), *mémoires.*

LES DÉS PIPÉS OU LES AVENTURES DE MISS FANNY HILL, *roman.* (Folio n° 1770)

LA TRADITION DE MINUIT, *roman.*

LE PRINTEMPS, *essai.*

LA BANDERA, *roman.* (Folio n° 244)

QUARTIER RÉSERVÉ, *roman.* (Folio n° 2584)

LE BAL DU PONT DU NORD, *roman.* (Folio n° 1576)

RUES SECRÈTES, *reportage.*

LE TUEUR N° 2, *roman.*

LE CAMP DOMINEAU, *roman.* (Folio n° 2459)

MASQUES SUR MESURE (édition définitive, 1965), *essai.*

LE TUEUR N° 2 (collection L'Imaginaire), *roman*.

L'ANCRE DE MISÉRICORDE (collection Folio-Junior), *roman*.

BABET DE PICARDIE (collection L'Imaginaire), *roman d'aventures*.

LA CROIX, L'ANCRE ET LA GRENADE, *nouvelles*.

MADEMOISELLE BAMBÚ (Filles, Ports d'Europe et Père Barbançon), *roman*. (Folio n° 1361)

LA LANTERNE SOURDE (édition augmentée, 1982), *essais*.

CHANSONS POUR ACCORDÉON.

POÉSIES DOCUMENTAIRES COMPLÈTES (édition augmentée, 1982).

LE MÉMORIAL DU PETIT JOUR, *souvenirs*.

LA PETITE CLOCHE DE SORBONNE, *essais*.

MÉMOIRES EN CHANSONS.

MANON LA SOURICIÈRE, *contes et nouvelles*.

CAPITAINE ALCINDOR, *contes et nouvelles*.

VISITEURS DE MINUIT, *essai*.

Chez d'autres éditeurs

LE MYSTÈRE DE LA MALLE N° 1 (collection 10/18).

LA SEMAINE SECRÈTE DE VÉNUS (Arléa).

MARGUERITE DE LA NUIT (collection les Cahiers Rouges, Grasset).

BELLEVILLE ET MÉNILMONTANT. Photos de Willy Ronis (Arthaud).

FÊTES FORAINES. Photos de Marcel Bovis (Hoëbeke).

LA SEINE. Photos de René Jacques (Le Castor Astral).

LA DANSE MACABRE (Le Dilettante).

RUES SECRÈTES (Arléa).

NUITS AUX BOUGES. Illustrations de J.-P. Chabrol (Les Éditions de Paris).

TOULOUSE-LAUTREC PEINTRE DE LA LUMIÈRE FROIDE (Complexe).

LES COMPAGNONS DE L'AVENTURE (Le Rocher / J.-P. Bertrand).

LES CAHIERS P. MAC ORLAN, n°s 1-11, 1990-1996 (Prima Linéa).

COLLECTION FOLIO

Composition Nord Compo.
Impression Bussière Camedan Imprimeries
à Saint-Amand (Cher), le 6 avril 1999.
Dépôt légal : avril 1999.
Numéro d'imprimeur : 991690/1.

ISBN 2-07-040882-5./Imprimé en France.